KB071344

여행을 통해 얻은 아름다운 삶의 여정을 이야기하다！

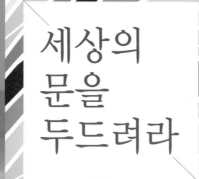

세상의
문을
두드려라

초판 1쇄 발행 2018년 4월 14일

지 은 이 한영섭
발 행 인 권선복
편   집 권보송
디 자 인 이동준
기록정리 한영미
전 자 책 천훈민
마 케 팅 권보송
발 행 처 도서출판 행복에너지
출판등록 제315-2011-000035호
주   소 (157-010)서울특별시 강서구 화곡로 232
전   화 0505-613-6133
팩   스 0303-0799-1560
홈페이지 www.happybook.or.kr
이 메 일 ksbdata@daum.net

값 20,000원

ISBN 979-11-5602-588-7(03810)
Copyright © 한영섭, 2018

도서출판 행복에너지는 독자 여러분의 아이디어와 원고 투고를 기다립니다. 책으로 만들기를
원하는 콘텐츠가 있으신 분은 이메일이나 홈페이지를 통해 간단한 기획서와 기획의도, 연락처
등을 보내주십시오. 행복에너지의 문은 언제나 활짝 열려 있습니다.

여행을 통해 얻은 아름다운
삶의 여정을 이야기하다!

세상의
문을
두드려라

한영섭 · 지음

목차

 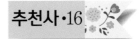

목차

여정 4

목차

여정 5

목차

여정 8

창조로 나뉜 첨단과 오지의 운명
두바이, 몽골, 소련, 브루나이, 미얀마 • 247

목차

여정 9

마음 속 시 하나, 노래 하나, 여행길 꽃처럼 피어나다 • 275

한 영 섭

꽃피우듯 책을 펴내면서…

삶의 여정 속에서 오랫동안 몸을 담아온 직장은 씨를 뿌려 나만의 나무로 자라고 '나'라는 꽃을 피우는 데 큰 밑거름이 되었다. 33년이란 긴 세월을 한곳에서 뿌리내렸다. 첫 직장이 내 뿌리이자 본업이라 생각하며 한 자리를 굳건하게 지켰다. 뜻하지 않게 33년간 지켜온 자리를 물려주고 나오긴 했지만 청·장년기를 지나 은퇴할 나이인 예순에 나와서 보니 힘들었던 시간과 시기가 다 축복이었다는 생각이다.

오랜만에 30~40년 전 앨범을 뒤져 보았다. 직장에서 경영자 교육을 하며 찍은 사진이 많았고, 그중에서도 해외 시찰을 하면서 남긴 사진이 가장 많았다. 강물처럼 흘러가 버린 40여 년 희로애락의 세월이 사진 속에 고스란히 남았다. 사진 속에는 이름 석 자도 기억 안 나는 사람이 있는가 하면 지속적인 유대관계를 이어오며 인생살이의 재미를 함께 느끼는 좋은 인연이 된 사람도 있다.

앞으로도 많은 여행을 하게 될 것이다. 아직도 가야 할 길이 남았지만 예순을 넘어선 지금 잠시 잊혀 가는 과거도 정리할 겸, 그간 여행을 통해 느낀 점이나 떠오르는 시상을 잡아 써놓은 시와 수필도 정리할 겸해서 한 권의 책을 내놓게 되었다.

20대 후반부터 직장생활을 하며 수없이 다닌 국내외 여행을 일일이 기억하지는 못한다. 단편적인 기억을 모으고, 틈틈이 써온 글들도 다시 읽어 보며 고치고, 사진도 사이사이 넣어 지나간 편린들을 조각조각 맞추어 보니 내 인생이 파노라마처럼 펼쳐졌다.

이 책을 쓰는 동안 나를 쓸모 있는 나무로 만들어 주신 부모님과, 나무가 쓰러지지 않도록 옆에서 지탱해 준 아내, 그리고 꽃이 피듯 열매를 맺은 나의 아이들에게 고마움을 많이 느꼈다.

이 자리를 빌려 감사의 마음을 전한다. 또한 이 글들을 정리하는 데 도움을 준 인간개발연구원의 권은지 주임과 장소영 이사, 출판사 행복에너지 권선복 사장에게 감사를 드린다. 책을 내라고 권유한 인간개발연구원 전임 원장이신 양병무 재능대학 교수께도 감사드린다.

인간개발연구원 산하 책글쓰기학교 가재산 회장이 책을 쓰는 데 많은 격려로 졸저나마 집필하게 용기를 주었다. 나에게 여행수필의 묘미를 발견하게 해준 인간개발연구원의 '꽃보다CEO'여행단이 앞으로도 지속적으로 만들어져서 함께하는 많은 여행수필·시집이 더 만들어지기를 고대해 보면서 출간 인사를 대신한다.

회원 모두를 관심과 애정으로
돌보아 주신 한 원장님의
섬김의 리더십에 감사를 드린다.

심향재단 이사장,
신일팜글라스 대표 **김 석 문**

인간개발연구원의 훌륭하신 한영섭 원장님의 출간 추천사를 부탁받고
내가 자격이 있는지 한동안 고심을 하였다. 수년간 참여하시는
회원님들과의 업무진행과 친화력 등을 보면서 역시 경력·약력은 물론
리더십까지 겸비하신 존경할 수밖에 없는 분이라는 것을 느끼게 되었다.

과거 인간개발연구원 회원 중심으로 26명의 경영자들이 아프리카
케냐·나이로비에 소재한 대학과 열악한 조건에 있는 우쿤다에 브라이트
엔젤스 아카데미 초등학교를 개관하는 봉헌식 참가를 위해서 출발하였다.

이때에도 한 원장님이 모든 일정을 조율하시고 동행하실 경영자분들을
모집도 하고 많은 후원품을 모아 선물할 짐들을 포장하여 항공으로 보내는
일을 솔선수범하여 해 주시었다.

여행 일정 중에도 매일 아침 지난 어제의 여행 일정상의 감동을 주옥같은
문장으로 일기식으로 작성해 주시고 돌아온 후에는 여행 일정과 감동을
토대로 동행하신 분들의 개별 여행기를 받아서 멋있는 포토에세이 북을
심향재단의 후원으로 제작하여 여행의 추억을 남기도록 해 주시었다.
여행을 해 나가면서 자기 몸 하나 챙기기도 쉽지 않은데 25명의

경영자들을 다 챙겨 주시고 일정상의 불편함이 없이 남보다 일찍 일어나시고 가장 늦게 잠지리에 드시며 회원 모두를 관심과 애정으로 돌보아 주신 한 원장님의 섬김의 리더십에 감사를 드린다.

아프리카에서 받은 감동을 표현한 원장님의 시에 우리 모든 참가자들은 감격을 느꼈고 항상 부지런하시고 성실성, 자상함, 감수성을 겸비하신 리더십에 다시 한번 감사를 드리며 아프리카 여정을 떠올리며 그간의 많은 세월 속에서 겪은 여행 철학과 삶의 향기를 책을 통해 느끼게 된 것 같아 감사를 드리며 또한 오래도록 인생의 파트너로 조언을 받으며 뵙고 싶은 분이라고 생각한다.

청년세대에 희망과 도전의
메시지가 될 것을 확신한다.

한국 CBMC 중앙회장
두 상 달

한영섭 원장과 나의 조우는 1980년대 전경련 최고경영자과정 17기에 입학하면서부터이다. 그러니까 30년이 훨씬 넘었다. 그 당시 한 원장은 신참내기 대리였지만 떡잎부터 다른 데가 있었다.

1988년에는 중국과 국교가 수립되기 전이였음에도 불구하고 그해 6월 11명으로 이루어진 전경련 경제사절단으로 17일 동안 중국을 같이 방문하였다. 상해, 북경, 심양, 광주, 항주 등 여러 성을 순회 시찰하며 가는 곳마다 성장들의 열렬한 환영을 받았지만 그 당시 중국은 오늘의 모습이 아닌 대단히 낙후된 상태였다.

내륙을 이동하는데 기차나 비행기가 지연되거나 취소되는 일이 다반사였다. 그 당시 중국민항의 약자는 CAAC였기에 CAAC를 가리켜 우리 일행들은 'China Airline Always Cancel'이라고 빈정대며 웃기도 했다. 그런 여건 속에서도 한 원장은 팀장으로서 순발력 있게 열심히 일행을 섬기고 봉사하며 17일간 사절단의 여정을 성공적으로 마칠 수 있었다.

그 후에 전경련에서 오랫동안 승승장구하며 국제경영원 전무로까지 승진하였고 한국 최고의 선두주자 전경련 AMP 과정을 구축하였다. 인생 후반

전에 인간개발원 원장으로 부임한 것은 HDI 회원들에게 복덩어리가 굴러온 것이다.

변화의 가속화시대에 창의적이고 혁신적인 발상으로 경영관리를 하는 모습에서 만날 때마다 동역하고 싶은 삶의 숨결을 느낀다. 수많은 인사들을 모두 기억하고 관리하는 슈퍼 컴퓨터형 지능에 다재다능한 재능을 개발하여 성악가로서도 경지에 이르더니 문단에까지 시인으로 등극했으니 인생의 장르가 어디까지 펼쳐질지 궁금하기도 하다.

이번 발간되는 신작 『세상의 문을 두드려라!』는 경제사절단원으로 열방을 누비며 번쩍이는 통찰력으로 지구촌을 풀어낸 것으로 한국이라는 울타리를 벗어나 글로벌 마인드를 갖는 데 크게 유익한 자료들이고 길잡이기도 하다. 넓고도 다른 나라들의 풍물을 접하며 떠오르는 상념을 시심을 통해 압축된 언어로 맛깔스럽게 표현하고 있어 청년세대에 희망과 도전의 메시지가 될 것을 확신한다.

지성과 희로애락의 경험이 한데 어우러져
하모니를 이룸으로써 비로소 문인으로서의
아름다운 글이 쓰일 것이다. '문인 한영섭'

Morus Corporation in USA
대표 **문 삼 식**

문인이 되고 시인이 되는 것이 하늬바람 타고 서풍으로 주섬주섬 가다가
그냥 만나서 되는 것이 아니라 민들레 홀씨 같은 마음 한길로 바람이 데려
다준 곳이라면 어디라도 뿌리내려 구성진 집을 지을 수 있는 감성에다 마
음 깊은 곳에 내재되어 있는 인성을 불러 모으고 가나다라를 배워온 지성
과 희로애락의 경험이 한데 어우러져 하모니를 이룸으로써 비로소 문인으
로서의 아름다운 글이 쓰일 것이다. '문인 한영섭'

새싹이 올라오던 어린 시절부터 한 울타리에서 아웅다웅 같은 이슬 먹고
자라 님의 심성을 어느 정도는 알고 있는 바, 칠공년 초 교복 시절, 떡 벌어
진 몸매에 교모를 삐딱하게 눌러쓰고 상의 위 단추 두어 개쯤 풀어헤치는
반골 기질이 있었으나 어느 순간 성선설을 신뢰하는 범생으로 갈아탄 비밀
을 삼식이는 알고 있다.

이후, 도사들이 즐비하게 활보하는 여의도에 입성하여 입사한 사람이 오를
수 있는 최고봉까지 올라 정년을 맞았고, 누구는 젊은 시절 횅하니 물 건너
로 도해하여 물설고 낯설은 곳에 정착하여 정년 없는 일에 매달리고 있다.
이렇듯이 그 과정에서 서로가 가는 길이 달라 한참을 자신의 일에 열중하
여 멀어진 듯했으나 이순의 길 위에서 또다시 옛 친구 옛정을 토닥이고 있다.

정년 은퇴하면 이식이나 삼식이가 되거나 소일거리를 찾아 작은 일을 하는 것이 정도일진대 님은 정년 은퇴 후에 더욱더 바쁜 하루를 보내고 있음에 그 정열과 열정이 부러울 뿐이다. 연구원의 원장으로, 때로는 오페라 가수로 무대 위에 서기도 하고, 동창회장으로 우리 친구들을 위해 봉사하기도 하고, 일 년 전부터 계획을 세워 자기 시간을 철저하게 관리하니 시간이 누수되는 여유가 없음에도 이번에 시인·문인으로의 입문은 님의 끝없는 열정과 의욕이 삶의 활력소가 되어 인생을 즐기는 것임을 알 수 있다.

한 작가의 산티아고 순례길 답사기(踏査記)와 그 먼 곳에서 데려온 귀한 시들을 접하고, 우악한 한 사내가 마음에 품고 있는 소회들이 때로는 고난과 역경에도 꺾이지 않는 강인함으로, 때로는 여인의 섬세함과 부드러움으로 승화되어 주옥들을 꿰매니 앞으로 태어날 글들이 사뭇 궁금해지고 기다려진다.

사람들은 누구나 귀한 순간들을 가끔씩 꺼내어 보며 회상한다. 그리고 나 역시 불현듯 무엇인가에 홀린 듯 생고생을 하고 싶어지면 그 기억, 그 길을 다시 찾을지도 모른다. 이젠 지난날의 그 고운 동안은 운길산 육부 능선에 묻어두고 그보다 더 고운 삼신도사 같은 하얀 완숙미를 심신에 부여받았으니 문인으로서의 역할도 그리 되도록 큰 축복을 빌어본다.

최고의 교육을 제공함으로써 우리 산업과
기업발전에 도움이 되는 품격 있는
경영자들을 많이 배출해 내기를 바랍니다.

호암재단 이사장 **손병두**

한 원장은 제가 전경련의 한국경제연구원부원장 시절 처음 만났습니다.
전경련 제주하계세미나에 삼성 이건희 회장이 회장 취임 후 처음으로 공공
장소에 연사로 오셔서 강의할 때 한 원장을 만났는데 제주에서 열심히 준
비를 하고 있는 젊은 청년이 바로 한영섭 대리였습니다.
이후 증권시장이 2000포인트를 넘는 날 전경련 IMI최고경영자과정에 연사
로 초빙되어 두 번째 만났고 부장이 되어서는 저를 찾아와 국제경영원의
발전방안을 조심스럽게 이야기하면서 조언을 구하곤 했습니다.

한 원장은 국제경영원 최고의 자산인 총동문회 활성화를 위해 무진 애를
많이 써서 제주에서 열리는 하계포럼에 매회 300여 명이 오던 행사를 1
천명이 넘게 오는 행사로 발전시켰고 최고경영자월례조찬회를 20년 만에
500명이 참여하도록 크게 활성화시켰습니다. 월례조찬회나 제주하계세미
나는 한 국장이 일본 경단련 연수를 마치고 돌아와 국제경영원에 대리로
보임된 후 본인이 스스로 발의해서 직원들과 만들어 나간 작품이어서 이를
성장시키려는 의욕이 강했습니다. 해외연수프로그램도 수없이 만들어서 경
영자 CEO들은 대리 때부터 해외를 안 가본 데 없이 많이 가서 견문이 많이
넓어졌으리라고 생각합니다.
제가 서강대 총장으로 옮긴 이후에는 최고경영자과정을 중심으로 동문회

를 활성화시키고 이어서 조찬회와 하계포럼을 발전시킴으로써 국제경영원의 부원장(전무)으로 승진하여 말단에서 최고의 자리까지 올라간 입지전적인 인물로 한 원장이야말로 성실노력형의 전형이라고 할 수 있습니다. 지금은 인간개발연구원의 원장으로 자리를 옮겨서도 활발하게 활동을 하고 있어서 참으로 대견스럽고 기대가 큽니다.

지금도 자주 제게 자문을 구하고 저를 멘토로 삼고 정진하는 모습에 오히려 감사를 드리고 개인적으로는 제가 전경련 부회장직에서 물러나 전경련 고문으로 잠시 IMI에 사무실을 두고 있었을 때도 한결같이 저를 극진히 모시는 모습에 한 원장의 인간미와 의리에 깊은 감동을 받은 바 있습니다.

앞으로도 한국경제, 경영계를 위해, 교육기관의 대표로 단단하게 자리매김하여 인생의 여정 속에서 항상 성장가능성 있는 경영자를 발굴하고 최고의 교육을 제공함으로써 우리 산업과 기업발전에 도움이 되는 품격 있는 경영자들을 많이 배출해 내기를 바랍니다.
교육을 통해 본인 스스로도 지혜를 연마하여 섬기는 자세로 남은 인생을 헤쳐 가시기를 바라며 항상 부지런하고 바쁜 일상 속에서도 이번에 책을 출판한다기에 다시 한번 축하와 박수를 보냅니다.

어느 원우도 전혀 불편함이 없이 여행을
만족해하며, 한영섭 국장님께 감사하게
생각하였다.

코리아나 회장 **전 병 직**

한영섭 원장님의 『세상의 문을 두드려라!』 출판을 진심으로 축하드린다.
내가 한영섭 원장님을 만나 인연을 맺게 된 때는 2004년 전국경제인연합
회 산하 국제경영원 최고경영자과정 50기에 입학을 하면서다. 당시에는 국
제경영원의 사무국장 시절이었는데 내가 입학하고 나서 얼마 지나지 않은
시점에 이미 나는 이분이 보통 분이 아니라는 생각을 했다.

이미 내가 입학하기 전에 국제경영원의 최고경영자과정을 수료한 원우들
은 3,000여 명이 훌쩍 넘었고 그 외 다른 과정을 수료한 원우들도 있으니
꼭 4~5천 명이 될 것으로 짐작을 한다.

그 많은 인원들을 만나면서도 언제 어디서 누구를 만나도 이분이 누구이며
어떤 사업을 하시고, 성격은 어떤지 등 대부분 알고 계셨다.

특히 수업 중인 원우 한 사람 한 사람에게 친절하고 많은 관심을 가지시고
혹여라도 불편한 게 없는지를 일일이 챙기시는 것에서 정말 보통 분이 아
니구나 하고 생각을 많이 했다.

50기 졸업 여행으로 중국의 해남도에 갔다. 해남도는 중국의 최남단에 있

는 섬으로 한국에서 출발할 때는 겨울이었지만 해남도 기온은 중국의 남단에 위치한 섬이라서 한국에서의 삼복더위와 같은 기온이었다. 나는 이미 1987년부터 중국을 다녔지만 다른 원우들은 중국 땅이 처음인 원우가 대부분이었다.

한영섭 국장께서는 치밀한 여행을 계획하고 원우 한 사람 한 사람을 각별히 마음 써 주셔서 어느 원우도 전혀 불편함이 없이 여행을 만족해하며, 한영섭 국장님께 감사하게 생각하였다.

그 후에 2013년부터는 인간개발연구원의 원장으로 재임하면서도 현재까지도 수많은 분들로부터 존경 받고 계시는 훌륭한 한영섭 원장님이 그간 오랜 세월 속에서 묵혀두었던 보물을 세상에 내놓는 출판 작업에 진심으로 축하를 드리면서 더욱더 경영자들의 안목을 넓혀 주고 지식과 지혜를 쌓는 데 도움이 되도록 노력하시면서 끊임없이 탁마하는 수필가(시인)가 되시어 좋은 글을 써 주시길 바란다.

후배들에게는 삶의 지표가 될 『세상의 문을 두드려라』 발간을 진심으로 축하하며 한 원장과 가정에 하나님의 축복이 있기를 바란다.

한국통일진흥원
서울특별시지회 **정 동 영**

전국경제인연합회에 공채입사 후 국제부 등에서 근무하고 일본 경단련 연수 후에 귀국하여 교육부서인 국제경영원 직원에서부터 국제경영원 전체를 이끌어 가는 전무이사가 되기까지의 세월을 먼발치에서 항상 관심 있게 보아온 본인으로서 오늘 한 줄의 글로서 표현하기는 너무 아쉬운 감이 없지 않다. 학교 교육을 마친 후 사회조직에 입사하여 저렇게 모든 일을 긍정적이면서 적극적으로 헤쳐 나가는 사람이라면 어떤 조직, 어떤 환경에서도 조직이 추구하는 목표가 필연코 이루어질 것이라는 확신을 가져본다.

본인과의 인연이 깊어진 건 내가 기업에 재직 시 1987년에 전국경제인연합회 국제경영원 최고위 16기에 주경야독할 즈음에 인연을 맺게 되어 현재까지 흉허물 없는 관계로 함께하고 있는 것도 있지만 무엇보다 한 원장의 일에 대한 열정이 나를 감동시키고 있었기 때문이다.

IMI를 거쳐 간 국내 굴지의 대기업과 중견기업의 CEO는 물론 기업의 임원들을 한 사람도 놓치지 않고 길·흉사에 누구보다 먼저 참석하여 예를 갖춤은 물론 끝까지 만남의 관계를 유지하려는 노력은 교육기관에 몸담고 있다고 모두가 다 할 수 있는 일이 아니라는 걸 알고 있다. 특히 교육일정 중 국내 기업의 산업연수와 해외 연수에서 젊은 나이에 기업체의 CEO들을 안내하여 가는 일정이야말로 한 원장의 입장에서는 대단한 모험을 하는 과정이라고 보아야 할 것이다.

그 당시(1990년경)에는 남미 쪽(칠레, 페루, 브라질 등) 국가와는 국교도 원활하지 않았던 관계로 비자문제. 치안문제, 현지 정부인사와의 미팅 문제 등 모두가 지금의 상황과 판이하게 다른 세상이었다. 국내선 결항 또는 지연, 현지국가기관인사와의 미팅확인 등 크고 작은 여행계획과는 무관한 돌발사항, 무엇보다 일행이 모두 국내기업의 CEO들이라서 한 치의 오차 없이 진행되어야 할 여행에 간혹 준비 미흡으로 생각하는 경영자의 항의를 혼자서는 감당하기 어려워 밤잠을 설쳐가면서 걱정하고 챙기는 일들은 옆에서 보기에 측은한 마음마저 들었다.

이러저러한 세월을 감내하면서 IMI를 명실공히 국내 최고교육기관으로 반석 위에 올려놓았고 지금 또한 국내 최고의 교육기관인 인간개발연구원 원장으로서 그 소임을 다하고 있는 한영섭 원장에게 존경을 표한다. 또한 세월을 살면서 선배들에게 고마움을, 후배들에게는 삶의 지표가 될 『세상의 문을 두드려라!』 발간을 진심으로 축하하며 한 원장과 가정에 하나님의 축복이 있기를 바란다.

한 번에 그치지 말고 지속적인 시문학도로서,
시인으로서, 사람의 향기를 품은 좋은 시를
써주시기를 부탁드린다.

광주요그룹 회장 조 태 권

4년 전 인간개발연구원 한영섭 원장을 포함한 20명과 함께 터키 역사문화
탐방 시찰단으로 10여 일을 다녀온 적이 있다. 그때 갑자기 시찰단의 단장
역할을 부탁받아 그 소임을 다하고 난 뒤, 귀국 후에도 1년간 '꽃C2 터키 모
임'의 초대회장 역할을 수행하게 되었다.

그 여행이 인연이 되어 '꽃C2 터키 모임'은 여수의 금오도를, 그 다음 해인
16년에는 울릉도와 독도를 돌아보는 국내 여행을 하게 되었고, 회원들과 더
욱더 친밀한 관계를 맺게 되었다.

현재 3대 회장까지 배출되어 정말 타의 모범이 되는 즐거운 소모임으로 발
전하였다. 이는 모두 한 원장이 중간에서 매개체 역할을 다한 노력과 세심
한 배려의 결과라고 생각된다.

특히 울릉도와 독도를 여행할 때는 한 원장이 매일 여행일기를 시와 수필
로 표현하여 문학적 감수성을 일깨우게 해주기도 하였다.

우리 멤버들은 인간개발연구원의 회원들이 대부분이어서 연구원의 사정을
많이 알고 있고, 나는 사업상 바쁜 일정으로 참석은 잘 못 하지만, 연구원의

조찬 강사로 나간 경험도 있어서 항상 연구원에 많은 관심을 갖게 되었다. 2017년 12월에 뜻밖에도 인간개발연구원이 '제3회 인간경영대상'에서 가치창조부문으로 대상 수상을 하는 영광을 갖게 되어 더욱 한 원장이 봉직하고 있는 인간개발연구원에 감사한 마음과 관심을 갖게 되었다.

얼마 전 한 원장이 '한빛문학'에서 시 부문으로 신인상 수상도 하고 등단까지 하게 되었다는 소식에 정말 반가워 축하전화를 드린 것이 계기가 되어 이번에 출간하는 책의 추천사를 맡게 되었다.

가끔 한 원장이 보내주는 여행일기는 그곳을 그와 함께 다니는 착각마저 불러일으킨다. 표현의 극치다. 정말 이 책을 추천하게 되어 영광이다. 한 번에 그치지 말고 지속적인 시문학도로서, 시인으로서, 사람의 향기를 품은 좋은 시를 써주시기를 부탁드린다.

여정 1

여행 같은 인생에서
만난 소중한 인연들

매년 여름 50기 산악회에서는 '한여름 밤의
축제'라 하여 청계산에서 등산 후 저녁식사
를 하는데, 항상 사무국의 부원장인 나를 초
대해 주셨다. 지난여름에도 초대해 주셔서는
'스승의 날'을 그냥 지나치게 되었다며 생각
지도 못한 봉투까지 마련해 주셨다. 김영란
법에 위배되는지는 모르겠지만 받아서 집사
람에게 자랑삼아 주었다.

최고위과정 16기와 나눈 진한 형제애

79년 초 공채 11기 전경련 신입직원으로 입사해 86년 일본 경단련 연수를 다녀온 후, 나는 전경련 경영교육기관인 국제경영원(IMI)에 발령이 났다. 오자마자 제주도에서 최고경영자를 상대로 한 하계포럼과 현재 조찬경연이라 불리는 월례조찬회를 시작했다. 처음은 다 미약했지만 25~6년이 지나고 나니 많은 인원이 모이는 연찬회로 발돋움하였다. 최고위과정을 15기 때부터 맡게 되었는데 인원이 70명을 넘기는 최고위 과정이 되었다.

최고위과정 16기 가을 학기부터는 특별한 인연이 시작되었다. 내 나이 32세 때였으니 당시 직급은 아마 대리였을 것이다. 다 내 큰형님 같고 부모님 같은 연배의 경영자들이 입학하여 학사일정 과정에 많은 협조를 해 주었다. 87년 가을에는 16일간 이분들과 미국 전역을 여행하면서 인간관계가 더욱 돈독하게 되었다.

특히 많은 회원 중에 총동문회장이 되신 정환세 승환니트 회장의 인품과 덕이 높았다. 항상 편안하게 웃는 얼굴로 자상하게 나의 개인 문제에도 자문을 해 주셨다. 또 나와 함께 룸메이트를 한 정동영 사장은 나보다 7~8살이 많은 형님으로서 나를 동생으로 평생 돌보아 주고 있다. 동영형은 한방을 쓰면서 내 일거수일투족을 모두 지켜보았다. 산업시찰 시 인사문을 작성하던 모습, 선물 챙기는 모습은 물론 현지 가이드와 여행일정을 마치고 밤늦게까지 다음 날 일정을 위해 준비하는 모습 등을 보고 내게 칭찬을 많이 해주었다.

나는 그때 현지 여행사 가이드에 의지해 많은 분들이 불편하지 않도록, 방문기관에 실수하지 않도록, 그리고 내가 속한 전경련의 이름에 누가 되지 않도록 혼신의 힘을 다했다. 처음 간 미국에서 나는 매일매일 일정을 미리 확인하고서야 잠들었다. 너무 힘들어 잠을 자면서 끙끙 앓아서 동영형이 걱정을 많이 해 주었다. 회원 중 가장 젊은 원우라 하여 나에게 많은 지원을 아끼지 않았고, 자상하게 회원들의 동태를 살펴주고 불평이 나오는 문제를 미리미리 해결해 주었다. 이분들이 졸업 후 설악산으로 여행을 갔을 때도 나에게 모든 진행의 전권을 맡겨 나는 호텔 예약에서부터 버스임대, 여흥까지 도맡았다. 이러한 것은 나에 대한 믿음 때문이었다. 그때도 그들은 여러모로 많은 도움을 주었다.

정환세 회장, 정동영 형과는 91년에 남미여행을 함께했는데, 그때도 마음의 위로를 많이 받았고, 어려운 여행이 잘 진행되도록 도움을 주어 진한 형제애를 느꼈다. 졸업 후 5~6년이 지났을 무렵, 회사에서 15주년 근속 기념으로 해외여행을 보내 주었는데, 그때 해외여행 코스 첫날 호주에서 이분들을 만난 적이 있었다. 이분들은 부부동반으로 호주와 뉴질랜드를 구경 갔다 오는 길이었는데, 공교롭게도 나와 여행 코스가 같았다. 16기 부부들은 관광을 다 마치고 서울로 돌아가기 전 마지막 밤을 지내기 위해 호텔에 온 것이었다. 그날 그분들과 밤새 술로 지새운 후 그분들은 주머니에서 남은 달러를 모아 내게 여행경비에 보태라고 주셨는데, 그분들이 준 돈이 600불이 넘었다.

이제는 유명을 달리한 분들이 워낙 많아 동영 형만 인연을 갖고 만나지만 이 16기 분들은 내 큰형님 같은 모습으로 언제든 내 가슴에 남아 있다. 그래서 바쁜 일상 중에도 이분들의 경조사는 빠지지 않고 다녔다. 이제는 다닐 일도 없어져서 인생의 무상함을 몸으로 체험하지만 추억과 기억은 계속 되살아난다.

50기 회원들과의 인연에서 배우다

전경련 국제경영원에서 최고위과정을 근 26년간 진행했다. 상·하반기로 최고위과정을 진행하다 보니 졸업한 기수가 거의 50개에 이른다. 대리 때 15기 입학을 시작으로 65기를 마치고 퇴임했으니 50개 기 동안 많은 최고위과정의 경영자들과 교류했다.
대부분의 기수 분들과 친한 관계를 맺었지만 유독 50기 회원들과는 관계 가 깊었다. 이분들은 해남도 해외연수 때도 어린 사무국장을 깍듯이 교수로 예우해 주시고, 교육 때나 수료 후에도 지속적으로 초대하여 인연을 유지해 주었다. 나도 이분들의 인품에 반해 전화도 자주 드리고 행사에서도 종종 찾아뵈었다. 모두 훌륭한 인품의 소유자들이라 어려운 일이 있을 때는 서로 격려해주고 위로하는 조직이었다.

특히 전병직 회장께서는 꽃피는 계절이나 단풍이 아름다운 가을이 되면 가까운 별장으로 여러 차례 회원 부부들을 초대해 주시고 사무국 직원들도 자주 별장에 초대하여 고구마나 밤을 구워 주시는 등 조직 내 구성원들이 인화로 단결하도록 많은 노력을 하셨다. 내가 국제경영원 조직을 떠나고 다시 인간개발연구원에 원장으로 온 다음에도 사무국 직원을 초대해 주셨다. 별장 노래방에서 노래도 함께 하고 백운호수까지 초대해 주시는 등 덕을 베푸시는 그분의 청빈낙도의 삶은 50기가 13년 이상 잘 운영되도록 하는 버팀목이 되었다.

매년 여름 50기 산악회에서는 '한여름 밤의 축제'라 하여 청계산에서 등산 후 저녁식사를 하는데, 항상 사무국의 부원장인 나를 초대해 주셨다. 지난여름에도 초대해 주셔서는 '스승의 날'을 그냥 지나치게 되었다며 생각지도 못한 봉투까지 마련해 주셨다. 김영란법에 위배되는지는 모르겠지만 받아서 집사람에게 자랑삼아 주었다.

특히 50기 산악회는 가을마다 명산순례 행사를 지속적으로 진행하고 있는데 황규완 총무께서 회장을 보필하면서 등산회를 뒤에서 조율하고 봉사하기 때문에 바쁜 경영자들의 모임이 오랫동안 잘 유지되고 있는 것이다.

50기에서는 회장, 운영위원장과 임원진들이 1년에 한 번씩 수련회와 송년회를 차별화된 장소에서 항상 새로운 프로그램으로 진행한다. 모든 회원들이 신선한 마음으로 1박 2일 동안 명산을 순례하고 연말 송년 모임을 갖고 있어 회원들이 많이 참석하는 것을 보았다. 다들 바쁜 세상에서도 50기의 한두 분이라도 희생하며 봉사하면 전체모임이 잘 이루어지는 것을 보았다. 또한 배우자분들의 정성 어린 참여가 50기의 모임을 더 훌륭하게 유지하고 발전하게 하는 원동력이 되었으리라 확신한다.

모임에서 누구 한 사람이라도 잘난 척하고 목소리를 높이거나 돈 자랑을 하면 모임은 오래 못 간다. 자기보다 타인과 전체 모임을 위해 협력하고, 나를 낮추고 겸양할 때 모임에 온기가 있게 된다. 나는 이 50기 모임에서 사람이 어떻게 예우와 대접을 받을 수 있는지를 배웠다. 나를 낮추고 서로 상대를 위해 노력할 때 그들도 나를 대접한다는 원리를 깨달았다. 50기 모임은 좋은 인간관계의 훌륭한 모델이 되었기에 항상 잊지 않고 이분들과 인연을 이어 나가려고 한다.

정이냐 의리냐 정직이냐

전경련 33년 3개월 재직기간 중 26년간을 경영자 교육에 몸을 바쳤다. 최고경영자과정에서 수강생 모집, 교육 진행, 해외 연수, 기별 골프클럽 및 기별 회장단 구성 등 다양한 활동을 하며 연 2회씩 모집과 진행, 수료를 반복하다 보니 26년이 훌쩍 지나갔다. 기별 모임이 잘 되도록 노심초사 신경 쓰면서 너무 빈번하게, 거의 매일 새벽까지 술을 마시게 되니 건강이 많이 상했을 정도였다.

또 경영자과정을 진행하고 수료시키는 것만도 힘이 드는데 수료생들을
총동문회로 묶어 총회장을 선출하고 회장단, 위원장단, 골프회, 등산회를
사무국장인 내가 다 관여하여 진행하니 매일 술자리가 연속될 수밖에
없었다. 이렇게 26년 이상을 하게 되니 수료경영자 중에는 형님 또는
큰형님 관계를 맺는 분도 생겨 주변에 좋은 울타리를 치게 되었다.
'술'이라는 매개체를 통해 인생살이의 의리도 배우고, 형제애도 생기고,
서로 간에 흉허물 없이 터놓고 지내면서 상부상조하게 되었다.

그런데 급작스럽게 예상치 못한 일로 내가 전경련국제경영원을 그만둔
지 2년이 지난 때에 총회장을 역임한 고문단들과 현직 회장 간에 갈등이
생겼던 모양이다. 내가 이미 조직에서 나온 상황이라 나는 불구경하듯 보
고 있을 수밖에 없었다. 그런데 어느 날 고문단 중 친한 형님이 보자고 해
서 나가니 또 다른 고문과 함께 있었다. 그분은 고문단의 단장으로 근 20
여 년 이상 총동문회에서 궂은일부터 큰일을 다 하신 분이었다. 그분은
오랫동안 총동문회와 사무국에 영향을 주었고 내게도 멘토 역할을 해 주
어 나 스스로도 사무국장과 부원장직을 수행하는 데 큰 도움을 받았다.

이분들 부탁은, 과거 역대 총회장들이 낸 동문회 발전 기금은 본인들이
낸 돈이니 고문단의 기금이라고 법정에서 증인을 서달라는 것이었다. 많
은 갈등 속에서 6개월 동안 못 하겠다고 버티었다. 반면 현직 총회장은
'그 기금은 이미 그분들이 발전기금으로 낸 돈이니 소유주가 총동문회'라
고 주장하고 있었다.
현직 회장과 회장단이 고문단을 예우하지 않고 맞서서 생긴 일인 듯하였

다. 고문단 중 근년에 총회장을 역임한 분이 젊은 분이었는데, 아마 현직 회장과 안 좋은 일이 있었던 모양이었다. 이러한 문제가 고문단에까지 불똥이 튀어 현직 회장단과 전직 회장단의 싸움이 벌어진 사태였다.

나는 현직 회장에게 전화 드려서 그 돈을 낸 분들이 전직 회장단이니 돌려드리면 어떠냐고 말해 보았다. 그러나 현직 회장은 펄쩍 뛰면서 무슨 소리냐며 절대 안 된다고 하였다. 난감한 상황 속에서 고문단은 계속 나에게 증인을 서 달라고 부탁했고 몇 차례를 고사하다가 할 수 없이 받아들이게 되었다. 사실대로만 증인을 서겠다고 하고 판단은 판사가 하니 져도 어쩔 수 없다고 여러 차례 이야기를 드린 후 변호사와 함께 법정에 섰다.

고문단들은 총회장이 되면 공식적으로 발전기금식으로 천만 원씩 미리 내었다. 그리고 쓰고 남은 돈은 기금에 넣는 식으로 해서 2억 5천만 원 정도가 모여 있었는데, 금융실명제가 되기 전까지는 이 돈을 오랫동안 총동문회를 보살핀 고문단 단장의 통장에 넣어 놓고 한 번도 기금을 헐지 못하게 했다. 만약 쓰려면 고문단의 허락을 받아야만 쓸 수 있도록 하여 쓸 수가 없었다. 그리고 금융실명제 이후에는 기금을 고문 통장에서 빼서 총회장 명의로 변경해 넣어 두었는데, 내가 이직하고 나서 사 달이 난 것이다.

고문단 입장에서 보면 기금을 낸 분들이 동문회 조직에서 예우를 못 받으니 돌려 달라고 하는 것도 이해가 되었다. 하지만 재판 결과는 현직 총동문회의 승리로 끝났다. 나는 이미 전경련 국제경영원 조직을 그만둔 몸이지만 현직 회장 이하 임원단과는 이제 서로 만나기 부담스럽게 되었다. 고문단 편이 증인으로 내세운 걸 알고 현직 회장이 나에게 증인을 서지 말아달라고 부탁했는데도 증인을 섰으니 그럴 만도 하다.

재판에서 진 고문단 측에서도 내가 자신의 편에서 증언을 하지 않았다고 해서인지 사이가 소원해져 버렸다. 이런 사태가 날 줄 알고 증인을 서지 않겠다고 6개월을 버티었는데, 결국 서는 바람에 양쪽의 인간관계가 서먹해져 버렸다. 난 누구의 편이라고 하기 전에 정직하게 '분명히 그 돈은 발전기금이기 때문에 소신껏 발전기금'이라고 답했는데, 그것이 26년 이상의 인간관계가 멀어지게 되는 결과를 가져왔다.

얼마 안 되는 금액이지만 자존심이 걸린 문제 앞에서는 절대적으로 어떻게든 자기 논리대로 이겨야만 직성이 풀리는 모양이다. 누가 뭐라 하더라도 난 소신대로 정직하게 이야기했을 뿐, 거짓말해서 평생 마음에 두고 있는 것은 안 된다고 생각했다. 당장 2~30년 지기를 잃더라도 돈 때문에, 의리 때문에 허위 증언은 할 수 없다고 지금도 생각한다.

최고경영자 네트워크의 허와 실

우리나라 대학을 비롯해 각종 경제단체나 개인이 운영하고 있는 최고위과정이 전국 단위로 보면 최소 500개는 될 듯하며 특히 서울 유수의 대학 안에는 각종 최고위과정이 단과대학별로 운영되고 있다. 경영자과정 등록금이 최소 3백만 원에서 2천만 원이 되니 재정수입에 큰 기여가 될 것임은 불문가지(不問可知)다. 경기가 좋은 때는 경영자 등록모집이 용이하였다. 그러나 경기가 둔화되고 김영란법이 나오고 나서는 하향곡선을 그리고 있다.

내가 79년부터 경제단체에 33년 이상 근무하면서 최고위과정을 50개 기에 이르도록 모집해 진행해왔기 때문에 많은 경쟁기관들의 교육목적이나 행태를 누구보다 많이 알고 있는 편이다. 그런데 최고위과정은 99%가 단기적으로 학교재정에 기여하려고 시행하는 것이지 한국 경영자의 수준을 높이는 데 첫 번째 목적을 갖고 있지 않는 것 같다.

S대학교도 돈을 벌기 위한 수단으로 혈안이 되어 모집에 열중이고, 경영자 모집이 어려우니 해당 대학교 교수를 주임교수로 1~2년씩 바꾸어 가며 과정을 이어 가고 있다. 지도·주임교수가 갖고 있는 경영자 네트워크를 다 쓰고 나면 다시 다른 교수를 주임교수로 임명해서 1~2년을 운영하는 형태로 최고위과정 모집에 안간힘을 썼다.

요즘에는 경영자 네트워크가 소진되고 기업체 대표들을 지인으로 두고 있는 교수들이 많지 않아서 모집이 잘 되지 않으니 주변에 모집을 잘할 만한 네트워크가 강한 외부 인사들을 초빙해서 그들에게 많은 수고료를 주고 초빙교수식으로 학장 타이틀까지 주어 가며 돈벌이에 나선다.

커리큘럼을 잘 짜서 새로운 기업 환경에 적응하고 이겨나갈 수 있도록 연찬과 경제·경영, 문화, 역사 공부를 하기도 하지만 많은 교육기관 중 일부 사이비교육기관은 우리 사회의 최고 지도층 인사에게 많은 강사료를 드리고 연사로 초빙하여 이분들과 사진 찍기에 열중하거나 네트워크를 쌓는 데 활용하는 경우가 있다. 이들은 골프를 함께 한다든가 술을 마시며 인연을 맺어 정치자금을 지원하는 등의 루트로 이용한다.

또 기업인들은 정치적 보험을 들거나, 자기의 낮은 지명도를 자발적으로 끌어올리고 자기의 신분을 세탁하는 도구로, 정부부처 로비의 창구로 활용하며, 장학생으로 초빙 받은 지도층 원우 인사의 경우 동문이라는 자격을 빌려 재정적 후원자로 나서기도 한다. 또 자수성가 기업인들은 사업 중 어려운 일을 당할 때 부탁할 수 있는 창구로 활용하고 자신의 프레스티지(prestige)를 그들과 알고 지내는 것으로 동격화한다.

내가 26년간 교육해 왔던 최고위과정도 전혀 그렇지 않았다고 항변하기는 힘들다. 그래도 공부 내용에 있어 이론에서 더 나아가, 실천 가능하고 기업에 도움이 되는 강연과 교육으로 진행해 오려고 많은 노력을 하였다. 경영자들을 위해 조찬, 해외연수, 조별 자치회, 합숙 이러한 모든 것을 공부 위주로 하려고 했지만 교육생 CEO들 중에는 자꾸 친목 위주로 가자는 욕망을 노골적으로 나타내는 사람도 있다. 그래서 정작 공부를 하고, 수준 높은 강연을 통해 자기 기업의 발전을 도모하고자 하는 기업인과는 상충되는 모순이 생겨 중간 형태의 포지셔닝(positioning)을 잡기가 쉽지 않았다.

이제 50개 기를 마치고 나니 친교성 최고위과정을 탈피하여 진정한 경영자 교육을 해보고 싶었다. 역사·문화적 소양의 경영자 양성을 위한 인문학 아카데미, 역사최고위, 인문학 서재 등 교양과 통찰력을 키울 수 있는 과정과, 진정 기업의 지속적 발전에 기여하고 급변하는 세계경제와 산업변화 속에서 충격을 완화시키며 대응·리드할 수 있는 경영자의 혁신적 모티베이션을 개발하는 최고위를 준비해 보고자 한다.

조직의 장 선출에 있어서

최고위과정 진행을 하면서 교육을 마친 경영자들의 모임인 총동문회를 조화롭게 유지·발전시키는 일이 내 일의 중요한 부분이었다. 그랬기 때문에 최고위과정 중 기별 회장이나 총회장감으로 누가 인품이 훌륭한지를 항상 관심 있게 살펴보았다.

기품이 있고 리더십이 있으면서 사람을 끌어들이는 매력 있는 분을 첫 번째로 뽑았다. 그러나 회장이나 총회장이 되려면 재정적인 여유와 돈을 쓸 수 있는 마음의 여유도 있어야 되었으니 회장 부탁드리기가 매우 어려웠다. 인품이 되는 분들은 대체로 회장직을 바로 수락하지 않고 오히려 과정을 그만두겠다는 위협 아닌 위협으로 애간장을 녹였다. 진심 어린 부탁과 고도의 전략으로 겨우 어렵게 승낙을 받으면 그러한 분들은 회장직을 잘 수행하였다.

반대로 자발적으로 나서거나 또는 처음 만난 경영자들 속에서 재정적인 여유를 과시해 회장에 추대되면 영락없이 사기꾼의 모습을 드러내어 모임을 망치는 역할을 하였다. 작은 소모임이라도 잘되게 하려면 융화도 잘하고 자신을 낮추는 겸양지덕이 있어야 되는데 잘난 척하면 중소기업인이라도 식상해지면서 단물 빠져 버려지는 껌처럼 되거나 모임이 해체되는 것이다.

총동문회도 그러한 관점에서 총회장을 선출하여 근 30년 가까이 잘되어 왔다. 그러나 내가 그만두기 2~3년 전인 2009년 들어 조직의 장이 바뀌게 되었다. 고문단의 일부 멤버와 조직의 최고 책임자가 젊은 분을 총회장으로 추천하였다. 별수 없이 새로운 젊은 분을 총회장으로 선출하는 데 역할을 하게 되었다.

이 신임 회장도 임기가 끝날 무렵까지는 잘해 나갔다. 그런데 회장직을 마치고 나서 차기 회장과 다음 회장 선출 과정에 크게 관여를 하면서 현직 회장 위에서 자문 역할을 하더니 총동문회가 금이 가기 시작하였다. 30년 이상 역사를 갖고 잘 운영되던 총동문회가 1~2년 사이에 많이 약화되는 모습에 마음이 많이 아팠다.

결국 내가 그만둔 2012년 이후 2년 뒤 오랫동안 동문회를 이끌어 온 고문들이 총동문회 조직에서 이탈되고 신임회장들이 전직회장인 고문들을 어루만지지 못하는 느낌이 들어 안타까웠다. 조직의 장은 마음이 너그럽고 엄격하면서도 자기관리를 잘하고 융화를 잘 이루는 분이 되어야 모임이 잘 이루어질 수 있는 것이다.

부끄럽지만 밝히고 싶은 이야기

집에서 전축으로 음반을 통해 '오렌지향기 바람에 날리고'라는 노래를 듣고 그 음률이 머릿속에 박혀 덕소 집에서 회사를 출근하는 2시간 반여 동안 흥얼거리다 그만 여의도 회사 사무실에서도 흥얼거리게 되었다. 사무실에는 내가 가장 일찍 출근하는데 8시 이전에 도착하니 항상 아무도 없는 방이라 큰 소리로 노래를 불렀다.

아! 그런데 그날따라 임원실에서 임원이 나와 "야 인마! 왜 아침부터 재수 없게 공동묘지에 가서 부르는 노래를 사무실에서 하는 거야!" 하고 소리를 질렀다. 임원실은 대개 신입직원 자리와는 멀리 떨어진 안쪽에 있어 이른 시간에 임원실에 임원이 나와 있으리라고는 생각도 못했다. 사무실은 2층 공간에 산업부, 조사부 합쳐 책상이 50개 이상 있고 200평 이상 되는 널찍한 공간인 데다가 이른 아침시간 아무도 없으니 공명이 더 잘되었다. 거기다 다른 사람에 비해 내 목소리가 비교적 크니 귀에 거슬렸던 모양이다.

나중에 집에 와서 노랫말의 배경 등을 찾아보니 구슬픈 노랫소리의 음률이 그럴 만했다. 전쟁터에 나간 남편을 고향 집에서 기다리던 부인이 머리가 백발이 되어 결국 세상을 떠났다. 그런데 남편은 뒤늦게 전쟁터에서 다리를 다쳐 돌아왔건만 집에 와보니 부인은 세상을 떠나고 오렌지 향기만 날린다는 내용으로 외로운 심정을 그린 스웨덴 노래였다.

이 임원은 실력이 출중한 분이었다. 나를 앉혀놓고 정부부처에 나갈 공문 내용을 이야기하면 이야기 내용 그대로가 바로 공문이 될 정도로 어휘력이 뛰어났다. 그런데 문제는 내가 그분의 빠른 말을 적을 수가 없다는 점이다. 나중에는 몰래 소형 녹음기를 윗저고리 주머니에 들고 들어가 녹음을 해서 풀었다.

한번은 일본 소재 일한경제협회의 전무에게 보낼 내용을 구술하기에 소니사의 소형 녹음기로 녹음을 하면서 받아 적는 척하였다. 이 임원은 목소리도 크고 얼마나 성질이 급한지 금요일에 불러 내용을 이야기하고는 토요일까지 정리하여 일한경제협회로 보내라고 하는 것이었다. 난 당시 일본어를 배우지 못해 일본어 문자 자체를 모르는 눈뜬장님이었다. 녹음을 풀어 글로 옮겨 적은 뒤 회원팀에 계시는,

일본강점기 때 대학을 나오신 연세 많으신 어른에게 가서 일본어로 번역을 해 달라고 요청을 드렸다. 이분이 일필휘지로 몇 장 써주신 문서를 인쇄소로 갖고 와 어렵게 공타를 하고 봉투에 넣어서 겨우 토요일 시간 내에 맞추어 우체국에서 보냈다.

이틀 만에 해내라고 지시한 사항을 기한 내에 해서 나름 뿌듯하게 생각하고 있는데, 한 2주일이 지난 어느 날 그 일을 지시한 임원이 나를 불러 빨갛게 긋고 수정된 편지를 내게 보여 주는 것이었다. 거의 50% 이상 빨간 펜으로 고쳐서 편지를 딸기밭 모양을 해서 내놓으니 나도 내 실수에 어이가 없었다. 시간도 없고 일본 문자를 모르니 인쇄소에서 만들어 준 것을 그대로 보낸 것이 화근이었다. 늦더라도 그 다음 주 월요일 일본글로 번역해 써 주신 그 어른께 교정을 부탁해서 2~3차례 검독을 하고 보내거나, 지시한 그 임원에게 결재를 받고 보냈어야 하는데 시간에 쫓기다가 이런 낭패를 경험하게 된 것이다.

이런 실수가 있고 나서 일본어 공부를 열심히 하게 되었다. 그리고 아무리 바빠도 다시 살피고 확인해서 보내는 습관을 갖게 되었다. 내가 상사가 되어 밑의 직원들에게 일을 시킬 때도 충분한 기한을 주고 마칠 수 있게 미리 미리 지시하거나 준비하는 습관을 갖게 되었다.

세월이 너무 많이 흘러 오렌지 향기 바람에 날리듯 그 유명했던 임원도 세상을 떠난 지 15년은 넘은 듯하고 번역해 주신 그 어른도 살아 계시다면 최소 100세 이상은 되셨으리라. 그 당시 중역이나 번역해 주신 분들은 이제 꽃바람에 날려 세상을 떠나갔지만 추억은 지금도 남아 있다. 내 직장생활 초기에 겪었던 그런 아픔과 고통, 실수가 오히려 세상살이의 아픔과 고통을 이기고 실수를 줄이는 피와 살이 된 듯하다.

중국 출장 후 생긴 출장비 도난 사건

직장생활 한 지 9년째 들어 사직을 결행할까 생각한 적이 있었다. 내게 는 나름 심각한 사정이 생겼던 것이다. 당시 '이 직장에 있어야 하나, 이 런 윗사람 밑에서 근무해야 될까' 큰 고민에 빠졌다. 88년 외교관계가 없 는 철의 장막 중국에 경제사절단을 모아 이끌고 다녀와서 사건은 벌어졌 다. 어렵게 중국에 다녀왔는데 상사인 임원이 본인의 해외출장비를 못 받 았다고 하여 문제가 벌어진 것이다.

분명히 경리과에서 내 출장비와 임원 출장비를 타서 받았다는 사인을 내 가 하고 직접 임원실로 가서 본인에게 드렸다. 때가 아주 더운 여름이어 서 웃옷을 벗고 있었는데 그 임원은 봉투를 받자마자 웃옷 안주머니에 넣 었다. 그리고 계속 다른 손님과 소파에서 이야기 나누는 모습을 보고서 사인은 못 받고 나왔는데 중국에 다녀온 후 그런 이야기를 하니 너무 어 이가 없었다.

보통 해외출장 전에 출장비를 받으면 외화로 환전도 하는 법인데, 귀국 후 20여 일이 지나 못 받았다고 하니 내가 임원 해외 출장비를 떼어먹은 꼴이 되었다. 분하고 억울해서 견딜 수가 없었다. 어떻게 대리 정도밖에 안 된 직원이 감히 임원 해외 출장비를 중간에 가로채겠나. 이 임원은 평소 신앙심이 대단한 분으로 알려졌다. 하지만 이런 분 밑에서는 내가 클 수도 없을뿐더러 그와 같은 조직에 몸담고 싶지도 않아서 아내와 어머니에게 억울한 입장을 이야기하고 사표를 내려 했다.

사표를 내기 전에 담당 과장에게 이야기하니 절대 밖으로 발설하지 말라고 한다. 본인이 해결할 테니 걱정 말고 있으라고 했다. 왜 잘못 없는 사람이 사표를 내느냐, 사표를 내면 내가 진짜 임원 출장비를 떼어먹은 것으로 오해 받는다는 것이다. 생각해 보니 그럴 듯도 해서 사표를 내지 않았다. 나중에 보니 다음 중국 해외연수 출장 때 과장이 그 임원에게 지난 출장비를 마련해 준 듯한 느낌이 들었다.

지금 와서 생각해보면, 해외출장비 사건은 본인이 잃어버렸거나 누군가 훔쳐가지 않았을까 싶다.

끽연과 금연

미국 금융연수로 어느 기관에 들러 하루 종일 교육을 받을 때 일이다.
교육을 받는 동안에는 담배를 피울 수 없어서 쉬는 시간마다 밖으로 나와 담배를 피우는데 열 명씩이나 되는 인원이었다. 하루는 밖에 비가 오는 날, 모두 건물 처마 밑에서 담배를 피우게 되었는데 지나가는 사람들마다 우리를 보더니 우산 속에서 한 번씩 웃고 가는 것이다. 아마 그 모습은 제비 새끼들이 모이를 먹기 위해서 짹짹거리거나 동냥하는 거지들이 처마 밑에 모여 있는 느낌이었으리라. 연수 마지막 날은 초청기관에서 실내 창문을 열고 담배를 피울 수 있도록 해 주었다. 자기들이 보기에도 우리들이 처마 밑에서 담배 피우는 모습이 안 좋았던 모양이다.
지금 생각해보면 왜 그리 담배를 많이 피웠는지 이해가 되지 않는다. 당시는 담배를 피우지 않으면 대화를 할 수 없을 정도로 담배 피우는 것이 자연스러운 현상이었다. 1990년부터 2000년에 이르기까지 미국도

식당에서는 담배를 피우지 못하게 하였으나 길가에는 담배꽁초가 수북하게 널려 있었다. 지금도 일본이나 스페인의 길가에는 담배꽁초가 수북하다. 그런 것에 비하면 우리나라는 빠른 시간 내에 담배꽁초가 길에서 사라졌다. 어떤 지역은 아예 담배를 못 피우게 지정된 곳도 있을 정도가 되었으니 끽연자들의 수난시대가 도래한 듯하다.

요즘에는 환경공해가 대두되어 담배를 많이 피우느냐 적게 피우느냐에 따라 선진국, 후진국으로 구분하기도 한다. 요즘 우리나라에서는 담배를 피우면 '지금도 담배를 피우느냐?'고 물으며 구석기 시대 사람 취급을 받는다. 심지어 우리나라의 유수한 회사 중에서는 담배를 피우면 회사를 다닐 수 없을 정도로 제재를 가하는 곳도 여러 군데 있다. 그리고 담배를 끊지 못하면 그만큼 인내심이 부족하거나 성공할 수 없는 인자를 가지고 있다고 간주한다. 자기 건강을 위해서라도 꼭 금연을 해야 할 상황이다.

과거 정주영 회장은 술은 많이 드셨어도 담배는 전혀 피우지 않으셨다고 했다. 그리고 "몸에 해로운 것을 뭣하러 돈을 써 가면서 담배를 피우느냐"고 이야기를 많이 하셨다. 나도 담배를 오랫동안 많이 피우다가 20년 전에 내 밑의 간부 한 명의 "상무님 의지로 담배를 끊지 못합니까?"라는 단 한마디에 담배를 끊어 버리고 말았다.

내가 담배를 끊고 나서 우리 회사 전 직원들을 대상으로 담배 피우는 사람을 조사했더니 10명으로 전체 30%가 되었다. 나는 담배 피우는 직원들에게 "매달 회사에서 5만 원씩 줄 테니 너희들도 5만 원을 6개월 동안 금연저축으로 태워라. 그래서 성공하면 본인이 낸 30만 원도 돌려주고 회사에서 낸 30만 원도 성공보수로 주겠다"라고 선언하고 금연 작전에 돌입하였다.

6개월 뒤 영등포구청의 보건과에 의뢰하여 금연 결과를 수치로 조사해 보니 열 명 중 여덟 명이 성공하고 두 명이 실패하였다. 실패한 두 명은 한 달 내내 잃어버린 30만 원의 돈을 돌려달라고 사정사정했다. 약속은 약속이니 못 돌려준다고 했지만 처지가 너무 딱하고 불쌍하여 돌려주었 다. 실패한 그들 두 사람이 지금까지 담배를 피우는지는 모르겠지만 그 정도로 결단력이 없어 앞으로 무슨 일을 할까 심히 우려되었다.

내가 회사를 나온 후 1년 뒤 소문을 들으니 내 후임 최고책임자가 담배 피우는 사람이라 금연했던 직원도 다시 담배를 피우게 되었다고 한다. 담배도 주변 사람들이 끽연을 하느냐 금연을 하느냐에 따라 달라지고 특히 윗사람이 어떠냐에 따라 닮아간다고 본다. 회사 돈으로 인센티브를 줘 가면서 직원들 건강을 위해 한 일인데 다시 피우게 되었다니 참 한심한 생각이 들었다.

음악캠프를 다녀와서

근 3년간 매봉역 부근 '스페이스 락(한승호 회장 운영)'에서 오페라 이해 를 돕는 '감성 CEO 위드 오페라' 과정 3개 기를 연속 공부하면서 우연히 성악을 접하게 되었다. 수료식 때마다 아리아 한 곡을 의무적으로 외워 불러야 했는데 음악에 대해 아무것도 모른 상태에서 나는 아침저녁으로 외우고, 전철에서도 한 손에는 악보를 들고 귀에는 리시버를 끼운 채 유튜브를 듣고 외우고 따라 불렀다. 그렇게 하니 어렵던 아리아가 점차 귀에 익고 입에 붙어 수료식 때는 떨리는 마음으로나마 겨우 부르게 되었다.

그런 과정을 6개월 코스로 1년 반을 하다 보니 다른 원우가 불렀던 곡까지 악보를 구해 외우게 되었다. 이태리 가곡을 비롯해 독일, 프랑스 가곡의 어려운 발음도 자꾸 부르다 보니 어렵게나마 익히게 되었다. 세 차례 정규 코스 외에도 '독일 가곡 저녁반'에 들어가 일주일에 한 번씩 1년을 배웠고, '스페이스 락'에서도 추가로 '오페라 따라잡기 코스'에 등록해서 듣기도 하며 개인 성악레슨까지 1년여를 받았다.

무지 속에서 시작한 성악인데도 용감하게 많은 무대에 나서 노래했다. 처음에는 아무것도 몰라 부끄러움 없이 했는데, 하면 할수록 불안하여 나중에는 더 떨렸다. 실력이 부족하기도 하고 외운 게 틀릴까 하는 걱정으로 많은 떨림 속에서 노래한 것이 벌써 20회 이상이 되었다. 외우고 부른 곡이 아리아와 칸초네(canzone), 독일·프랑스·한국 가곡들로 30여 곡에 이르니 나도 놀랍다. 처음 시작할 때는 10곡만 부를 수 있도록 공부하자고 생각했는데, 2~3년 사이에 많은 곡을 소화해 내었다.

이러한 곡을 갖고 매년 여름 '스페이스 락'에서 공부한 원우들이 '락프렌즈'라는 모임으로 가까운 곳에서 1박을 하기도 한다. 재작년에는 두 차례 강화도에 있는 멋진 펜션에서 바비큐 파티를 하며 밤새 아리아를 피아노 반주자의 반주에 맞추어 노래하였다. 작년에는 여주 초입에 있는 해여림 식물원 하이펜션에서 1박을 하며 맘껏 노래하였는데 며칠 지난 지금에도 아주 만족할 만한 장소인 것 같다. 특히 해여림 펜션의 1층 방 천장의 층고가 사람 다섯 명의 키 정도로 높아 노랫 소리의 공명이 아주 좋았다.

락 합창단의 멤버 부인이 반주를 맡아 해주고 락 합창단 지휘자 겸 락프렌즈의 주임교수인 길 교수가 늦은 밤 2부에서 반주를 해 주어 하고 싶은 노래를 다 할 수 있었다. 매년 길 교수가 우리를 지도해 주면서 우리의 장단점을 다 알고 있기 때문에 지도와 반주를 함께 해주니 더 쉽게 노래할 수 있는 것 같았다. 주변의 짙푸른 산풍경이 더욱 지나가는 여름을 싱그럽게 보이게 하고 노래하는 우리의 마음을 더욱 아름답게 만들어 주어 모든 게 감사하다.

늦은 밤 잠을 잃어버려 다음 날 아침 더 자려고 눈을 감고 있어도 밝아 오는 햇빛과 습관적으로 일찍 일어나는 신체리듬 때문에 잠을 더 잘 수가 없었다. 넓은 식물원을 한 바퀴 산책하고 나서 나는 또 다른 선약으로 나오게 되었다. 다른 일행들은 근처 서 교수의 별장에 바비큐 초대를 받아 그리 가신다고 하는데, 사진으로 본 서 회장의 별장은 또 다른 멋이 있는 곳으로 보였다.

멋진 1박 2일의 아리아의 밤을 보냈다. 하지만 늦은 밤까지 잠 안 자고 노래했던 여파가 이틀이 지난 월요일까지 이어져 영 어지럽고 힘들었다.

멋지게 나이를 먹는 법

인간개발연구원은 창립역사가 42년을 지나다 보니 조찬이나 연구원 모임 활동에 나오시는 참가자의 연령대가 높은 편이다. 창립자 장만기 회장이 올해 팔순이시니 연구원과 활동을 함께 하면서 괘를 같이한 분들의 연세가 못해도 칠순을 지나 팔순을 넘는다.

이분들은 참 멋진 인생살이를 하신다. 기본적으로 젊은 시절 기업을 일구었고 이제는 2세나 전문경영자에게 일을 넘기신 분들인데, 어떤 분들은 지금도 활발하게 사업전선에서 뛰시는 분도 있다. 매주 새벽부터 조찬모임에 나와 항상 본인이 앉는 좌석에서 조찬을 하면서 세상 돌아가는 이야기도 하시고, 조찬에 늦는 분들을 위해 자리도 잡아주신다. 조찬시간에 졸지도 않고 열심히 필기를 해가며 듣고 강의가 끝나면 후담장소에 와서 강사에게 많은 질문을 한다. 정부부처에서 장관급 연사라도 오면 정부의 실정이나 정책에 대해 중견·중소기업의 애로도 직접 이야기하고 부탁도 드리는 적극적인 의견 피력자이자 여론을 만드는 오피니언 리더들이다.

또한 국가에 대한 충정이 지나치다 싶을 정도로 애국심이 강하며 현장에 나가서는 자기 의견을 실현시키고자 하는 행동파시다. 우수리스크(Ussuriysk) 극동지역 순방 중 일제하 최재형 우국지사의 이야기를 전해 듣고 최재형 장학재단을 직접 설립해서 최재형을 알리는 도서도 출간하고, 뮤지컬과 영화도 만들면서 고려인 학생들을 지원하는 일까지 벌이는 애국자들이다.

이분들은 1그룹부터 4그룹까지 만들어 월별 모임을 낮이나 저녁에 가지면서 해박한 지식과 지혜를 나누고, 수필모임도 만들어 글쓰기 공부도 하는 지식인의 표상을 보여 주고 있으며, 연구원의 큰 행사 때나 심향재단의 아프리카 후원모금 때나 최재형 장학회에도 기부금을 내시는 등 노블레스 오블리주(noblesse oblige)를 실천하는 분들이다. 세월을 멋지게 살아가는 모습에서 젊은 회원들의 부러움을 산다. 우리 젊은 경영자들도 저분들처럼 건강하고 풍요롭고 멋지게 살아갈 수 있을지 생각해 보면 쉽지는 않을 듯하다.

모든 사람은 세월 따라 나이를 먹게 되고 칠순, 팔순에 이르게 된다. 이제는 100세 건강시대라고 하고 실제 수명이 과거에 비해 크게 늘어나 건강한 80대를 주위에서 많이 볼 수 있다. 나이 먹고 늙고 싶은 사람이 있겠냐마는 인간은 세월 따라 자연히 늙게 되는 것이다. 마음은 청춘이라지만 빠지는 기운은 어쩔 수 없다. 기운이 빠져 힘은 청장년만큼은 못해도 건강과 체력에 맞는 일을 찾아 자기를 끊임없이 탁마하고 사회에 기여하는 이분들의 모습에 자연히 존경심이 나올 수밖에 없다.

"젊은이들이여! 나이 들어도 연구원 조찬에 나오시는 이 어른들처럼 멋지게 나이 들어 보십시다."

연구원에서는 향후 젊은 경영자와 국내외 대학생, 지방대 대학생을 멘티로 삼아 연구원의 장관급 좌장, 수준 높은 학계인사, 기업체 CEO들에게 멘토를 부탁하여 멘토링을 통해 청년들의 국가관, 사회관, 기업에 대한 이해를 높이도록 하고자 준비 중이다.

연구원의 어른들이 우리 사회에 또 한 번 경륜과 지혜를 줄 수 있다고 본다. 나이 들어 국가와 우리 사회를 위해 봉사한다면 더욱 멋진 어른들로 인식될 것으로 확신한다. 항상 책을 읽고 글을 쓰며 강연을 청취하고 토론하는 젊은 청춘의 마음을 갖고 있는 사회의 어른들, 존경과 경의를 표하지 않을 수 없다.

이분들은 젊은 시절 산업의 역군으로, 수출산업의 첨병으로 세계 방방곡곡을 다니시어 견문과 생각의 폭이 크고 깊은 만큼 후세를 위해 마지막 불꽃을 피울 수 있도록 연구원에서 불씨를 지피고 마중물을 넣어 드린다면 또 한 번 이 사회에 큰 기여를 하시리라 확신한다.

나의 고향친구들

고향만큼 정다운 게 없다. 또한 고향에서 맺은 어릴 때 친구도 정다운 존재다. 나는 특수한 지역사회에서 초·중·고·대학을 마쳤다. 초등학교를 입학하기 1년 전, 내 나이 6살 때쯤 내가 태어난 곳을 떠나 서울에서 가까운 소사로 이사하게 되었다. 화순에서 태어나 한 6년 살다가 어머니 손에 이끌려 소사로 오게 되었던 것이다.

2년여 소사에서 살다가 초등학교 1학년을 마친 다음 덕소로 옮겨 2학년에 다니게 되었고 그 이후부터 줄곧 결혼 전인 27살까지 살았다. 처음에는 학교가 없고 건설 중이라 조그마한 집에서 옹기종기 모여 이부제로 공부를 하였다. 이후 학교건물이 지어지고 논을 메워 운동장을 만들면서 학교의 모양이 생겨났다. 학교건물은 'ㄱ'자 모양으로 초중고 건물이 다닥다닥 함께 붙어 있었다. 나는 초등학교, 중학교, 고등학교를

그곳에서 쭉 다니면서 유소년과 청소년기를 보냈다.

그곳은 전국 각지에서 올라와 신앙생활을 함께하는 부모님들이 아이들을 데리고 함께 들어와 살았기 때문에 여러 가지 사투리를 사용하는 사람들이 섞여 있었지만 오랫동안 함께 지내면서 자연스럽게 경기도 언어로 변하여 갔다. 학교가 하나씩뿐이 없었던지라 우리 친구들은 초등학교에서 중학교로, 중학교에서 고등학교로 진학하는 과정 속에서도 근 12년간 얼굴을 마주보며 다녔다.

대학만은 시골에 없으니 버스나 기차를 이용하여 서울로 나가야 했다. 나는 자양동에 있는 대학에 다니게 되었고, 대학교를 다니게 된 때부터 고향친구들과 헤어지면서 자주 얼굴을 보기 어렵게 되었다. 고등학교 이후 군대를 들어간 친구도 있고, 부산 근처 기장으로 가서 직장생활을 하는 친구도 있게 되고 서울로 나와 직장이나 대학을 다니게 된 친구도 있게 되었던 것이다.

하지만 다행히도 우리는 중·고등학교 학창시절만큼은 못 만나도 부모님
들이 대부분 같은 신앙생활을 하는 집단 속에 있어서 집을 오가며 만나기
도 하고 동창회나 결혼 후 집들이나 애경사 등을 통해 다른 사람들보다
자주 만날 수 있는 입장이었다. 그렇게 우리는 친구의 형님, 누님, 동생
들도 애경사에서 보통 만날 수 있어 다른 사람 집안의 속사정을 속속들이
는 몰라도 대강은 알 수 있는 정도가 되면서 대체로 이해의 폭이 넓고 친
한 경우가 많다.

나이가 들어갈수록 과거보다는 더 못 만나지만, 우리들은 가능한 한 서로
의 애경사에 꼭 찾아다닌다. 우리는 함께 졸업한 친구들의 숫자도 적고
나이 들면서 세상을 등진 친구도 있고 외국으로 이민 간 친구들도 많아
친구들의 숫자가 다른 학교의 또래들에 비해 아주 적었다.
남자동창 수가 5~60명 선으로 한 반이고 여자동창들은 40여 명밖에 안 되는 한 반이라 다 합해도 100명이 안 되는 수인 것이다. 그래서 우리 친구들은 숫자가 적은 대신 아주 친밀한 관계를 유지하고 있다. 우리 친구들은 말은 안 해도 서로를 위해 애틋하고 속이 깊은 우정을 지니고 있다. 서로 너무 잘 알아 어떨 때는 기분 상하는 일로 마음이 아파 멀리하다가도 우리의 외로운 마음을 서로 이해하여 다시 마음을 녹여 풀어주고 다독여 주는 착한 마음을 가진 친구들이다.

우리는 연중 여름, 겨울 두 차례 정기적으로 만나는데, 여름에는 피서 형태로 계곡을 찾아 만나기도 하고, 겨울에는 송년행사로 음악회를 곁들인 모임을 갖는데 그 외에도 봄·가을로 야유회를 가거나 음악회를 개최하여 연 4~5회 만나고 있다. 올해 송년회에서는 초·중·고 시절 스승님 세 분을 초대하여 식사를 대접하고 스승의 노래 및 어렸을 때 많이 부른 캐럴송과 우정의 노래를 부르며 한강유람선을 타기도 하였다.

우리 친구들은 대부분 음악을 듣고 자라서인지 음악에 재능이 많은 듯하다. 요즘은 만나면 대부분 음악을 자주 함께 한다. 악기를 다루는 친구도 많아지고 노래를 취미로 하는 친구들이 늘어나서 자연적으로 동창회가 아니더라도 취미를 함께하는 친구들끼리 삼삼오오 모여 음악을 하는 것이다. 음악을 함께 부르고 합창을 하다 보면 한마음이 되고 어린 시절 순수했던 추억과 마음이 다시 되살아나 하모니를 이루어 마음이 더 따뜻해지는 이점이 있다.

이제는 다들 60대 중반에 이르렀으니 마음이 더 여유로워져서 서로를 이해하고 과거 서로 상처 주었던 마음을 용서하고 노래와 음악을 통해 서로 이해하는 관계가 되었다. 앞으로 더욱더 노년에 이르는 나이가 되기에 더욱 건강하고 정다운 친구로 살아가는 관계가 되길 바라 보며 우리 친구들의 건강과 화목을 위해 파이팅 해본다.

상우회에 대한 소회

건국대학에서 공부하면서 맺은 평생 동지 모임으로 1학년부터 졸업 때까진 상청회라는 봉사동아리모임으로, 졸업 후에는 상우회라는 이름의 친교모임이 되었다. 69년도에 창립되어 오늘날 48년간이라는 세월에 이르도록 지속적으로 친교모임을 갖고 있는 대학시절의 유일한 모임이다.

최한수, 정태인 선배를 필두로 여러 선배들이 모임을 이끌어 왔고 뒤이어 71학번의 김양진 선배, 73학번의 김승일 선배, 74학번의 정석구, 김명중 선배가 리드해 주고 이어서 75학번인 김상기, 이영재, 임병환 그리고 내가 바통을 받아 지금 2017년에 이르기까지 76, 77, 78학번의 후배들이 명맥을 이어왔다. 이어 85, 86학번 후배들까지 20~30여 명이 상우회의 구성원이 되어 매년 수차례씩 정기모임을 가져 왔고 이제 19년 6월이 되면 50주년을 맞게 된다. 대학졸업 이후에도 활발하게 선후배 동기들이 연중 큰 행사만 해도 네 차례 모이고 더불어 강남, 강북으로 월 2회씩 모임을 갖고 있으니 인생살이에 서로 정을 나누며 큰 힘이 되고 있다.

우리 모임은 오래되도록 서로 간에 경제적이나 재정적인 부담을 지우지 않고 소소한 재미를 나누며 지내니 만나고 싶어지는 모임이 되었다.

상청회 재학생들과의 만남을 위해 청일제(회 창립일) 기념으로 매년

5~6월에 1박 2일로 서울근교에서 합숙으로 선후배 간 워크숍을 30년간 했고 수레제라 하여 한 학년이 올라가면 축하해주는 모임을 초창기 20년 이상은 지속한 바 있다. 체육대회를 선후배로 나누어 진행하기도 했고, 대학교 축제 때 가서 선후배들이 운동장에 펼쳐 놓은 천막 아래서 후배들의 음식장사나 찻집바자회에도 찾아가 함께 즐기며 팔아주기도 하였다.

상우회원들끼리는 봄에 부부동반으로 연극을 함께 보며 식사도 나누는 봄 문화 행사를 즐기고 가을에는 가을야유회를 통해 지방회원들을 찾아 다니면서 1박 2일간 운동도 하고 여행도 다니는 가을여행이 수십 년간 이어져 내려오고 있다. 연말이면 부부동반으로 송년회를 매년 빠짐없이 진행하는데, 회장은 선배로부터 후배로 내려오다가 다시 내 후선배 기수로 올라갈 형편이다.

내후년 19년에는 내가 50주년 준비위원장을 맡기로 되었다. 지난 18년 전 회장으로 30주년 행사를 기획했었는데, 이번에도 떠밀려서 반, 자발 반으로 50주년 준비위원장을 맡기로 하였다. 다행히 19년에는 김승일 73학번 선배가 회장을 맡기로 약속이 되어 잘 협조가 될 느낌이 들어 다행스럽게 생각이 든다.

세월이 오래 지나고 후배들이 지속적으로 졸업 후 들어오지 못하다 보니 10년 이상을 이환철 후배가 총무로 일해 주어 고맙긴 한데 미안함이 크다. 그래도 궂은일 다 하면서 얼굴 한 번 찡그리지 않아 너무 감사하고 고맙다. 오늘도 17년 송년회를 마치고 나오면서 내년 회장을 고종섭 76학번 후배로 선출하고 내후년 회장으로 김승일 선배를 발표하였다. 그리고 내년 송년장소를 예약하고 나왔으니 내년 이맘때쯤에는 창립 50주년 기념행사 날짜와 장소부터 논의하고 확정해야 할 듯하다.

상우회는 여느 모임처럼 재정적으로 큰 기금을 갖고 있지 않고 정으로 모인 모임이라서 돈의 크기에 관계없이 정이라는 가치에 기준을 두고 모이는 모임이다. 언제든지 돈이 부족해서 행사를 못 하거나 시시하게 진행되지 않는다. 그리고 누가 더 부유하고 유식하고 실력이 좋은가 하는 그런 경쟁적인 요소가 없어 마음이 더 편하다. 모임에 갈 때마다 발걸음이 가볍고 참석하면 정이 더 쌓이고 재미가 있다.

최 선배와 정 선배께서 자주 나오실 때는 서로 수준 높은 조크로 경쟁적인 관계에서 시시비비를 걸고 따질 때 옆에서 상당한 재미를 즐겼는데, 정 선배가 미국으로 가서 안 계시다 보니 자동적으로 짝 잃은 기러기 격으로 최 선배도 나오지 않으셔서 재미있는 말싸움, 조크를 즐길 기회를 잃었다. 근년 들어서는 김영남, 이춘조 후배가 동기끼리 주거니 받거니 하는 조크, 농담이 아슬아슬 경계선을 오가면서 재미를 주기도 하고 어떤 때는 점입가경으로 농담이 지나쳐 위험수위에서는 듣는 이들이 초조해지기도 한다.

이제 나이들이 60대 중반에 이르니 한창 꽃피던 시절을 보내고 제2의 인생길을 찾아 눈높이를 낮추어 사회에 봉사하는 일도 하고, 자신의 전문영역에서 전문가로서 사회에 빛과 소금이 되는 일을 찾아서 하는 분도 있고 사진작가의 길에 들어선 분도 있으며 자식들 결혼도 많이 시키고 손자손녀도 본 회원도 있으니 이제 우리 나이가 어느덧 많은 나이가 되었다는 것을 느끼지 않을 수 없다. 모이면 '어디 아프다', '어떻게 하면 건강할 수 있느냐'가 주로 대화의 주제가 된다. 인생살이 100세 시대라고 하는데 오래 사는 것보다 어떻게 하면 더욱 건강하게 지낼 수 있는가에 대해 이야기하면서 이 모임이 더 오래 우리의 삶을 아름답고 재미있게 만들어 가는 모임으로 유지되기 바란다.

터키(Turkey)를 다녀온 꽃씨2 모임 이야기

여름이 지나가는 하늘에 소낙비가 내린 계절, 우이동 계곡 푸른 숲속 깊숙이 박혀 있는 별장 같은 장어집에 모였다. 옛날 같으면 참 찾기 어려운 곳에 위치해 있지만 내비게이션 덕분에 겨우겨우 찾아들었다. 8명의 인원이 모여 오랜만에 안부도 묻고 세상 돌아가는 이야기로 지칠 줄 몰랐다. 건강에 좋다는 장어를 실컷 먹으며 얼음 넣은 화요(火堯, 전통술 이름)로 목축임을 했다.

인간개발연구원이 3년 전 준비한 '꽃보다 CEO 2'라는 제목으로 터키 (Turkey) 여행을 했는데 그때 함께한 경영자들이 모여 오랜만에 회포를 푸는 날이었다. 함께 동행했던 26명 회원 중 10명 정도만 남은 모임이지만, 터키에 동행했던 배우자들까지 포함하면 20여 명에 가깝다.

단장으로 모셨던 광주요그룹 화요의 조태권 회장께서 1년간 회장을 맡아 기틀을 잡아 주었다. 따님이 운영하는 비채나 한식당에도 몇 차례 초대해 주셨다. 각자 입회기금으로 50만 원을 내도록 합의하여 기금도 형성하고 회원 중 어떤 분이라도 초대하면 식사비는 초청자가 내더라도 모일 때마다 5만 원씩 갹출하여 기금을 모으도록 해 몇 년이 지나니 재정이 안정되었다. 모일 때마다 조 회장이 생산하는 화요도 두세 종류씩 갖고 와 맛보이니 다들 화요의 팬들이 되었다.

터키를 다녀온 지 1년 된 기념으로 1박 2일 금오도에 갔을 때는 직접 조 회장이 어죽을 만들어 회원들에게 맛보여 주었고, 다들 술에 취해 구교근 시인의 멋진 시구를 들어가며 늦은 가을밤을 지새웠다고 자랑이다. 역시 사람은 여행을 함께 하고 밤을 지새우며 토론을 해야 서로의 마음을 이해하고 소통하여 정을 쌓는 것 같다.

작년 6월에는 울릉도, 독도를 회원들이 다녀왔다. 김시재 사장이 세무서장으로 재직할 때 알고 지낸 후배 세무사가 울릉도에 있어서 선편, 숙박과 별미를 다 소개받아 다녀왔다. 울산에서는 조 회장이 운영하는 식당에 이른 아침에 들러 맛난 어죽을 먹고, 배의 뒤편 귀빈실에서 이야기도 하고 잠도 자면서 편안한 여행을 했다.

조 회장께서 약속했던 대로 초대 1년간만 회장직을 하실 수 있도록 채영수 회장을 설득하고 채근하여 겨우 2대 회장으로 추대했고, 채 회장이 무난히 2대를 마치게 해 드렸다. 이제 3대 회장을 김시재 회장이 맡아 지난 6월에는 한양에서 골프도 함께했고 조 회장의 초대로 성북문화원 근처 맛집에서 저녁도 함께했다.

이번에는 2대 채영수 회장이 장어 잘하는 집으로 초대하기로 해 그 모임을 가지게 된 것이다. 채 회장은 회장으로 계실 때보다 회장을 마치고 더욱 모임에 정성을 다하시니 믿음이 더 간다.

모임 중간대에 있는 구교근 사장과 이운명 사장은 동년배여서 서로들 편하게 믿고 의지하고 농담도 주고받으며 분위기를 이끈다. 술도 잘하는 이 사장은 기분파라 한두 잔 들어가면 부인들에게도 잘하고 우리들에게도 형님 동생 하며 챙겨 주어 분위기가 살아난다. 초대 총무였던 박성호 사장과 김은수 사장은 남여로 총무역할을 했는데, 두 분은 미식가들의 구미를 당기는 음식점만을 골라 모임 장소로 추천해주어 장소 선정에 크게 일조했다. 여행에는 항상 김시재 3대 회장이 솔선수범하여 일정을 짜고 인도해주는데, 김시재 회장은 여행을 좋아하는 우리 모임에서 없어서는 안될 중요한 여행 가이드이다.

또한 여성 회원 두 분이 있는데, 다들 아름다운 마음 못지않게 기품도 갖추어 흠잡을 데가 없는 경영자들이다. 두 분은 분위기도 우아하게 잡아주고 모임을 활성화시키는 촉매자라고 단언한다. 이분들은 문화예술에도 애정이 많고 독서도 많이 하여 인문적 소양이 높은 사람들이다. 매번 우국충정의 대화가 오가며 건강 비법도 많이 알아서 모임이 끝나면 독서에 대한 자극도 받고 건강 상식도 얻어간다.

우리는 적은 인원이지만 복 받은 모임이다. 터키 순방 시 조태권 회장 수행자로 함께 왔던 성북문화원의 강성봉 국장이 총무, 재무 등의 역할을 맡아 온갖 연락을 대신 해 주니 회장이나 총무의 마음이 가볍다. 조 회장이 강 국장에게 평생 총무 역할을 해 달라 하시니 강 국장은 힘든 일임에도 한결같이 기쁜 마음으로, 겸양의 자세로 일을 해 주니 다들 강 국장에게 감사한 마음을 갖고 사랑해주는 것 같다.

동서양 문화의 결정체, 터키를 가다

동서양 문화의 결정체인 터키, 1만 년의 시간박물관 터키를 방문하였다. 유럽과 아시아의 교차로인 터키는 고대시대의 히타이트에서 로마, 비잔틴제국과 강력했던 오스만제국에 이르기까지 다양한 국가의 영향력이 존재하고 시대별 역사와 문화가 있는 나라로 볼거리가 많았다. 또한 터키는 에게 해와 지중해, 마르마라 해, 흑해와 접하고 있어 다양한 문화뿐만 아니라 천혜의 자연 경관을 가지고 있는 신비의 나라로 근년 들어 여행객들이 많이 늘었다.

인간개발연구원에서는 여행하기 가장 좋은 시월에 여행 날짜를 잡아 인간개발연구원 회원들을 중심으로 20여 분의 여행 단체를 구성하여 터키의 전통문화와 유적 및 천혜의 자연 환경을 둘러보았다. 또한 이희수 한양대 교수를 초빙하여 사전 강연도 받도록 하고 일정에 대한 자문도 받아 풍성하고 깊이 있는 여행, 최고의 품격 있는 문화탐방단을 만들기 위해 총력을 다했다.

그렇게 2014년 10월 7일, 인천공항을 밤에 출발하여 거의 11시간 만에 비행을 끝내고 이스탄불에 도착하였다. 이스탄불에서의 첫 번째 행선지는 세계문화유산에 빛나는 트로이 유적지였다. 이곳은 호메로스가 지은『일리아스』의 배경인 트로이 왕국의 유적지이다. 사람 키의 열 배 정도 되는 트로이 목마를 만들어 놓고 그 안으로 사람들이 오르락내리락할 수 있게 만들어 놓은 게 인상 깊었는데 근년에 새로 만들어 세워진 듯한 물건이었다.

하지만 실제 트로이 유적은 거의 폐허가 되어 기둥이나 건물의 일부로 보이는 돌덩어리만 있는 곳이었다. 하지만 우리는『일리아스』의 배경인 유적을 유심히 의미를 갖고 쳐다보며 트로이 유적지의 사진을 마음껏 찍었다. 엄청 더운 날씨라서 상당히 목이 말랐다. 이곳은 관광객이나 고고학자 외는 올 수 있는 곳이 아니었다.

두 번째 들른 곳은 그리스와 로마를 잇는 고대 도시 유적인 에페소스였다. 지금은 폐허가 되었지만 과거에는 최고로 화려하고 아름다운 곳이었으리라 보이는 셀수스 도서관과 로마 황제에게 바치기 위해 건설한 히드리아누스 신전이 상당한 수준으로 남아 있었다. 또한 이곳엔 2만 5천 명의 관객을 수용할 수 있는 규모의 원형극장도 있어 과거 헬레니즘 시대에는 충분히 당시 시민들을 위한 문화공간으로 활용되고 도시기능을 했었을 것 같았다. 이래서 지금도 많은 관광객들이 에페소스에 들르는 것 같았다. 또한 이곳은 성경에서 에베소라고 불리는 곳으로 고대에는 많은 사람들이 살았고 에베소 교회가 있었던 것을 보아 기독교 신도가 많이 살았고 신앙이 불붙기도 한 곳이었으리라.

에페소스 고대도시를 보고 난 후 우리는 파묵칼레로 향했다. 파묵칼레는 자연적인 석회봉 바위가 순백색으로 빛나는 곳으로 노천 온천에 옥색 빛깔 물이 흐르기도 하고 호텔 앞에는 수영장이 있어서 많은 사람들이 따뜻한 물속에 몸을 담그고 수영을 즐기는 사람도 많았다. 자연이 빚어낸 순백색의 아름다운 석회 바위에 도랑을 내어 이곳에서 많은 사람들이 발을 담고 사진을 찍었다.

로마시대 황제들은 이곳에서 노천온천을 했던 것 같다. 우리 멤버들도 거기서 물에 발을 담그기도 하고 어떤 분은 수영복 차림으로 수영장에 들어가 수영을 하기도 하였다. 파묵칼레는 멀리서 봐도 하얀 백색의 온천 같은 곳으로 한국 사람들도 많이 와 있었다.

파묵칼레를 떠나 안탈리아에 와서는 지중해 바다의 푸른빛을 그대로 느낄 수 있는 곳에 호텔을 잡아 놓았다. 우리는 일찍 일어나 해안가로 달려가 수영을 하기도 하고 모래사장에서 예쁜 조개껍질이나 매끈한 돌을 주워 담기도 하였다. 저녁이 되었을 때는 수평선 너머 구름이 뭉게뭉게 피는데 황금빛 햇살이 수평선을

비추는 순간 돛단배가 나타나 멋진 장면을 사진으로 남겨 사진전에 출품
한 사진작가도 있었다.

안탈리아를 떠나서 이희수 교수가 꼭 가보라고 했던 콘야에 들렀다. 이
곳은 11세기 셀주크 터키의 수도로서 이슬람 메블라나 회교사원이 있고,
메블라나 박물관이 있는 곳이었다. 시내의 중심에 있어서 안으로 들어가
보기도 했는데, 여성들은 꼭 손수건이나 머플러로 머리를 싸고 들어가야
되고 안으로 들어가는 데도 줄을 많이 서서 기다려야 했었다. 우리는 별
로 큰 흥미를 느끼지 못해 시내 커피숍으로 들어가 이곳 시민들과 눈인
사를 했는데, 우리 한국인에 대한 감정이 좋아보였다.

터키여행의 꽃이라고 불리우는 카파도키야는 만화 '스머프'와 영화 '스타워즈'의 배경이 된 지역이라 매체를 통해 많이 보았지만 실제 눈앞에서 버섯 모양의 탑 같기도 하고 개미굴 같기도 한 곳을 보며 많은 기독교인들이 여기서 숨어 지냈다는 말을 들으니 당시의 핍박을 받은 기독교인들의 고초를 알 만했다. 기독교인들이 박해를 피해 숨어 다니며 만들어진 거대 지하도시 데린구유는 들어가면 다시 제대로 밖으로 나오기 힘든 구조의 개미굴처럼 되어 있어서 숨이 꽉 막히기도 하였다. 우리가 묵은 호텔도 땅속에 있는 호텔이라 분위기가 무덤 같은 느낌이 들었다.

아침 일찍 일어나 열기구를 타고 기묘한 바위산, 카파도키야를 돌아보고 온 사람들은 많은 비용이 들었지만 볼만 했다고 하는데, 그만 못 본 게 아쉽기만 했다. 저녁에는 땅속에 만들어진 식당에 들렀다. 불빛 아래에서 터키 민속춤을 추는데, 흰 옷을 입고 계속 한 방향으로 도는 춤에 쓰러질까 걱정이 들 정도였다. 피곤해서 어둠침침한 곳에서 졸음이 오는데, 참기가 힘들 정도였다.

우리는 카이세르 공항에서 비행기를 타고 다시 이스탄불로 돌아왔다. 이스탄불에서는 동서양 문화와 상업의 교류지로 비잔틴 시대부터 무역의 중심지였던 그랜드바자르에 들렀다. 우리의 동대문·남대문 시장 같은 시장인데, 지붕이 높이 만들어져 그 지붕 밑으로 시장이 2열 종대식으로 쭉 양옆에 나열되어 있는 구조였다. 터키과자라는 다양한 과자가 맛이 있었다. 선물용으로 다들 많이 구입해서 돌아왔다. 술탄들이 거주한 톱카프 궁전은 보물로 가득한 곳이었다. 비잔틴 시대부터 오스만제국에 이르기

까지 수많은 왕조의 보물이 궁전 가득히 있었다.

이스탄불의 상징인 성 소피아 성당(사원), 블루 모스크와 이집트 고대도시 룩소르에서 옮겨온 오벨리스크, 두터운 성벽을 보면서 기독교국가에서 이슬람국가로 변하는 과정에서의 수많은 고초와 비잔틴 로마의 종말 직전 오스만 제국과의 싸움 속 피비린내 나는 장면이 눈앞에 보이는 듯 더욱 영화처럼 느껴졌다. 크루즈를 타고 보스포러스 해협을 여행하면서 성벽을 보니 『술탄과 황제』라는 제목으로 엮은 책에서 읽었던 기억이 되살아나 더욱 그 당시 치열했던 싸움이 눈에 그려졌다.

배를 타고 왼편은 유럽, 오른편은 터키로 그 사이에서 보니 비잔틴 제국 당시 로마는 견고한 성이었구나 생각이 드는데도 무너진 것을 보면 참 무력과 힘이 얼마나 중요한가 생각이 들었다.

여정 2

여행은 삶의 쉼표다

여행은 삶의 쉼표다. 여행은 휴식 속에서 엔도르핀을 얻도록 해 인생에 즐거움을 준다. 또한 여행 후 얻은 정서적 안정으로 긍정적이고 전진적인 영향을 받아 더 많은 에너지로 일할 수 있도록 한다. 여행 당시의 고생담은 시간이 지나 돌아보면 되새김질하고픈 좋은 추억이 된다. 함께했던 가족이나 친구, 새로운 여행 친구들을 정서적으로 친근하게 만들어 좋은 관계가 형성되도록 하는 장점도 있다.

인생의 동반자, 여행

여행은 삶의 쉼표다. 여행은 휴식 속에서 엔도르핀을 얻도록 해 인생에 즐거움을 준다. 또한 여행 후 얻은 정서적 안정으로 긍정적이고 전진적인 영향을 받아 더 많은 에너지로 일할 수 있도록 한다. 여행 당시의 고생담은 시간이 지나 돌아보면 되새김질하고픈 좋은 추억이 된다. 함께했던 가족이나 친구, 새로운 여행 친구들을 정서적으로 친근하게 만들어 좋은 관계가 형성되도록 하는 장점도 있다.

여행은 새로운 것에 대한 호기심을 불러일으킨다. 또한 이질적인 문화나 타 지역, 다른 나라의 생활상, 문물, 기업, 산업과 역사를 보고 배울 수 있도록 한다. 서로 간의 공통점이나 차이점을 비교해가며 지금의 우리, 나의 객관적 좌표를 볼 수 있도록 하며, 향후 우리의 향방도 재고해 볼 수 있게 한다.

좋은 여행을 위해서는 특별히 신경 써야 할 것들이 있다. 건강을 챙겨야 하고, 사고에 대한 준비를 철저히 해야 한다. 장기간 여행으로 여독이 쌓일 가능성이 많기 때문에 잠도 부족하면 안 된다. 부부동반이 아니라면 가능한 한 독실을 사용하여 충분한 휴식을 취해야 다음 일정이 편안하다. 무엇보다 과음은 절대 안 될 항목 중의 하나다.

여행 중에는 현찰이나 귀중품을 잃어버릴 확률이 높기 때문에 가능한 한 빼놓고 가야 한다. 정신없이 다니다 보면 분실하는 경우가 많은데, 그렇게 되면 함께 간 사람들에게 좋지 않은 영향을 미칠 수 있으므로 항상 한 장소를 떠나기 전에는 확인하는 습관이 필요하다. 그리고 바삐 서둘러서도 안 된다. 미리미리 전날에 준비를 다 해 두고 귀중한 것은 몸에 지녀 분실이 없도록 해야 모두가 즐거운 여행이 될 수 있다. 여행에서 가장 중요한 것은 좋은 가이드를 만나는 것이고 훌륭한 안내자와 좋은 친구를 만나는 것이다. 그러기 위해서는 내가 먼저 배려하고 이해해 주어야 한다.

여행 중에 보고 들은 것들을 일기로 쓴다든가, 시나 그 외 문학작품으로 만들어도 좋다. 사진을 좋아하는 사람은 사진작품을 남겨도 좋고, 그림을 잘 그리는 사람은 여행 중 보았던 인상적인 장면을 그림으로 그려도 좋다. 그러면 소중한 추억을 정말 생생하게, 바로 어제 일처럼 오래도록 간직할 수 있지 않을까? 여행자끼리 사진과 글을 공유하여 책을 만들면 더욱 오래 여행 추억을 남길 수 있다.

여행은 사람을 여유 있게 만들고 행복감을 충전시켜 주는 활력소로 작용한다. 앞으로도 여행을 인생의 동반자로 여기고 여행 버킷리스트를 만들어 하나하나 이루어 나갈 계획이다.

마음만 먹지 말고 떠나라

여행은 사람의 마음을 들뜨게도 하고 피곤하게도 한다. 출발 전 준비하는 과정에서 이것저것 자료를 조사하고 먼저 다녀온 사람들의 책을 사서 읽어보기도 하고, 가볼 곳에 대한 정보를 하나하나 챙길 때는 설레는 기쁨이 있다.

그러나 실제 여행 중 현실에서 부딪히는 어려움이 있게 마련이다. 지혜롭게 뚫고 나가야 할 부분이다. 서로 의견도 조율해야 하고 아플 때는 서로 위로하고 돌봐주면서 가장 힘든 친구의 입장에 서서 일정을 맞추어 가야 한다. 나만 좋은 것을 먹으며 홀로 나아갈 수는 없다. 물도 나누어 마시고 과일이나 빵도 나누어 먹어야 한다. 내가 좋아하는 메뉴만 고집할 수도 없다. 여행에서는 동행자에 대한 배려가 꼭 필요하다.

여행에서 고생이 많으면 다녀온 후 추억이 남고 더 아름다운 여행처럼 느껴진다. 그러나 실제 여행을 하는 동안은 힘들고 괴롭다. 어릴 때 추억을 더듬으면 늘 걷던 고향길이 새롭게 느껴지듯 여행을 다녀온 후의 기억도 더 아름답게 미화되게 마련이다.

우리 인생은 짧다. 어릴 때는 인생이 너무 길다고 생각됐지만 예순을 넘기니 금방 인생길이 황혼에 접어드는 느낌이다. 몸도 아파오고 기운도 예전 같지 않다. 일이 없어 쉬거나 놀게 되면 인생이 더 짧게 느껴지는 만큼 여유가 생기면 여행을 많이 하는 것이 필요하다.

직장생활을 하다 보면 하루하루가 바쁘고 시간이 부족해 여행을 가고 싶어도 가기 어렵다. 그러다 보니 가보지 못한 곳이면 어디나 자유롭게 다녀보고 싶은 마음이 많이 들었다. 그런데 막상 시간이 남고 여유가 생기면 여행 가고픈 마음은 있지만 쉽게 행동에 옮기지 못하고 미적지근하게 시간만 흘려보내는 경우가 많다.

연세대 명예교수이신 김형석 교수는 98세에도 강연을 하며 노년을 행복하게 보내고 있다. 그러나 모든 사람들이 그런 것은 아니다. 70~80대에 여행은 꿈도 꾸지 못한 채 집이나 요양원에서 할 일 없이 지내는 노인들을 보면 더욱 건강하고 자유롭게 여행을 다녀야겠다는 생각을 하게 된다. 늙어서 건강 잃고 친구 잃고 돈까지 잃으면 여행은 다닐 수 없다. 그래서 요즘은 여행을 다니기 위해서라도 열심히 돈 벌고 건강도 유지하며 친구나 배우자와도 좋은 관계를 유지해야 한다고 한다. 돈을 모아 놓고 건강을 잃어 병원에서 침대생활만 한다면 참으로 괴로운 인생이 아닐 수 없다. 또한 배우자가 노후에 아프면 함께할 수 없으니 더욱 서로의 건강에 힘써야 한다. 말년 인생에 빚더미에 앉지 않도록 하는 것도 유의해야 할 일이다.

최근 들어 느끼는 것이지만 어느 여행지나 여성관광객이 많아 그야말로 여성 천국이다. 남성들은 일에 매달려 사느라 나이가 들어도 쉽게 여행을 떠나지 못한다. 겨우 시간이 나서 여행을 하려 하면 함께할 친구가 없거나 건강이나 재정적 여유가 받쳐주지 않는다. 그러니 나이를 먹을수록 남성들은 더욱 여행하기가 어려워진다. 남성들이 여행을 하고자 한다면 연중 1~2회 정도는 친구나 배우자와 함께 반드시 여행을 떠나겠다는 목표와 계획을 세워 나가야 한다. 아울러 여행이나 트레킹클럽 등 모임에도 가입해서 가까운 곳은 자주자주 다니고, 먼 지역이나 시간이 많이 소요되는 곳은 차분히 준비해서 여행에 임하는 것이 좋다.

가을 속에 나를 던져 놓으리

여름이 지나고 뒷문으로 가을이 슬며시 들어왔다. 이번 여름은 더위가 빨리 찾아온 데다 8월이 다 지나도록 더위가 남아 다들 우리나라가 아열대 동남아 기후로 변했다고 한마디씩 했다.

그래도 기다리던 가을은 어김없이 왔다. 하늘은 푸르고 새털구름이 하늘을 수놓고 있다. 서편에서 뭉게구름이 뭉게뭉게 피어나니 구름 위에 내 몸을 누이고픈 마음도 들었다. 길가에는 빨간 코스모스가 한들한들 바람에 몸을 맡기며 지나가는 잠자리에게 어서 오라고 눈짓을 한다. 이렇게 아름다운 가을이 소리 없이 찾아와 추억 하나도 만들지 못한 채 눈 깜짝할 사이에 사라지지 않을까 걱정이다.

지난봄에는 가뭄으로 논밭이 쩍쩍 갈라져 언제 모를 심어야 하는지, 심은 모가 다 타서 죽는 것은 아닌지 걱정했다. 산의 나뭇잎은 싱싱하게 자라기도 전에 쪼그라들어 낙엽이 되었다. 사상 최대의 가뭄으로 댐 수위가 낮아질 대로 낮아져 모두의 마음을 애태웠다.

그런데 8월 들어 끊임없는 장맛비로 댐 수위가 최고로 올라온 것은 물론 매일 우산을 들고 다니다시피 했다. 올해 봄과 여름은 정말 극과 극을 달렸다. 그래도 태풍이 한반도를 크게 관통하지 않아 농사가 어떤지 모르겠다.

요즘에는 사람들의 욕심이 지나쳐서 소와 닭을 크고 쉽게 키우려고 사료에 인공적인 것을 가미한다. 또한 이러한 가축들이 집단 사육되다 보니 세상에 없던 병들이 창궐하여 인간의 욕심에 경종을 울린다. 채소도 마찬가지다. 각종 제초제와 농약 등을 살포해 사람 눈에 보이지 않는 유해

물질이 과거보다 늘어났다고 하니 사람의 욕심만큼 더 많은 병이 발생하고 있다.

이번 가을에는 이러한 세속적 욕심을 털어 버리고 가을 하늘처럼 깨끗한 마음으로 하늘을 우러러 정말 한 점 부끄러움이 없도록 마음을 다스리고 싶다. 그리고 자연 속에 동화될 수 있도록 나를 던져 놓으리라. 이번 가을에는 산과 들이 붉은 단풍 옷을 벗어버리기 전에 바람 따라 냇물 따라, 이 산 저 산, 이 골짝 저 골짝, 이 고장 저 고장을 찾아다니며 가을과 하나 되어 보리라.

밤꽃 내음 가득한 새재고갯길을 친구와 걷다

산하 입구부터 밤꽃 내음이 은은히 퍼지는 새재고갯길을 친구와 걷는다. 오늘은 햇살이 뜨거워서인지 뒷덜미가 따갑구나. 배낭에 든 것도 별로 없는데 발걸음이 그리 가볍지 않고 힘이 드는 건 운동부족 때문일까? 시작은 원래 힘든 것이라고 생각하며 걸어보지만 걸을수록 숨이 차고 다리가 무겁다.

한참을 걸어 가쁜 숨을 몰아쉬며 숲속에 들어서니 그늘이 시원해 걷기가 좀 수월해진다. 몇 번씩이나 쉬어가며 무거운 발걸음을 딛다 보니 산마루가 코앞이다. 산마루에 올라서니 '산 위에서 부는 바람 시원한 바람'으로 시작되는 동요가 절로 나왔다. 동요 가사처럼 흐른 땀을 산바람이 식혀 준다. 산을 오를 때는 힘들어도 막상 올라 보면 시원한 바람 덕분에 기분이 상쾌해진다. 내려가면서 계곡물에 발을 담가 보리라 생각하니 절로 기분이 좋아진다.

숲속에서는 6월 숲의 향기가 나고 저 멀리 깊은 산속에서는 뻐꾸기 소리가 들리니 코와 귀가 호강을 한다. 가쁜 숨을 죽이고 한자리에 서서 크게 6월의 맑고 짙푸른 숲 향기를 흠뻑 마셔 본다. 그리고 먼 산 숲속 산새의 소리에 귀를 기울여 본다.

"삶이 얼마나 행복하고 귀한가!"

다리가 말을 안 듣거나, 짙푸른 녹음을 못 본다거나, 아름다운 자연의 소리를 못 듣는다거나, 6월 숲속 향기를 맡지 못한다면 얼마나 억울할까 하는 생각이 든다. 계곡물은 차가워 발을 담그기조차 힘들고 발을 담그고 조금 지나면 시리기까지 한다. 이렇게 서울에서 가까운 곳에 인적 드물고 물과 공기가 좋은 곳을 고향으로 갖고 있는 나는 행복한 사람이다.

한참을 새재계곡에 머물다 보니 젖은 땀은 어디로 가고 살며시 추운 느낌이 들었다. 다시 일어나 걸어서 억수농원에 갔더니 주인이 반겼다. 자주 찾아오니 마치 고향 친구를 만난 느낌이다. 막걸리나 한잔하고픈 생각이 든다. 세상이 제아무리 힘들어도 이러한 즐거움이 있다면 이 세상 끝날 때까지 잘 지낼 수 있겠다는 생각이 들며 떠나기가 싫어졌다.

주인이 타주는 커피 한 잔을 마시고 지친 다리를 이끌고 집으로 돌아왔다. 어둠이 오기 전 귀소본능이 이끄는 대로 멀고 먼 집으로 향한다. 왕복 4시간이 걸려도 고향 길, 새재고갯길, 숲속 길, 계곡 길은 언제나 나의 지친 마음의 피로를 풀어 준다.

새재고갯길, 마음의 독을 정화시켜 주는 길

내 고향 덕소는 오른편으로는 유유히 한강이 흐르고 왼편에는 예봉산, 갑산, 적갑산, 운길산이 바람벽을 해주는 아름다운 곳이다. 강원도 여행길이 여러 갈래가 있지만 고속도로를 피해 일부러 양평 쪽 길을 잡아 가는 경우는 남한강의 아름다운 정경을 보려는 심정에서일 게다. 봄이 되면 진달래, 개나리는 물론이고 배꽃, 복숭아꽃, 벚꽃 등 각종 봄꽃으로 산과 들이 꽃동네가 되고, 냇가나 강가 주변에는 물이 오른 물푸레나무와 버드나무에 연푸른 잎사귀가 돋아나면서 여린 마음을 온통 부풀게 만든다. 꿈속에서도 가끔 꽃동네가 나오는데 꿈을 깨면 사라지니 아쉬움만 남는다.

오늘은 꿈속에서도 거닐어 보았던 고향의 길을 지나 어릴 때 놀던 고갯길을 걸어 보련다. 사시사철 계곡 물소리 끊이지 않고, 고갯마루에서 불어오는 솔바람은 온몸을 깨끗하게 정화시켜 준다. 고갯마루를 지나면 연중 마르지 않는 샘물이 있어 나그네의 갈증을 풀어주니 이러한 자연은 우리에게 얼마나 유익한가? 가끔씩 바쁜 일상 중에 고향의 내음, 맛을 느끼고 오면 그간 쌓인 마음의 독이 다 사라져 버린다.

고향은 어릴 적 고향 친구와 함께 걷고 정취를 나눌 때 더 정이 두터워지고 근심이 사라지는 것 같다. 내 고향, 아름다운 고갯길이 더 이상 세속적으로 변하지 않기를 바라며 오늘도 발을 내딛는다.

외롭다는 건 진정 자유롭다는 것

계곡 초입에 떨어진 밤송이의 껍질은 오래되어 색이 바래 추레하고 갓 떨어진 듯한 밤송이는 아직도 가시가 파랗고 무성하면서 껍질 안쪽 표피는 하얗게 배를 드러내놓고 있다. 오른편으로 흐르는 깊은 계곡 물소리는 도란도란 아직도 여름의 추억을 이야기하고 있다. 가을이라지만 여름 더위처럼 땀이 송글송글 맺힐 정도로 덥다. 길 양옆의 밤나무 그늘은 시원하지만 그늘만 벗어나면 하늘에서 쏟아지는 직사광선에 눈이 부시다.

소나무, 전나무 숲에 이르니 짙푸른 그늘 속에서 불어오는 산들바람이 시원해 슬며시 등산 모자를 벗었다. 인기척도 없는 조용한 숲, 딱따구리 한 마리가 숲을 가로질러 나무기둥에 딱 붙었다. 부리로 나무를 '딱딱' 치니 적막한 산속 세계에서 목탁소리처럼 들린다. 조용한 산길을 혼자서 걸으니 흥겹게 이 노래 저 노래가 절로 나와 산새처럼 노래를 부르며 비탈길을 오른다. 혼자라는 게 이렇게 자유로울 줄 몰랐다. 외로워야 진정 자유롭다는 것을 몸으로 느껴본다.

소나무, 전나무 숲에서는 바람결에 향긋한 내음이 코를 간지럽힌다. 폐부를 풍선처럼 크게 부풀렸다 숨을 내쉬니 가슴속 온갖 고민과 스트레스, 이산화탄소가 한꺼번에 다 나가 버린다. 녹색의 바람은 내 마음속으로 들어와 눈을 정결하게 만들고 오장육부의 쓰레기를 다 없애 버리니 오늘의 비움은 내일의 채울 공간을 위한 것이 아닌가 한다.

어느덧 새재고개에 이르러 벤치에 누웠다. 큰 나무에서 뻗어 나온 가지에는 잎이 무성하다. 무성한 잎사귀 사이로 보이는 파아란 창공은 더없이 푸르고, 나뭇잎이 바람에 흔들리며 반짝이는 모습은 낮에 나온 별인 듯하다. 누워서 심호흡을 수차례 거듭하며 비탈길을 오르느라 힘들었을 내 심장을 안정시킨 뒤 다시 노래를 불러 본다.

"세상이 얼마나 아름다운가!"

다시 속세로 내려가야 할 몸이지만 몇 시간만이라도 나와의 대화를 하고, 나만의 시간 동안 바람과, 나무와, 숲길 옆의 꽃들과, 풀들과 눈과 귀로 대화를 하면서 돌아오니 오늘은 내가 나를 위해 봉사한 날 같아 기분이 더욱 좋다.

가끔씩 주말을 활용해 혼자 산책하며 나와의 대화를 시도해 봐야겠다. 외롭다고 사람들 틈바구니 속에서 다른 사람들 비위를 맞추느라 나 자신을 잊고 지냈던 것은 아닌지 생각해 본다. 자주 나만의 산책으로 나와 대화하며 나를 찾아보자.

다시 만난 가을빛 두물머리

마지막 가을 단풍잎은 우리 마음처럼 붉게 빛났다. 바로 고개를 들면 머리에 닿을 듯이 운길산이 우뚝 서 있었지만 팔부능선 숲속에 수종사는 깊이 들어앉아 뭇사람들에게 쉽게 얼굴을 보여 주지 않았다. 맑은 가을하늘 아래 북한강 강변을 따라 조성된 산책로를 걸어간다. 산책길은 아주 편하게 강가를 따라 나 있었다. 우리는 밝고 따사로운 가을빛을 등허리에 받아가며 친구들 간의 우정을 사진으로 남겼다.

어느새 반백으로 변한 머리칼을 날리며 우리들은 억새밭 사이로, 낙엽 진 나무 밑으로 어린 시절을 회상하면서 걷는데, 인생이 강물처럼 부질없이 순식간에 흘러갔음을 이제야 느꼈다. 다시 돌아올 수 없는 어린 시절이지만 고향 길 강물은 우리 옆을 지나 소리 없이 흘러간다. 칙칙폭폭거리며 달리던 양수리 기찻길은 한가로운 트레킹 길로 만들어져 가을바람을 이고 달리는 자전거와 여행자들의 낭만의 다리가 되었다.

철다리를 내려와 두물머리로 가는 강변길엔 아직도 이슬을 먹고 피어난 붉은 장미가 담벼락을 장식하고 버드나무 잎새는 철 지난 여름의 추억에 깊이 머리를 늘어뜨렸다. 이제는 그늘보다 따뜻한 가을 햇살이 좋다. 남한강이 내려와 북한강에 부딪히니 이곳이 바로 두물머리 양수리.

가을과 겨울이 만나는 11월 초. 두 물이 만나는 이곳에서, 머얼리 떨어져 살던 우리 친구들이 고향 찾아 만났으니 그리움 외로움이 반가움으로 한 물이 되어 버렸다. 우리는 다시 헤어지겠지만 강물이 바다에서 만나듯 다시 만날 것이다. 이국 땅 산티아고 순례길에서도 만났고 고향 땅에서도 만났듯이 또다시 우리 함께 남은 인생길에 만날 것이다. 아쉬운 헤어짐이 있으면 다시 반가운 만남이 있을 것이다.

북악산 산행길을 돌아보며…

창덕궁 길은 조선의 기품을 안고 늠름하게 가을 햇살 아래 창연히 빛났다. 청와대 길은 개방되었지만 권력과 총구는 철문 안쪽에 숨어 숨을 고르고 있는 듯하다. 과거는 아름답고 현재는 미완성된 모습이다.
청와대를 둘러싸고 있는 북악산 산행길, 고색 찬란한 성곽 사이로 북쪽으로는 북한산이 보이고 인왕산은 코앞에 있다. 가을을 즐기러 나온 시민들은 모두 윤동주처럼 아름다운 시상을 가진 착한 마음씨의 소유자. 윤동주 시인은 오늘도 우리들에게 서시처럼 하늘을 우러러 한 점 부끄러움 없도록 일깨워준다.
"나라 없는 설움 더 이상 없도록"

윤동주 시인이 생각날 때마다 주권 없는 민족의 아픈 기억이 생각난다. 윤동주 시인이 해방될 때까지만이라도 살았다면 좋았을 텐데… 그저 안타까울 따름이다.

북악산 산행길은 모두가 가을 꽃밭이고 푸른 오솔길이다. 이 아름답고 정겨운 길을 지켜내야 한다는 신념을 일깨우는 역사적 스토리가 이곳에 있다. 이 높은 산중 북악스카이웨이로 오르는 사이클, 내리막길로 가을바람을 가로 질러 내려가는 라이더. 가을은 모든 걸 품어주고 다독이며 받아들인다.

돌아돌아 내려오니 북촌마을이라. 이곳에는 어린 시절 소꿉장난하던 것처럼 모든 게 옹기종기 갖추어져 있다. 작은 상점과 식당이 있고 한옥 속에는 학원도 있고 학교도 있으니 이곳 세상은 한 편의 드라마를 찍는 세트장 느낌이다. 인생살이가 그러한 듯 주변이 다 세트장이고 우리는 연극의 주인공, 저마다의 배역이 있다. 그러나 이 가을에는 악역은 없고 선한 시인만 역할을 해주길 바라본다.

동해의 숨은 비경, 무릉계곡

지난 6월 말, 평창동계올림픽 준비 현장을 들르고 나서 다음 코스로 다녀왔던 무릉계곡을 다시 가을 초입인 9월에도 1박 2일로 다녀오게 되었다. 무릉계곡의 새벽은 새소리, 물소리 외에는 아무것도 없어 다른 잡념이 일어나지 않을 만큼 조용했다. 일찍 일어나 무릉계곡 입구까지 오솔길을 따라 걸어가니 계곡 주변에 텐트촌이 있었다. 이른 새벽이라 텐트촌은 조용하다. 새벽은 항상 새로운 시작의 시간이라, 우주의 기운과 내 몸의 기운이 함께 기동을 시작하기 때문에 준비를 잘하면 하루가 잘 풀릴 것 같은 생각이 든다.

땀이 조금씩 나서 샤워를 하고 나니 더욱 몸이 가벼워졌다. 무릉건강숲 연수원의 조식은 자연건강식이어서 마음에 흡족했다. 이렇게 며칠을 먹고 나면 어떤 병도 다 나을 것 같은 느낌이었다. 밥 속에는 은행이 들어 있고, 고구마, 깻잎은 물론이고 못 보던 나물반찬 여러 종류가 나오니 이곳의 식사에는 무릉도원 계곡과 자연이 잘 어우러져 있다.

짐을 버스 속에 다 놓고서 왕복 3시간 정도의 산길을 걸어 올라갔다가 내려왔다. 오르는 도중에 만난 계곡물은 옥수 같았고 시원한 바람은 땀을

식혀 주었다. 바위에 한문으로 적힌 옛사람들의 이름과 글귀가 보였다. 옛날 사람들도 자기의 존재를 후대에 알리기 위해 저렇게 무리하게 자연을 훼손했다고 생각하니 웃음이 나왔다.

쌍폭에 이르러 사진도 찍었다. 조금 더 올라 폭포에 다다르니 무성한 나뭇잎에 가려 보이기는 하나 사진은 선명하게 찍히질 않는다. 땀을 흘린 만큼 건

강도 다졌고, 동해의 숨은 비경을 보는 행운을 갖게 되어 행복한 여행이었다. 참 감사하다.

인제 아침가리 계곡 트래킹

새벽에 떠난 버스, 막힌 길 위에서 밀린 잠을 청하니 꿈을 꾸며 푸른 숲 비탈길에 섰다. 끝없이 이어지는 고바우고개, 산소 가득 품은 숲이 아니었다면, 아니 구름 가득 머금은 하늘이 아니었더라면 정말 숨이 콱 막혔으리라.

고개를 오를수록 산들바람이 땀을 식혀 주고 비 온 뒤의 풍부한 시냇물 노랫소리가 더욱 상쾌하게 귓가에 들린다. 오르고 오르니 저 멀리 내려다보이는 산허리에 걸린 흰 구름, 산 위로 올라가는 구름이 한 폭의 산수화로다. 여름산은 오히려 비 온 뒤 더 운치가 있다. 산촌에서 하루의 해

가 질 때까지 글이나 읽고 그림이나 그리며 밤이 되도록 노래나 부르며 살아보면 어떨까.

냇물에 첫발을 들여 조금씩 걸어 들어가니 물이 무릎까지 온다. 점점 허리까지 들어가니 여름 물이라도 시원하다 못해 오싹하다. 아예 배낭을 벗고 수영을 해보니 몸과 마음이 모두 정갈하게 시원하다. 냇물 바닥의 돌들이 크기와 모양이 제각각인 데다 미끄럽기까지 하니 조심조심 걸어도 시간이 걸리고 걷는 것이 쉽지가 않다. 물 밖 길이나 물속 길이나 힘들긴 마찬가지다. 인생길 어디라도 쉬운 길 없듯이 이 조경동 아침가리 길도 재미있지만 쉬운 길이 아니다.

제주도를 이야기하다

서울에서 멀리 떨어져 있는 섬 제주도는 비행기로 쉽게 갈 수 있는 곳이다. 일본으로 치면 오키나와, 미국으로 치면 하와이, 중국으로 치면 해남도 같은 느낌의 섬이다. 제주 하면 휴양과 건강이 담보되는 듯한 느낌이 들어 81년 신혼여행 때 제주를 다녀온 이후 얼마나 많이 다녔는지 이제는 셀 수 없을 정도가 되었다. 주로 경영자들과의 합숙이나 하계세미나를 진행하면서 다녀왔다.

매년 여러 종류의 최고위과정에는 지방 워크숍이 포함되어 있는데 서울 근교의 골프장을 예약하는 것보다 제주에서의 단체예약이 쉽고 부부동반으로 많이 참석할 수 있는 이점이 있었다. 또한 합숙 시 서울과 거리가 멀고 항공예약이 쉽지 않아서 급한 일이 생겨도 돌아가기가 어려우니 교육을 진행하기가 수월하였다.

매번 제주에 오면 호텔에서 세미나를 진행하고 골프를 2회씩 진행한다. 골프를 하지 않는 참가자를 위해서는 관광코스를 넣어 두지만 대다수가 골프에 참가하기 때문에 나는 매번 골프에 참여할 수밖에 없었다. 그 때문에 풍광이 좋은 제주를 자주 관광할 수 있는 기회가 적었는데, 올레길이 생기고 나서부터는 한두 번씩 트레킹이나 한라산 등산을 하고 각종 여행코스를 돌아다니게 되었다. 제주는 어디를 가서 숨을 쉬어도 깨끗한 공기와 숲의 바람이 정신까지 맑게 해준다. 청결해진 느낌은 제주공항에까지 이어진다.

제주를 다니면서 제주의 경영자들과도 교류를 하게 되었다. 그분들은 대체로 제주 내에서 사업을 하지만 제주의 기운을 받아서인지, 아니면 내가 제주의 낭만에 취해서인지 신선한 제주바람처럼 깨끗하였다. 항상 연락하면 반갑게 반겨 주고, 내가 내려가면 제주특산물을 뭐라도 하나씩 챙겨 보내시기에 어떨 때는 전화하기가 부담스럽기도 하다.

제주에 태풍이 오면 항상 걱정이 된다. 안전하다는 이야기를 듣고 나서야 안도를 한다. 한번은 제주에서 하계세미나를 한 마지막 날에 태풍이 크게 왔다. 엄청난 폭우가 쏟아져 항공기 결항으로 하루 늦게 서울로 돌아왔다. 그러나 제주는 그렇게 많은 비가 와도 화산섬이어서인지 빗물이 언제 어디로 사라지는지도 모르게 땅속으로 스며든다.

한번은 하계 세미나 때 중문골프장에서 골프를 치는데 갑자기 폭우가 내린 적이 있었다. 많은 사람들이 비를 피해 클럽하우스로 들어왔다가 비가 그치지 않자 버스를 타고 호텔로 돌아갔다. 30분 후에 비가 그쳤는데 골프장의 페어웨이가 멀쩡하여 바로 골프를 즐길 수 있을 정도였다. 남아 있던 사람들은 다시 조를 짜서 끝까지 골프를 마친 적도 있었다.

제주는 음식도 맛이 있고 숙박시설도 다양해 여행객에게 아주 인기가 좋은 곳이다. 20여 년 전 골프장이 많지 않았을 때에는 여름 하계세미나 때만 되면 100명 이상씩 예약을 하는 단체가 일시에 몰려 한두 달 전부터 골프장을 예약하기 위해 로비를 벌여야 했던 때도 있었다.

택시를 타면 바가지요금 때문에 기분 상한 적도 많아 관광지 바가지요금이 언제나 개선될까 불만도 많았는데 요즘은 많이 바뀌어 그러한 문제로 기분 상하는 경우는 없다. 택시도 정상적으로 운영되고, 렌터카 비용도 많이 내려서 교통이 무척 편리해졌다. 거기다 골프장도 너무 많아져서 가격도 인하되고 예약도 편해져 다행이다.

그러나 중국 관광객이 많아진 근년 들어 공항이 작고 항공예약이 어려워진 점은 있다. 또한 물가에 비해 호텔요금이 천정부지로 올라 특급호텔 숙박료가 제주 방문에 걸림돌이 되고 있다. 그 때문에 호텔보다 골프장 빌리지에서 투숙하는 경우가 많아졌다.

우리나라의 귀중한 자산인 제주가 세계적인 명소로 거듭나기 위해서는 먼저 공항이 크게 확장되어야 하고 숙박시설 가격이 다양하게 준비되어 형편과 능력에 따라 선택 가능하도록 해야 한다. 전반적으로 안전하면서도 물가에 맞는 적정 수준의 숙박료가 책정되어야 할 것이다. 그리고 아름다운 숲이 오래 보존될 수 있도록 경관이 아름다운 곳은 개발을 보류하는 것도 생각해 볼 문제다.

제주 주상절리

성난 파도, 무엇에 놀라 그대로 서서 굳어졌나.

먼 바다 이야기를 한라산에 전하려고 왔다가

뿜어대는 화산 용암에 그만 멈추어 섰나.

수많은 이야기는 피워보지 못하고 기기묘묘한 자세로 화석이 되어

옛이야기를 전하지 못하고 말았구나.

둥근 모양은 저 멀리 바닷속 사랑 이야기인가,

팔각형은 먼 바다 너머 정자 속의 노인들의 지혜 이야기인가.

지금은 바람에 전해 오는 전설을 노래하고 음미하며

지나가는 나그네에게

옛이야기로만 남아 태고의 전설로 숨 쉬고 있다.

새벽 미명을 뒤로하고 울릉도·독도로 향하다

새벽 미명에 서울을 뒤로하고 떠났다. 서울역 대합실도 잠이 덜 깬 모습이었다. 미끄러지듯 달리는 KTX는 모두를 꿈속으로 안내한다. 낙낙(Knock Knock)이라는 명문브랜드를 가진 화요가의 한식레스토랑에서는 버~얼써 맛난 갱식이죽을 끓여 콩나물국 내음으로 사람들을 유혹한다. 날계란을 한 알씩 넣어 어젯밤 술에 탄 마음을 해장시킨다.

썬플라워 타는 관광객 남녀노소.

모두들 밝고, 기대에 찬 얼굴에 미소가 환하다.

아직 보이지 않는 울릉도는 벌써부터 우리 마음을 울렁거리게 한다.

모든 건 상상의 날개를 펴며 기다릴 때가 가장 아름답다.

울릉도에 도착하여

한 번도 만나지 못한 펜팔 소녀 같은 울릉도가 뱃전에 다가와

사알짝 반기며 인사를 하네.

소녀의 첫인사는 밝은 눈빛으로 반짝이며 속삭인다.

오래 기다렸노라고.

첫눈에 본 소녀는 키가 훌쩍 커서 고개를 들어야 하는구나.

점심은 부지깽이나물과 참기름으로 무친 이름 모를 나물, 그리고 홍합밥.

맛은 물론이고 건강까지 생각하여 상을 차렸다.

다들 맛난 점심 때문에 울릉도와의 첫 만남이 더욱 신났다.

여행은 역시 훌륭한 안내자의 몫이 중요한 듯하다.

첫 느낌

울릉도 처녀가 차려준 상을 물렸다.

처녀의 고향은 한눈에 봐도 물가에서 오르기 힘든 절벽으로 뭍에서는 접근조차 어렵다. 잠깐 둘러본 처녀의 고향 울릉도의 모습은 5월의 온화한 날씨처럼 조용하고 아름답다. 잔잔한 파도도 우리를 반기는 듯. 그러나 울릉의 처녀는 싫은 남자가 오면 성깔을 내고 바람을 매섭게 만들어 만나지 않으려 한다.

태하향목 모노레일을 타고 올라간 전망대,

거기서 바라본 전망은 그야말로 천하절경.

정상을 오르기는 어렵지만,

오르는 사람들은 모든 것을 내려다보면서

이러한 느낌을 갖고 싶어 오르나 보다.

성인봉에 올라

힘든 일정이어서인지 잠을 푹 잤다. 기절한 사람처럼 잤다. 이른 시간에 대아리조트에서 성인봉을 향해 출발하는데, 그동안 운동이 참 부족했음을 깨달았다. 평소 운동 좀 하라는 이야기다.

트레킹 첫 출발부터 상당한 경사의 비탈길이다.

총 4km라고 하지만 2km 이상 가야 그제야 평지가 나온다.

쉽게 정복하게 놔두지 않을 태세다.

출렁다리를 지나니 좀 평평한 길이 나온다.

하지만 구불구불 돌고 돌아야 그녀의 모습을 볼 수 있을 모양이다.

마음은 급한데 몸은 이미 청년이 아니다.

쉬엄쉬엄 쉬며 가다 보니 갑자기 성인봉 비석이 나온다.

전망대에서 본 울릉도 전경은 동서남북 모두 망망대해로다.

남자의 세계에선 정복이 끝나면 허무한 내리막밖에 없다.

내려오는 길은 상쾌하고 시원한 바람이 더위에 흘린 땀을 식혀 준다.

어젯밤 마신 술 때문인가, 여독 때문인가.

계속 속이 불편하여 성인봉 트레킹이 더욱 힘들었다.

다음엔 경건한 자세로 준비해서 올라와야 할 것 같다.

독도 기행

연중 40여 회밖에 속살을 보여 주지 않는다는 독도의 여인,

1시간 반여 바다를 달려 도착했다.

잔잔한 파도 덕분에 접안을 허락했다.

찾아온 수많은 사람들에게 독도는 각양각색의

바위들로 만든 풍광으로 손짓한다.

물속은 투명한 유리 속같이 속이 훤히 비치며 괭이갈매기들에게 풍성한 먹이를 제공해 준다.

바위를 붙들고 기도하는 사람, 감격에 겨워 우는 사람, 독도를 다 눈에 담지 못할까 봐 안타까운 마음으로 셔터를 누르는 사람, 수비경비대와 팔짱을 끼고 사진을 찍는 사람, 모두모두 부지런히 움직인다. 서울은 때 이른 더위로 고생 중이라는데 여기는 쌀쌀한 느낌마저 들어 점퍼를 입고도 으스스하다.

다시 배에 오른다. 우리를 태운 배는 독도를 두고 뒤로 물러선다. 조금 떨어진 곳에서 자태를 보여주려는 것일까. 조금 물러나오니 독도의 모습이 한눈에 들어온다. 뱃고동을 울리며 떠나는 우리에게 안녕을 고하는 독도 경비대들의 경례와 손짓이 우리 마음을 더욱 안타깝게 만든다.

독도여! 그대는 추우나 더우나 늘 그 자리에 서 있구나!
나는 변치 않을 테니 너희들도 변치 말라고 말하는 것 같다.
성인봉을 오르며 체력이 고갈된 덕분에 다시 잠 속으로 스르르 밀려들어 간다.

울릉도 유람선을 타고
첫날 차로 울릉도 해안도로를 돌아보고, 이튿날은 섬 중앙의 성인봉도 올라가서 울릉도를 사방팔방으로 둘러싸고 있는 바다와 작은 섬들을 보았다. 이제는 바다 쪽에서 울릉도와 부속 섬들을 샅샅이 둘러볼 요량으로 저동을 떠나 서북방면으로 한 바퀴를 돌아본다.
출발 때부터 배를 호위하듯 양쪽으로 날고 있던 괭이갈매기 수십 마리가 사람들이 주는 새우깡을 날쌔게 채간다. 괭이갈매기들이 무질서하게 마구 달려드는 것 같아도 자세히 보니 순서가 있다. 과자를 채간 괭이갈매기는 뒤로 가서 다음 순서를 기다린다. 저들도 나름 질서를 지키고 있다. 두 시간여 동안 계속 배를 따라 날고 있는 지칠 줄 모르는 괭이갈매기의 체력이 놀라웠다.

울릉도는 곰, 코끼리, 토끼 등 각양각색의 모습으로 모습을 바꾼다. 앞모습, 옆모습, 뒷모습이 다 다르다. 바다 위에 솟아오른 촛대 모양의 바위는 하나였다가 더 가까이 다가가면 두 개로 나누어진다. 침식된 동굴이

쌍굴 형태로 푹푹 파여 있는데, 이는 화산폭발 이후 오랫동안 파도에 침식되면서 자연이 만들어낸 작품이다. 이곳에서 태곳적 울릉도의 이야기를 듣는 것만 같았다.

누가 멋대로 울릉의 이야기를 만들어 낸들 어떠하리. 우리 마음에는 전설 같은 태고의 이야기 그대로가 모두 있었던 일처럼 느껴진다.

동해 정동 심곡 바다 부채길 추억

동해바다 바람, 가을바람은 맑고 정갈했다. 동해바다는 가을바람에 밀려와 포말을 일으킨다. 내 마음을 파도마냥 일렁이게 하면서 가을을 만끽하라고 속삭인다. 동해의 크루즈선 위에서 형광라인으로 빛나는 야경은 별빛을 대신해 운치를 더한다. 잠에서 깬 동해의 일출은 수평선 위의 구름 사이로 천천히 얼굴을 내밀며 깨끗하게 세수를 하고 성스럽게 빛난다. 구름을 뚫고 나온 빛살기둥은 바다 표면에 금빛 테두리를 만들어 놓았다.

한 시간여 4km 정동 심곡 부채길을 걷는 동안 각종 형태의 바위가 치솟아 서로들 뽐을 내며 자기를 봐달라고 얼굴을 내밀고 걷는 우리를 향해 손까지 흔든다. 동해 바닷바람은 우리 마음에 가을을 심어주고 우리 발길을 더욱 가볍게 만들어 가슴에 가을을 한 아름 안겨준다.

탁 트인 동해를 바라보며 일출을 보고 느끼는 마음은 매한가지. 푸른 꿈, 바다 너머 먼 꿈을 펼치고, 구름 한 점 없이 깨끗한 마음으로 남부끄럽지 않은 삶으로 살아가게 해 달라고 하는, 기도하는 마음이다.

바닷바람은 막힌 가슴을 뻥 뚫고 시원한 산소는 폐부로 들어와 온몸에 퍼져나간다. 세포가 다시 살아나는 느낌이다. 바닷가 절벽은 둘레길로 펼쳐 만든 인공 철다리에 울긋불긋 단풍처럼 가을 옷을 갈아입고 가을 산속으로 끌어 들인다. 바닷 속에서 나온 바위들도 형형색색 가을 나그네를 반기느라 눈코 뜰 새가 없다.

우리의 가을은 이제 썰물처럼 낙엽처럼 사라져 갈 것이다. 우리의 인생도 가을을 맞이하면 쓸쓸히 빛바랜 갈색이 되어 가겠지. 동해 바람, 푸른 바다는 가을을 지나 겨울에도 끊임없이 불고 철썩이겠지. 내년 봄에 다시 돌아와도 그대는 우리를 기다리고 있겠지.

자! 우리를 잊지 않고 기다리는 그대를 위해 우리 모두 추운 겨울을 견디고, 내년 무더운 여름도 이기고, 또다시 가을이 되면 사랑하는 그대를 잊지 않고 찾아오리라.

여정 **3**

방황하는 청춘처럼 포효하던 대지, 아프리카

우리와 다른 그들의 생활양식과 태도를 배우는 좋

은 기회로 삼아도 좋겠다고 생각했다. '천천히'와,

'빨리 빨리'가 대비되는 하루였다.

헌당식에서 이종도 목사는 "목적 있는 삶이 중요

하고 본인보다 남을 위한 고귀한 목적을 갖고 살

때 더욱 의미 있고 가치 있는 삶이 된다"고 말씀

하셨는데, 그 말씀에 모두 숙연해지며 다시 한 번

우리 삶의 가치와 목표를 되새겨보는 기회를 갖게

했다.

힘들어도 내색 못 하고…

HDI가 마련한 아프리카 CEO 순방단이 2월 25일 밤 12시 넘어 인천을 출발하여 10시간 만에 두바이 공항에 도착했다. 출발 전부터 후원받은 협찬품을 이민가방 8개로 보내는데, 항공사의 비협조로 그 큰 가방을 여행자별로 나눠 가져가야 했다. 각자 개인 상한 중량이 넘지 않게 짐을 꾸리느라 땀을 뻘뻘 흘렸다.

두바이 공항에서는 5시간을 기다린 끝에 22시간 만에 나이로비에 도착하였다. 여기서도 후원 협찬품이 든 박스 7개가 세관에 걸려 오랜 시간 조사받았다. 출국수속이 오랫동안 지연되니 완전히 맥이 풀려버렸다. 결국 세관에 300불을 주고 나서야 짐을 찾아 나올 수 있었다.

22년 전부터 머나먼 아프리카까지 와서 선교를 하고 계시는 이종도 목사님과 이곳 오지에 학교를 세워 주신 김석문 회장을 생각하며 모든 분들이 힘들어도 힘든 내색을 못 하고 있는 듯했다.

첫 번째 행사로 '브릿지월드 대학'을 방문하였다. 이종도 목사님이 정한봉

회장, 김석문 회장과 함께 학교설립에 많은 지원을 한 학교로 아담한 기숙시설도 있고, 도서실, 강의실, 컴퓨터실도 준비되어 있다. 향후 우리나라 연세대학과 같이 훌륭한 인재를 양성하고 선교를 할 목적으로 설립되었다. 학교와 교수 소개를 마치고 학교 투어를 해보니 아직 많은 지원과 협조가 필요함을 절실하게 느끼게 되었다.

'하루'라는 일식당에서 입맛에 맞는 저녁식사를 하니 다시 원기가 회복되었다. 밤늦게 우리가 묵을 숙소인 카렌블릭슨커피가든 호텔 근처에 와서 내렸는데 호텔 주변이 깜깜해서 각자 가방 찾는 것도 어렵고 여기저기 흩어져 있는 펜션형 호텔을 찾아 들어가는 것도 만만치 않았다. 그저 다들 병 안 나고 무사히 분실물 없이 아프리카에 도착하여 첫날밤을 보낸 것을 다행으로 생각한다.

미지의 세계 아프리카, 강한 비트의 여운

모든 멤버들이 새벽 5시에 이미 다 기상하여 별이 빛나는 어둠을 뚫고 산책하고 운동하는 부지런함을 보여 주었다. 모두 한국의 조찬문화에 익숙한 경영자들이어서인지, 시차 때문인지 일찍들 일어나서 조찬을 제공하는 레스토랑 근처에서 체조를 하거나 담소를 나누고 있었다. 오전 6시부터 우리만의 새벽 조찬을 즐기며 아프리카에서 첫날밤 이야기를 나누었고, 앞으로 전개될 미지의 아프리카에 대한 기대감으로 부풀었다.

나이로비 국내선 공항을 향해 7시에 출발했다. 공항 가는 길목에서 우리

차뿐만 아니라 모든 차량에서 탑승객이 나와 간이식 엑스레이 검사대를 통과하여 버스가 오기를 10여 분간 기다렸다. 테러 방지를 위해 버스 등 모든 차량들이 톨게이트에서 지하에 매설된 폭탄검사대를 통과해야만 하는 모양이다.

우리는 나이로비 국내공항에 도착하여 2번에 걸쳐 검사대를 지났고, 항공 안내 사인보드도 없는 상태의 게이트에서 계속되는 안내방송에 따라 3차례씩이나 반복해서 줄을 서는 웃지 못할 쇼를 하였다. 여행객이 많은 곳인데도 불구하고 그처럼 열악한 것을 보면 이곳의 문화수준이 결국 경제 상태를 보여 주는 것이 아닌가 생각된다.

또한 이곳에서도 후원 물품의 항공탑재가 어려워 개인당 분배할 수밖에 없었다. 하지만 전날 인천공항과 케냐 나이로비공항에서 협찬품 항공탑재의 어려움을 겪었던 터라 요령이 생겼다. 여행사에서 일일이 인당 20kg 이내로 나누어 보내다 보니 문제가 많이 줄었다.

12시 30분에 도착한 우쿤다(Ukunda)의 호텔에서는, 입장하는 우리에게 시원한 물수건과 여름 수박음료를 제공한 것까지는 좋았는데 모든 투숙객들이 간단하게라도 신상명세를 적는 등록절차를 밟아야 방 키를 준다고 해서 또 속이 부글거렸다. 참는 것이 여행의 맛인가 보다.

겨우 키를 받고 점심 약속시간에 맞추어 나갔더니 방 청소가 안 되어 몇 분들이 아직도 키를 받지 못한 채 기다리는 모습을 보고 내 잘못인 듯 당혹스러웠다. 점심 약속시간이 되어서야 겨우 나머지 객실 키가 나와, 그제야 여기저기 자신들의 객실을 찾아 들어갔다. 환한 낮이고 호텔 안내원의 도움도 받으니 어젯밤보다는 객실 찾는 것이 빠르다. 그러나 나이로비에 비해 날씨가 매우 더웠고, 바닷가라 그런지 습도가 높아

후텁지근했다.

그래도 인도양이 보이는 전망 좋은 곳에서 뷔페로 점심을 해결하고 나니 한결 배고픔도 사라지고 기분이 좋았다. 이곳의 아름다운 풍경을 사진기에 담느라 셔터 소리가 쉴 새 없었다. 더위를 피해 빙 둘러 놓여 있는 안락의자에 앉아 해풍을 맞으며 김석문 회장이 아프리카에서 은혜 받은 기적의 역사 스토리를 들으니 여행의 의미가 더욱 가치 있게 다가왔다. 아름다운 꽃을 피우려면 많은 햇빛과 흙의 기운을 받으며 바람을 맞아야 되고 또 그 꽃이 열매를 맺으려면 많은 보살핌이 있어야 되듯이 이곳 아프리카에서의 선교와 이곳 어린 학생들의 배움을 위해서는 많은 후원자들의 햇빛, 바람, 거름이 필요한 것 같았다.

한낮의 더위를 피해 해변을 거닐거나, 인도양의 따뜻한 바닷물에 들어가거나, 풀장에서 수영을 하는 분들은 모두 행복해했다. 아프리카에서까지 모처럼의 여유시간에 골프를 하겠다고 가신 분들은 참으로 열정이 대단한 분들이다. 뜨거운 태양 아래서의 골프는 많이 힘들 텐데, 역시 의지의 한국인이다.

이국 땅, 상하(常夏)의 나라는 어딜 가나 밤 문화가 마음을 들뜨게 만드는데 이곳 아프리카 우쿤다도 예외가 아니다. 낮에는 습도가 높아 끈적거리지만, 저녁에는 해풍에 기온이 내려가 적당한 기후로 숨쉬기가 편해진다. 전자오르간을 치며 끊임없이 팝송을 노래하는 악사는 여유와 낭만의 밤으로 분위기를 몰아간다. 맥주로 갈증 나는 목을 시원하게 풀고 여기저기 건배를 제의하니 회원들의 분위기가 더 고조되어 목소리에 한껏 흥이 올랐다.

마지막으로 9시 30분부터 야외 수영장 근처 무대에서는 아프리카 식으로 아크로바틱 쇼가 있어서 자리를 옮겼다. 아프리카 특유의 복장으로 6명의 공연자들이 불쇼, 덤블링, 인간 피라미드의 기기묘묘한 체조로 1시간여 동안 우리들을 즐겁게 했다. 둘째 날 밤은 아프리카의 강한 비트와 박수를 통해 여운이 남는 밤으로 기록될 것 같다.

목적 있는 삶의 의미를 되새기며

헌당식은 심향재단으로서는 최대의 행사다. 인간개발연구원도 회원들의 후원과 협찬을 받아 전달하는 자리라 중요한 자리이다. 이 행사는 심향재단 김석문 회장이 이곳 우쿤다에 오래전 구입한 부지에 초등학교를 지어 헌당하는 행사인데 무더위 속에서 3시간 이상 진행을 하고, 점심도 점심시간을 훨씬 지난 2시경에 하게 되니 모두 지쳤다. 이곳은 영어와 스와힐리어를 사용해 통역이 붙다 보니 행사가 더더욱 지연이 되었다. 축사 내용은 잘 들리지도 않는데 30여 분 이어지니 절로 눈이 감겼다. 모두들 지쳐가는 모습이 한눈에 들어온다.

그러나 어린 아이들의 천진난만한 모습과 율동, 노래 부르는 소리, 오지에서 봉사하는 김석문 회장의 정신은 우리의 지친 마음을 달래주었다. 뜨거운 태양 아래 현지 분들과 단체사진을 찍고 나니 빨리 허기진 배를 채우고 싶은 마음이 굴뚝이다.

점심을 먹고 나니 좀 여유가 생겼다. 어린 학생들 열댓 명씩과 사진을 찍고 나서 다시 호텔로 돌아왔다. 이번 아프리카 방문의 방점 중 하나인 헌당식은 우리와 다른 그들의 생활양식과 태도를 배우는 좋은 기회로 삼아도 좋겠다고 생각했다. '천천히'와, '빨리 빨리'가 대비되는 하루였다.

헌당식에서 이종도 목사는 "목적 있는 삶이 중요하고 본인보다 남을 위한 고귀한 목적을 갖고 살 때 더욱 의미 있고 가치 있는 삶이 된다"고 말씀하셨는데, 그 말씀에 모두 숙연해지며 다시 한번 우리 삶의 가치와 목표를 되새겨보는 기회를 갖게 했다.

저녁만찬은 어제와 같았지만, 음악은 남미스타일의 음악으로 세 명의 악사들이 드럼을 치며 연주를 하는데, 전날처럼 감미로운 음악은 아니었다. 자주 들어 보지 못한 음악이어서인지 감동은 덜했다. 9시 30분부터 별도의 댄스 시간과 무도가 준비되어 있다 하여 앞좌석을 잡아 놓았다. 무대에서는 아프리카 특유의 율동으로 비트가 강한 박자에 맞춰진 스텝으로 다리에 묶인 찰랑이를 계속 흔드는 춤을 추었다. 거기다 양철판을 긁으면서 빙빙 도는데, 소북, 중북에서 나오는 리듬은 애원하는 듯한 주술의 느낌이 들었다. 아프리카의 정취를 춤을 통해 단편이나마 이해할 수 있게 된 것에 대해, 그리고 오늘 하루를 축복해 주신 것에 대해 감사를 드린다.

야생의 마사이마라를 만나다

본격적으로 미지의 아프리카 탐험이 시작되는 날이다. 서두르지 않아도 되는 아침이다. 삼삼오오 일찍부터 해변을 거니는 이들도 있었다. 산책을 하며 인도양에서 뜨는 해를 바라보며 아리아 몇 곡을 불러 본다. 그만큼 기분이 좋다는 뜻이다. 다시 나이로비로 돌아와서 '하루일식당'에서 고추장과 김치를 넣어 맛나게 점심을 하니 모두 기운이 펄펄 넘치는 듯하다. 짐을 정리해 큰 짐은 맡기고 마사이마라행 프로펠러 비행기를 두 대로 나누어 타고 푸른 초장 위에 사뿐히 내렸다. 대기하고 있는 4대의 지프차 앞에서 끝없이 푸른 지평선을 배경으로 단체 사진을 찍고 지프차에 올라탔다.

드디어 코끼리, 기린, 얼룩말이 나타나니 차를 세우고 동물들을 배경으로 연신 셔터를 눌러 대는데 그것도 조금 지나니 시들해진다. '동물의 왕국'에 나오는 사자의 사냥솜씨를 기대하는 눈치들이다. 가도 가도 버펄로, 가젤, 기린, 얼룩말만 있지 기대하는 맹수는 통 눈에 들어오질 않아 실망하고 있을 무렵 여러 대의 지프차가 있는 곳으로 운전수가 차를 몰고 가자 암수 사자 한 쌍이 누워 있었다. 모두 기대의 눈으로 쳐다보는데 수놈이 일어서더니 암놈과 애정행각을 한다. 다들 말없는 환호성이다. 어떤 이는 동영상까지 찍어서 만찬 시 재방송까지 해 주는 서비스를 제공하였다.

돌아오는 길에는 또 다른 암사자가 버펄로 한 마리를 잡아먹으려고 노려 보는데, 그 눈빛이 새끼들이 먼저 먹으려고 하면 물어 버릴 기세다. 새끼들은 어미가 무서워 다 도망을 간다. 다른 쪽에서는 서로 다른 새끼들끼

리 버펄로 꼬리를 갖고 싸우고 있었다. 그러자 아이들 싸움이 어른 싸움이 된다더니 두 어미들이 나와서 싸운다. 자기 새끼가 남한테 당하면 어미들이 나와서 싸우는 모습을 보며 동물의 모정도 인간과 같다는 생각을 했다.

어스름 저녁시간에 우리의 숙박지인 롯지(Lodge)로 돌아오니 갑자기 마사이마라 족의 환영 세리머니인지 한 무리가 괴성을 지르며 나타나 음악이 곁들여진 율동을 하며 프런트 앞을 왔다 갔다 반복한다. 그곳의 투숙객들과 우리 멤버들도 사진 찍기에 정신없었다.

각자 텐트를 찾아 짐을 놓고 레스토랑에서 뷔페를 즐긴 후 모닥불이 켜진 로비 바에 모였다. 기타 선율이 아름다운 가운데 신청된 음악에 맞추어 가볍게 몸을 흔들어 보는 이들도 있었다. 김재기 사장의 맥주 후원으로 7~8명이 한자리에 모여 가져온 치즈, 크래커와 수박으로 건배를 이어갔다.

좋은 날씨 속에서 '동물의 왕국'에서나 볼 수 있는 장면들을 보고 마사이마라의 아주 멋진 롯지에서 빛나는 별들을 바라보며 오늘을 마감할 수 있음에 감사를 드린다.

마사이마라족 빌리지를 가다

마사이마라 내 사로바마라 게임캠프에서의 엊저녁 첫날밤에는 까만 초원 위에 별이 총총히 떠 있었다. 은하수가 펼쳐진 아름다운 밤하늘을 아쉬운 듯 뒤로하고 피곤 속에서 저절로 꿈나라로 직행하였다. 그리고 찾아온 새벽 5시, 모닝콜은 텐트를 두드려 주는 것으로 대신한다. 6시에 로비에 모여 간단히 커피와 빵으로 대충 때우고 6시 30분에 호텔을 출발한다.

마사이마라의 일출은 인도양의 태양과는 또 다른 맛이다. 지평선에서 떠오른 태양은 구름 한 점 없는 파란 하늘 위로 눈부신 햇살을 선물한다. 오늘도 일기가 아주 좋을 징조다. 우리로서는 아프리카 마사이마라에서 다시 보기 힘들 일출을 잡았다는 것 하나만 해도 큰 소득이 아닌가 생각한다. 이 일출 때문에 새벽에 일찍 일어난 것 아니겠는가? 다들 피곤한 모습은 없고, 일출의 모습처럼 힘찬 하루를 시작한다.

다시 어제 본 사자 가족 무리에게로 가니 새벽이라 피곤한지 수사자는 돌부처처럼 꼼짝도 않는다. 반면 두 마리 암사자와 10마리 정도의 새끼들은 어슬렁거리면서 아침을 맞는다. 어제 잡아놓은 버펄로를 절반 이상 먹어치워 별로 남은 게 없다. 기린, 얼룩말, 가젤 등 각종 동물들을 구경하면서 전망 좋은 곳에 차를 세우고 피크닉 조찬을 즐기니 소풍 나온 듯 다들 표정이 밝고 환하다.

샌드리버라고 불리는 강을 지나니 바로 탄자니아 국경지대가 나온다. 거기부터 세렝게티 국립공원(Serengeti National Park)이다. 큰 벽 모양으로 만든 탄자니아 세렝게티 국립공원 표지석에서 모두 사진 찍기 바쁘다. 다 말로만 듣던 곳에 왔으니 인증사진을 찍으려는 것이다.

그다음으로 마사이마라족이 살고 있는 빌리지에 가니 어제 괴성을 지르면서 펄쩍펄쩍 뛰던 모습의 마사이마라인들이 환영을 한다. 기념사진을 찍고 나서 그들의 판매대로 가보니 그들만의 제품을 깔아놓고 판매를 하는데, 몇 분들은 자선의식으로 구매를 해 준다. 이곳은 소똥 냄새가 진동하고 걷는 길바닥 모두가 소똥 밭이니 피할 길이 없었다. 모두들 신발에 붙은 소똥을 나뭇가지로 떨어내고 지프차에 올라탔다.

우리가 묵었던 사로바마라 캠프로 와서 점심을 먹고 텐트빌리지를 한 시간 산책하니 그런대로 소화도 되고 밤에 보지 못한 푸르름을 볼 수 있었다. 다시 두 대의 프로펠러기를 타고 나이로비로 와 한국인이 경영하는 식당에서 모처럼 나물반찬이 푸짐한 한식으로 배를 불리고 호텔에 오니 경비(警備)가 삼엄했다. 어딜 가나 엑스레이 검색대를 통과해야 하는 걸 보니 온 세계가 테러로 몸살을 앓고 있다는 생각이 들었다.

빅토리아 폭포 그리고
잠베지강(Zambezi River) 선셋크루즈

여행 일정의 절반이 지났으니 빠르게 움직여 시간을 절감해야 한다. 새벽 3시 30분에 기상하여 4시부터 간단히 빵과 차, 우유를 한 잔씩 하고 출발키로 하였다. 다들 이른 시간인데도 새로운 지역인 잠비아(Zambia) 리빙스톤(Livingstone)으로 가는 여정이 설렜는지 얼굴이 밝아 마음이 놓인다. 어디 아픈 사람이라도 생기면 일정이 어려워지기 때문이다.

5시경 출발하여 여러 차례 보안검색대를 통과한 후 7시 30분발 리빙스톤행 항공기에 탑승하였다. 비행기에서 다시 본 킬리만자로 산은 지난번 우쿤다(Ukunda) 왕복 때보다 훨씬 크고 선명하게 보인다. 킬리만자로 산을 마음과 눈에 담고 나서 다시 사진에도 담아두었다.

리빙스톤 공항에 도착하여 잠비아 입국 수속을 밟는데 잠비아, 짐바브웨(Zimbabwe) 공통 비자를 50불에 함께 처리해준다. 이번 비행기로 내린 여행객은 우리 외에는 별로 없어서 입국 수속은 빠른 편에 속했다.

그런데 비행기에서 내릴 때부터 비가 내리더니 버스 탑승 후에도 조금씩 비가 내린다. 비 때문에 모처럼의 일정이 흐트러질까 걱정했는데, 버스 내에는 아예 비옷이 비치되어 있고 폭포 근처에서는 폭포수 때문에 옷과 신발이 다 젖을 것을 각오하라는 가이드의 말을 듣고 안심이 되었다.

빅토리아 폭포(Victoria Falls)에 다다르니 더욱 비가 많이 내린다. 아마도 폭포에서 만들어진 물보라가 비와 함께 떨어지는 것 같았다. 우비를 둘러쓴 우리들의 모습이 스머프처럼 우스꽝스럽게 보였다. 하지만 빅토리아 폭포를 처음 보자 모두들 환호성을 지르며 사진 촬영하기 바빴다. 하늘로 올라간 물보라가 다시 떨어지니 바람이 불어 우의로 가린 몸은 어느새 다 젖어간다. 사진작가들 두 분은 그 와중에도 우리 회원들의 사진을 찍어주기 바쁘다. 사진기가 비에 젖지 않게 보자기를 씌웠건만 비는 사진기 렌즈 속까지 들어갈 기세다.

짐바브웨(Zimbabwe) 쪽에서 떨어지는 폭포의 수량은 초당 수백 톤에 달하며 이것이 수백 미터 낭떠러지로 떨어지면서 굉음을 내니 삼라만상 인간의 세속과 잡음을 모두 삼켜버리는 듯하다. 물안개 속에 숨었다가 다시 나타나는 폭포는 우리의 모든 잡념을 절벽 밑으로 떨어뜨리는 게 아닌가.

나이아가라, 이과수, 빅토리아 3대 폭포는 저마다 다른 차이가 있다. 나이아가라는 깨끗하게 성장한 예쁜 처녀의 모습이다. 미국과 캐나다에 걸쳐 있는 나이아가라는 아침 세수한 새색시처럼 깨끗한 모습이었다. 이과수는 원시림 속에 사는 원시인의 모습이었다. 자연 그대로 울퉁불퉁 황톳물이 거대한 탱크처럼 밀려오는데 큰 둑을 무너뜨릴 만큼 기세 높은 남성미를 보여준다. 반면에 빅토리아 폭포는 혈기왕성한 청년 같다. 세상물정 모르는 청년처럼 힘이 넘쳐서 세상을 모두 부숴버릴 기세다. 힘이 넘치는 자태를 보여 주는 듯하다가도 물안개로 그 모습을 숨기기도 한다.

우의를 머리부터 뒤집어썼건만 어느새 속옷까지 젖어 버렸다. 인간이 자연과 하나 되는 순간은 자연을 있는 그대로 즐기는 때일 것이다. 폭포를 벗어나니 비가 그친 것인지 물보라가 그친 것인지 날이 다시 맑아지고 환해진다. 다시 가면 환한 청년의 미소를 보여 줄 것만 같아 다시 돌아가 보고 싶다.

하루에 케냐, 잠비아, 짐바브웨를 왔다 갔다 하게 되는 진기한 경험을 했다. 헬리콥터장에서 보는 경치도 아늑하고 괜찮다. 저 멀리 폭포의 물기둥이 하늘로 치솟는 모습과 헬리콥터를 배경으로 사진을 찍었다.

잠베지 강(Zambezi River)에서 배를 타려는데, 원주민 열댓 명이 노래와 춤으로 우리의 눈길을 사로잡는다. 우리 중 여성 한 분이 용감하게도 흥겨운 춤사위로 그들과 하나 되는 모습을 보인다. 우리 일행 모두를 태운 배는 잠베지 강 위에 둥둥 떠서 아주 느리게 움직인다.

처음으로 한곳에 우리 일행이 모였다. 항상 두 대의 버스로 다녀 제대로 인사도 못 했는데 서로 자기소개를 하기 좋았다. 맥주와 와인이 다 무료인지라 건배를 곁들어 서로 인사를 나누고 조금 늦었지만 통성명을 했다. 무지개가 세 개나 뜨는 모습에 모두 아름다운 순간을 사진에 담느라 바빴고, 하마가 입을 벌리고 하품하는 모습에는 환호성을 질렀다. 잠베지 강에서 보는 낙조 또한 선셋크루즈의 멋 아닐까 생각한다.

내일 또 다시 빅토리아 폭포 탐험에 나서기로 하고 멋진 야외 만찬 장소에서 스테이크를 먹었다. 짐바브웨가 케냐보다 더 발전된 모습을 보고 그동안 모르는 게 많았다는 것을 깨닫게 되었다. 내일을 기약하면서 킹덤이라고 불리는 호텔에 돌아와 왕처럼 하룻밤을 지냈다.

리버사파리를 즐기고, 빅폴을 눈과 귀에 담다

모두 남을 배려하는 마음으로 늦지 않으려고 노력한다. 오늘은 보츠와나 (Botswana) 국경을 지나 초베 국립공원(Chobe National Park)의 강을 따라 배를 타고 리버사파리를 즐기는 여정이 준비되었다. 배를 타고 2시간여 동안 물길 따라 상류로 올라갔다가 내려온다고 한다.

먼저 짐바브웨 출국을 위해 버스에서 내려 짐바브웨 국경 출입국사무소에서 여권에 도장만 찍고, 국경을 넘어 보츠와나 출입국사무소에서 또다시 여권에 도장만 받는다. 항공수속보다 더 간단하다. 보안을 위한 짐 조사가 없으니 한결 국경을 넘기는 편하다. 비자 수수료도 없다.

호텔에서 보츠와나 국경까지는 고속도로 같은 아스팔트길이 쭉 이어진다. 길에는 원숭이 떼가 몰려있어 버스가 속도를 줄이기도 했다. 길옆 숲속에서는 하이에나, 가젤이 발견되기도 했다. 마사이마라에서 실컷 본 동물들이지만 가는 길에서 만나니 볼 때마다 즐거움을 느낀다.

버스에서 내리니 초베 국립공원 내에 아주 멋진 롯지가 있다. 그곳에서 배를 탄단다. 롯지는 천장이 높은 'ㅅ'자 형태를 한 아프리카 특유의 건축 양식인데 천정과 지붕이 다 나무와 짚으로 엮어져 시원해 보였다. 사진을 찍기에도 너무 훌륭한 장소다.

S자형으로 구불구불 유유히 흐르는 잠베지강에는 느긋하게 이리 저리 배가 움직인다. 끝없는 지평선을 배경으로 강 주변의 섬과 숲에 숨어있는 보물을 찾기라도 하듯 하나하나 살펴보니 악어, 이구아나, 하마, 물소가 보이고 연꽃인지 수련인지 모를 아름다운 꽃도 보인다. 물소 등 위엔 조그마한 새들이 서너 마리씩 앉아 상부상조하듯 놀이를 한다.

배 위, 천에 오르니 더욱 전망이 좋다. 지평선과 강변 양옆의 숲이 강물과 평화롭게 속삭이며 우리의 마음을 평온하게 안아준다. 평안한 천국으로의 여행 같은 시간이다. 이곳에서 물 흐르듯 살아가면 얼마나 좋을까 생각한다.

다시 아름다운 선착장의 롯지로 돌아오니 초베 국립공원의 잠베지강을 바라보며 오찬을 즐길 수 있게 마련되어 있다. 유럽 관광객이 주말이라서인지 많이 와 있다. 오랜만에 탁 트여 자연이 곁들여진 야외의 레스토랑에서 오찬을 즐기니 더더욱 여유만만이다.

오후 일정으로 짐바브웨 쪽 빅폴(Victoria Falls)을 돌아보고 왔다. 포인트 2번부터 시작해서 리빙스톤 동상이 있는 1번 포인트로 돌아 번지점프 하는 다리가 보이는 16번 지점까지 보았다. 2번부터 시작하는 빅폴은 그중 최고의 장관이다.

어제와는 달리 날이 맑아 사진 찍기가 편하다. 좌우 정면이 절벽인데 정면의 절벽 위로 무지개가 떠서 더욱 우리의 마음을 들뜨게 한다. 계속 걸어가면서 포인트마다 건너편의 빅폴을 눈에 담았고 귀에도 천둥소리를 담아본다. 폭포에서 내뿜는 수증기와 물보라로 점점 폭포의 모습이 보였다가 안 보였다가 했다. 6·7·8번 포인트부터는 우의를 안 입을 수 없을 정도로 물보라가 일어난다. 우산 정도로는 비를 피할 길이 없다.

어제 잠비아에서 빅폴을 볼 때보다는 덜 젖어 더 많은 장관을 찍을 수 있었다. 폭포의 길이도 어제보다 길어 거의 1.8km 이상 걸어간다.

오른쪽은 숲이고 왼쪽은 폭포다. 10번 포인트부터는 구름인지 안개인지 구분이 안 될 정도의 물보라 속에 빅폴이 가려져 보기가 쉽지 않았고 신발도 다 젖어버렸다.

아쉬움을 뒤로하고 다시 킹덤 호텔로 6시 20분경 돌아와 1시간여 여유 동안 샤워를 하고 짐정리를 다 해 두었다. 옷을 모두 갈아입고 사파리에서 봤던 동물들의 고기가 나온다는 '보마'식당으로 가니 악어, 임팔라 고기가 기본으로 깔리고 뷔페식으로 먹고 싶은 고기를 구워서 먹을 수 있었다.

이 식당에서는 각 테이블마다 소북을 주고 아프리카 특유의 '딴딴, 따따따다, 딴딴딴 따따따'식의 비트로 소북을 치며 분위기를 끌어올렸다. 3개 방향의 테이블별로 시합을 붙였고, 무대로 나오라고 해서 춤을 추었다. 흥겨운 아프리카 춤에 몇 분들이 함께 동참하여 그들과 하나가 되어 본다. 아프리카 빅폴에서의 밤도 또 아쉽게 지나간다.

케이프타운의 커스텐보쉬 국립식물원
(Kirstenbosch National Botanical Garden)

오늘은 빅토리아 폭포를 떠나 남아공으로 떠나는 일정이다. 항상 미지의 여행은 가슴 설렌다. 아마 모든 분들이 어렸을 때 인도까지의 항로를 최초로 발견한 유럽인 바스코 다 가마(Vasco da Gama)가 희망봉을 돌아 인도로 갔다는 이야기를 듣고 자랐을 것이다. 그렇기에 아프리카 남단 케이프타운(Cape Town)은 모든 사람들이 한 번쯤은 꼭 가보고 싶은 곳일 게다.

킹덤 호텔에서 조식을 먹고 출발해 천오백 년 수령의 바오밥나무를 구경하러 갔다. 우리가 보아 왔던 항아리 형태의 나무 기둥은 아니고 여러 갈래로 뿌리부터 뻗어 나와 둘레만 18미터, 높이가 20미터 이상이었다. 바오밥나무는 나무의 나이테가 없다고 들었는데, 만약 나이테가 있었다면 어떻게 그 많은 세월을 세어 볼 수 있을까? 이렇게 높은 나무와 사진을 찍을 때는 나무 밑으로 가면 사진이 안 나온다고 사진작가가 알려주어 멀리 떨어져서 찍어본다.

짐바브웨 출국사무소를 거쳐 다시 잠비아 출국사무소를 향해 잠깐 버스로 이동하여 잠비아 공항에 도착하였다. 주말인데도 공항은 한산하다. 리빙스톤 공항으로 오는 길에 케냐로 돌아가는 여행사 사장의 노고에 감사를 드렸다. 여행을 가이드할 때는 경험과 기술도 중요하지만 그 보다 정성과 진심을 다할 때 고객과의 소통이 이루어진다고 믿는다.

리빙스톤 출국장은 아주 깨끗한 느낌이 든다. 이제는 짐바브웨, 잠비아, 보츠와나의 삼각 트라이앵글에 놓인 잠베지 강과 빅토리아 폭포를 떠나 새로운 남아공으로 가는 것만 남았다. 언제 다시 와도 빅폴은 환한 미소로 반겨줄 것이고, 떠나는 여행자에게는 아름다운 추억을 남겨 주리라 생각한다.

드디어 케이프타운 공항에 이르렀다. 하강하는 비행기에서 보이는 케이프타운은 맑고 도시 양옆이 바위산으로 둘러싸여 있어 지금까지의 타운과는 전혀 다른 느낌이다. 황소를 닮은 우리의 산과는 달리 이곳의 산은 정상 부분이 두부를 잘라놓은 듯 평면 형태다. 저 산맥 중 어딘가에 테이블 마운틴이 있을 것이다.

처음 간 행선지는 커스텐보쉬 국립식물원(Kirstenbosch National Botanical Garden)으로 테이블 마운틴 밑에 위치한 세계 10대 식물원 중 하나다. 삼림욕하기 아주 좋은 장소로 보인다. 열대성 토착·자생식물이 많고, 케노피 다리가 S자 형태로 약간씩 움직이는 재미있는 느낌의 다리는 처음 보았다. 식물원에 있는 온갖 이름 모를 자생 나무와 꽃도 좋지만, 시내 가까운 곳에 테이블 마운틴이 있어 이곳 시민들은 참으로 좋을 듯하다. 특히 만델라골드라는 식물은 만델라가 이 꽃을 좋아해서 '만델라골드'라고 했다는 게 특이했다. 남아공 축구선수들의 유니폼 색깔 같다.

내일부터 이틀간 여행하게 될, 물개섬, 펭귄 서식지, 케이프 포인트, 케이프반도의 채프만스피크 드라이브 코스를 타며 보는 풍경, 해변과 와인 루트, 희망봉, 테이블 마운틴이 기대가 된다.

점심을 기내식으로 간단히 끝냈고 아침도 이른 시간에 해서 빠르게 출출해진 탓에 중국식당으로 향했다. 식사는 우리 입맛에 맞았다. 쌀밥이 나오고 우리가 김을 가져가서일 게다.

식사 후 호텔에 입실했다. 도시형 호텔로 정갈하고 싱글 베드가 폭이 커서 마음에 들었다. 단 화장실이 들어가기에 비좁을 정도로 좁아 일본식이다. 가방만 던져 놓고 1층에 마련한 컨퍼런스 룸에서 이종도 목사님 주재로 찬송, 낭송, 말씀, 기도가 이어졌다. 오늘이 주일이라 성도들이 함께 모여 찬송과 기도를 하게 된 것이다.

하나님의 관점에서 보면 세상 모든 사물이나 아름다운 곳은 하나님의 사랑하는 자녀들로 하여금 즐기도록 하기 위해 있다. 목사님은 하나님의 자녀들을 영생토록 하는 사명을 가지고 오지의 아프리카에서 생명을 구하려는 브릿지 월드 대학도 설립·운영하고, 브라이트엔젤스 아카데미도 개설하게 되었다고 하신다.

물개섬에서 희망봉까지

가슴이 벅찬 가운데 9일째의 여정이 시작되었다. 오전 8시 30분에 출발하여 물개섬(Seal Island)으로 유람선을 타고 간다. 유람선 1층은 유리로 되어 있어 헤엄치고 있는 물개를 볼 수 있다는데 나는 그런 것에 아랑곳하지 않고 주변 경관에 매혹되어 이리저리 다니며 사진기로 주변 풍경과 나를 한데 묶어 찰나의 순간을 영원으로 엮어낸다.

왼편이나 오른편이나 어디를 봐도 다 작품이다. 울릉도, 독도는 바위가 토끼, 곰, 호랑이, 촛대, 여인, 할아버지의 모양 등으로 아기자기하게 형상화되어 있는 반면 이곳은 꼭 그랜드캐니언이 바다 위에 있는 듯 웅장하다.

물개섬에 이르니 물개들의 군무가 펼쳐진다. 우리를 반기는 환영의 박수일까? 수백 마리 이상이 수면 위아래로 들락날락 춤을 춘다. 바위 위에는 춤사위를 마치고 짝들과 노니는 놈, 조는 놈, 아침햇살에 일광욕하는 놈 등 여러 물개들이 있다. 40여 분간의 물개섬 투어를 마치고 돌아오는 길에 배는 이리저리 기우뚱거리며 우리들을 희롱한다. 롤러스케이트를 타듯 재미가 있었다.

그다음엔 아프리카 펭귄이 서식한다는 펭귄 서식처로 갔다. 그런데 중간에 한두 분이 펭귄을 빨리 보고 싶은 마음에 앞 열을 따라가지 않고 옆길로 빠지는 바람에 뒤따르던 나머지 분들도 다른 곳으로 가게 되었다. 그것을 모르는 선두는 펭귄 서식처로 가버리니 중간이 뚝 끊겼다. 도착한 선두는 뒷사람들이 길을 잃어버린 줄도 모르고 펭귄과 놀고 있었다. 그러다 사람들이 따라오지 않은 것을 발견하고 되돌아가서 불렀지만 바람소리, 파도소리에 묻혀서 안 들리는 모양이었다. 선두에 선 리더는 항상 뒤따르는 사람이 잘 따라오는지를 보고서 그에 맞추어 이끌어야 하고, 중간 리더는 선두를 잘 따라줄 때 뒷사람들이 제대로 따라올 수 있다. 회사나 정치의 이치도 그런 거 아닐까 생각해 본다.

펭귄 서식처에 도착하니 20~30cm 정도 크기의 펭귄 200여 마리가 모여 있는데 모래턱 위에 있는 놈들은 고향이 그리운지 다 같이 하늘을 향해 부리를 세우고 있고, 바닷물 쪽에 있는 놈들은 눈앞의 고기를 생각하며 바닥을 쳐다보고 있었다. 펭귄은 일부일처제로 평생 자기 배우자만 보고 산단다. 자기 짝이 죽으면 다른 상대를 고르지 않고 평생 홀로 산다고 하니 인간보다 더 부부애가 강한 모양이다.

점심으로는 인도양이 보이는 1층 양식당에서 바닷가재를 먹었는데 음식도 풍족하며 맛도 일품이다. 이곳의 바닷가재는 집게가 없는 게 특징이라고 한다.

레스토랑의 위치가 참 좋다. 눈앞에는 전망이 탁 트인 인도양의 수평선과 썬탠 하기 좋은 흰모래의 비치(beach)가 펼쳐졌다. 저 멀리 왼편으로는 깎아내린 듯한 산이 보이고 오른쪽 벼랑길에는 아담한 집들이 붙어 있는 것이 보였다. 인도양의 물빛은 비취 보석처럼 쪽빛으로 빛나고 야자수 그늘이 더욱 운치를 더해 주었다. 레스토랑 창에서 내다보이는 해변의 빨강 파라솔은 우리의 사진촬영에 좋은 모델이 된다.

점심을 먹고 바로 오른편에 바다를 낀 채프만스픽(Chapman's Peak) 길로 1시간 이상 드라이브해 나가면서 아름다움에 취해본다. 미국 샌프란시코에서 유명한 페블비치(Pebble Beach) 골프장 가는 길 중간에 있는 17마일스(miles) 드라이브 코스가 생각난다. 거기도 오른편에 태평양 바다를 끼고 있어 아름다웠던 기억이 교차된다. 가이드의 안내로 사진 찍기 좋은 지점에서 차를 세웠다. 아름다운 경치를 눈에도 담고 마음에도 꾹꾹 눌러 담아 놓았다. 순간을 영원으로 담아내는 데는 사진기 만한 것이 없는 것 같다.

오후 일정으로 희망봉이 있는 케이프 포인트(Cape Point) 전망대에 올랐다. 아프리카 대륙의 최남단에서 북서쪽으로 160km 떨어진 곳으로, 케이프타운(Cape Town)에 가깝게 있는 케이프반도의 맨 끝으로 전동

리프트카를 타고 올라가니 대서양과 인도양이 확 트여 보였다. 케이프 포인트 전망대 밑으로 희망봉이 내려다보였다.

희망봉까지 걸어서 내려간 분도 있지만, 버스로 내려간 분들은 20여 명이 높은 곳을 다시 걸어 올라가는데 위험천만한 낭떠러지 밑으로 대서양이 입을 딱 벌리고 있어 벌벌 기어 올라갔다. 그곳은 대서양에서 인도양으로 지나가는 길목인데 멀리서 보면 이곳이 희망의 육지로 보여 희망봉이 되었다는 이야기를 들은 적 있다. 희망봉에서는 많은 관광객들이 사진을 찍느라 정신이 없었다.

테이블마운틴(Table Mountain),
그리고 아프리카 하늘에 울려 퍼진 '만남' 노래

마지막 날 열흘째 일정이 클라이맥스다. 고대하던 테이블마운틴(Table Mountain)에 오르는 일정이다. 오전 8시 30분에 호텔을 출발, 테이블마운틴 주차장에 도착하여 케이블카용 엘리베이터를 타고 금방 3층에 내려 케이블카로 옮겨 탔다. 케이블카로 테이블마운틴까지의 거리는 767m. 탑승시간은 7분이다.

케이프타운에서 가까운 곳에 있는 테이블마운틴은 시내에서 보면 평평한 테이블처럼 보이고, 거기에 구름이 덮이면 테이블보를 덮은 듯하다고 하니 매번 케이프타운 시민들에게 정갈하게 식탁을 차려 주는 느낌을 주는 곳이다.

9시 20분, 이른 시간인데도 불구하고 테이블마운틴 올라가는 입구는 줄이 길다. 엘리베이터에 10명 정도씩 타는지 줄이 천천히 조금씩 줄어든다. 케이블카는 왼쪽에서 오른쪽으로 돌면서 올라가고 내려가기 때문에 서 있는 곳에서 360도를 다 볼 수 있어 자리싸움이 필요 없다. 올라갈 때는 사자봉이 테이블마운틴을 위엄 있게 지키고 있는 듯하고 뾰쪽뾰쪽한 12사도의 바위는 케이프타운과 대서양을 성스럽게 내려다보면서 축복하고 있는 듯하다.

테이블마운틴의 정상 부분은 아주 넓어 한 바퀴 도는 데만 근 1시간 30분씩 걸린다. 이곳저곳 꽃들도 보고, 기암괴석과 천 길 낭떠러지의 벼랑, 대서양을 배경으로 사진을 찍으면서 오니 금방 시간이 지나가버린다.

케이블카에서 내려 버스를 타고 내려오는데 오른쪽에 보이는 비치가 아주 멋지다. 꽃은 가까이 가서 봐야 아름다움을 느낄 수 있지만, 풍경은 멀리서 볼 때 더 아름답다. 테이블마운틴에서 보는 대서양의 바다가 멋지더니, 비치에서 보는 테이블마운틴도 아주 멋지다.

점심은 그루트 콘스탄시아(Groot Constantia) 와이너리(winery)에 가서 즐겼다. 와이너리 분위기가 너무 좋았다. 레스토랑의 인테리어나 디자인이 심플하면서도 아늑해 우리만의 장소로도 좋았다. 화이트와인으로 건배를 하니 분위기가 더욱 아름답게 변화된다. 와인은 분위기를 우아하게

만드는 힘이 있는 모양이다.

식사를 마치고 나오니 와인밭 앞에서 모두들 사진을 찍기 바쁘다. 개띠들이 많아 개띠들만 모여 사진을 찍으려 하니 누군가 개판이라고 우스갯소리를 해 한바탕 웃었다. 소띠들까지 모여 찍자고 제안하여 모여 보니 10명 이상이 된다. 누군가 또 "개나 소나 다 찍냐"라고 농담을 던지자 더욱 웃음이 터져 마지막 날의 분위기가 아주 무르익었다.

말레이시안들이 거주하는 지역에 오니 집들이 옅은 분홍과 파랑색으로 알록달록 칠해져서 눈길을 사로잡는다. 이슬람교도들이 많이 살고 있다고 하는데 우리나라 북촌처럼 관광객이 모여드는 모양이다. 그곳에서 여성 모델이 음료 광고 촬영을 하는 걸 보면서 우리도 색감이 있는 집 담 앞에서 모델처럼 촬영을 해 보았다.

바닷가 항구 근처의 공원에서는 한 뮤지션이 긴 나팔과 각종 타악기를 갖고 혼자서 연주를 하며 눈길을 사로잡는다. 만국의 공통어라는 음악은 우리 마음과 어깨를 들썩이게 하고 기분을 낭만적으로 만든다. 뮤지션 뒤편에는 이 나라에서 배출된 노벨평화상 수상자인 만델라 대통령을 비롯한 4명의 동상이 자랑스럽게 서 있다.

워터프런트(Water Front)라는 항구 앞에는 1992년 세워진 빅토리아 워프 백화점이 있다. 5시부터 6시 30분까지 1시간 반 동안 쇼핑시간을 주기로 하였다. 가이드가 말하기를 여성들은 시간이 부족하고, 남성들은 시간이 남을 것이라고 말했는데 모두들 수긍하는 듯하다.

저녁은 항구 바로 옆에 있는 2층 레스토랑에 올라가 스테이크를 먹는데,

차차 어둠이 깔리면서 항구의 야경이 아름답게 눈에 들어온다. 석별의 인사를 나누고 서로 감사인사를 나누는 자리가 되었다. 야경이 좋다는 뷰 포인트로 30분 정도 버스로 이동해 가니 왼편에 바닷가를 두고 케이프타운의 야경이 쭉 멀리까지 한눈에 들어온다. 밤하늘의 별들이 도시로 살포시 내려와 하늘에는 큰 별 열댓 개만 남아있다. 야경을 보기 위해 무리하게 부탁하여 왔는데, 결국 마지막 날 밤 산 위에서 우리 참가자들이 멋진 야경까지 볼 수 있어 얼마나 행복한가. 빙 둘러서서 손에 손 잡고 '만남'이라는 노래를 불렀다.

"우리 만남은 우연이 아니야….."

서울에서의 4월 6일 해단식 저녁을 기약하며 마지막 밤을 즐기니 우리 모두가 한마음, 한 가족이 되는 느낌이다.

따뜻한 마음으로 배려했던 여행

모든 일정은 어젯밤 테이블마운틴 쪽 언덕 위 야경으로 마무리되었다. 오늘은 아프리카를 떠나는 날이다. 고원의 시원했던 케냐 나이로비로부터 시작하여 휴양하기 좋은 우쿤다에서 디아니 브라이트 엔젤스 아카데미 헌당식과 기증식을 마치고, 동물의 왕국 마사이마라, 세렝게티를 지나, 잠비아와 짐바브웨 사이 천둥 번개가 우렁차게 울려 퍼지는 빅토리아 폭포를 거쳐, 보츠와나의 평화로운 잠베지 강의 선셋크루즈의 추억을 남기고, 광활하며 풍광이 시원하게 펼쳐진 테이블마운틴을 보고, 대서양과 인도양이 만나는 희망봉을 돌아 다시 서울로 향한다.

다 무사하게 돌아가지만, 마음속에는 여전히 아쉬운 점도 남아 있다. 모두 소중하고 훌륭한 분들이었다. 좀 더 재미있고 유익한 여행이 되도록 했어야 하는데 다들 어떠하였는지 모르겠다. 여행은 역시 동행하는 사람들과 마음이 맞고 편해야 좋다. 그래서 혼자 가면 빨리 갈 수 있지만 멀리 가려면 함께 가야 한다고 하지 않던가?
어제 야경을 보며 '만남'의 노래를 손에 손잡고 불렀던 추억을 오래 간직하였으면 좋겠다. 단체 여행은 따뜻한 마음으로 서로 배려해 나갈 때 의미가 큰 것 같다.

아프리카를 노래하다

헌당식

거친 사막 위에 애기 꽃이 피었다.

초록 꽃, 노랑 꽃, 빨간 꽃들의 동요,

재롱잔치 율동에 봄날처럼 즐거운 꽃잔치다.

꽃집 아가씨는 재잘거리는 꽃봉오리 행여나 다칠까 조심조심 물을 준다.

사막 속에 핀 '디아니 브라이트 엔젤스 아카데미' 화원은

축복된 기도로 기쁨과 환희의 꽃이 만발하다.

동방의 끝자락에서 수천 킬로미터 케냐까지 날아온 아기인형은

밤하늘 별빛처럼 반짝이는 영롱한 눈망울로

꽃봉오리 같은 아이들의 재롱을 기다린다.

사랑! 주는 기쁨! 영원한 행복!

검은 슬픔은 이미 장막을 벗어버리고

환한 미소, 밝은 소망, 푸르른 미래가 약속되어 있다.

"어린이는 어른의 아버지"라는 '워즈워드'의 시구처럼

이 어린 새싹들이 아름드리나무의 아버지가 되리라.

순수한 어린 정신이 삭막한 세상 속의 어른이 되어도

삶의 새싹처럼 자라 사랑의 씨를 퍼트려라.

연둣빛 새싹 노오란 봉오리,

천년 먹은 바오밥나무처럼 큰 나무 되어,

무성한 사랑의 숲이 이루어질 것이다.

나만을 위한 삶에서 벗어나 남을 위해 사는 인간애,

사랑의 밑거름은

이곳을 더욱 기름진 옥토로 만들고

그 사랑의 기름으로

더욱 세상의 밝은 등불이 되어

그 이름 만년세세 드높이 남으리라.

가뭄으로 인한 메마른 땅에도 꽃은 피어나리라.

심향의 눈물과 하늘 땅 위 모든 이의 기도와 정성으로

'디아니'에는 빗물이 내리고 웃음꽃 피는 화원의 교실이 되리라.

함께 어린 꽃들의 재롱을 지켜본 아름다운 우리들,

끝까지 인연을 이어가며 꽃봉오리 활짝 피는 모습을 두고두고 지켜보리라.

초롱초롱 아기 천사들의 검은 눈망울 첫사랑 잊지 못하리라.

마사이족의 애상

거칠지만 쭉 뻗은 다리, 홀쭉한 몸매, 훌쩍 큰 키,

검붉은 얼굴, 선한 눈매를 가진 까만 눈동자,

나뭇가지 하나씩 들고 펄쩍펄쩍 열댓 명이 함께 뛴다.

주술을 외는 듯, 노래를 하는 듯, 괴성을 지르며 어깨를 나란히 붙이고

열댓 명이 앞으로 뒤로 왔다 갔다 왕복하며 인사를 한다.

소똥밭 염소똥밭에서 사람과 동물이 함께 산다.

천진난만한 까만 아이들은 눈만 깜박이며 반짝거린다.

울긋불긋한 천을 옷이라고 두른 그들은 남국의 꽃 색깔을 닮았다.

사로바롯지(Sarova Lodge) 입구에서도,

마사이족 빌리지에서도, 뱃전 앞에서도

이들의 춤과 괴성에 가까운 노래는 끊임없이 이어진다.

초원의 맹수, 가축과 함께 살면서 지켜야 할 생명을 위해 끊임없이

나무창을 찌르고 노래하고 춤을 추었으리라.

이제는 장신구 팔아 끼니를 때우나

옛날엔 자기 몸뚱이와 나무창, 칼, 화살밖에는

자기를 보호해 줄 것이 없었으리라.

가축 분뇨 냄새 진동하는 마사이족 토방에는

원시 그대로의 삶이 있다.

그들은 행복할지 모르나 우리에게 연민이 남는다.

떠나면서 쳐다보는 어린아이들의 눈망울이 애처롭다.

여기서 이대로 초원에 살아야 될까

이곳은 그래도 문명이 들어와서
이마저도 나은 것이라니
언제나 문명의 덕을 안고 살려나
떠나가면서 본 아이들의 선한 눈매가 아직 눈에 선하다.

마사이마라(Msai Mara)
끝없는 지평선 위 한 그루 나무
홀로 자라나 초원을 지킨다.

멀리서 멀리서 새벽을 깨워 오는 이는 누구인가?

까만 밤을 머리에 이고 와서 풀어 헤치는 그대,
천천히 천천히 다가와 와락 껴안는다.

난 너무 눈이 부셔 그대를 바라보기가 힘이 든다.

까만 장막을 벗겨버리고 파란 천장 위로 붉은 실을 풀어내어
초원의 아침을 붉은 빛으로 수를 놓는다.

새도 잠에서 깨어 지저귀고,
가여운 가젤도 기지개 켜며 얼룩말, 들소도 이슬을 털어낸다.
코끼리, 기린도 미동을 시작하고 사자들도 어슬렁거린다.

초원의 미명은 밝아 오고 야생이 움직이니
이제 마사이마라(Msai Mara)는 생기가 돈다.

마사이마라의 새벽은 잠에서 깨어
평화와 싸움이 공존하며 하루를 보내리.
느릿느릿하면서도
번개같이 빠른 초원의 주역들.

평화와 긴장이 함께하는 초원의 마사이마라.

거기에도 삶과 죽음이, 사랑과 반목이,
전쟁과 평화가 있음이여!

뜨겁던 한낮의 지루한 시간이 지나면

지평선 아래 한 그루 외로운 나무는

지는 석양 아래 내일의 새벽을 기다리면서

초원을 지키리.

빅토리아 폭포(Victoria Falls)

천둥소리 울리고 물보라 용솟음치는 그곳에 서 보라.

인간 속세의 번민, 잡념 떨어져 순수한 마음만 남는다.

폭포수 떨어질 제, 너와 나 욕심 흔적조차 없어지리.

그대 얼굴 물안개 속에 숨겨 놓고 바람 따라 보여 줄 듯 말 듯 하여라.

태고부터 지금까지 그 삶을 이어오면서 그 눈물 감출 길 없었는가.

하늘이 웃어주면 그대도 웃어줄 텐데,

눈물만 보이니 그대 또한 눈물만 보이는가?

우리 그 눈물 그치고 기쁨의 무지개 다리 건너서

너는 나에게 나는 너에게 가자.

저 멀리 떠 오른 희망의 무지개 다리 건너

우리 손잡고 한껏 크게 웃으며 살아가자.

초베강

물소리조차 숨을 멈춘 곳.
조용한 생명이 숨을 쉰다.

물길 따라 굽이굽이,
새벽이슬 맺힌 풀섶 사이로 숨바꼭질하는 물새들.
물길 따라 연이은 수련, 패랭이, 이름 모를 생명의 꽃이여!
아무도 찾아주지도 불러 주지 않아도
도란도란 아기자기하게 살아간다.

세상의 모든 것이 멈춘다 해도 이곳 초베의 강은
유유히 소리 없이 흘러가리라.
지구의 끝으로 강물은 흘러흘러
삶의 언덕 아래로 내려가리라.
우리 다시 만나는 날까지
물은 영원히 흘러내리리.

초베 강물, 너는 우리 빈 가슴속을 적시고
우리의 마음을 젖과 꿀이 흐르는 에덴으로 만들어 주리라.
하늘과 땅이 닿고, 하늘과 물이 닿는 이곳, 초베
천 년 만 년 살아가도록 영토를 주리라.
삶이 지속되는 날까지 그대 숨 쉬는 날까지
영원한 안식처로 만들어 주리라.

희망봉에서

아프리카 대륙 남단의 호미곶,

그곳에 희망의 닻을 내려라.

폭풍우와 갈증, 암초를 피해 찾은 안식처,

그곳에 생명의 꽃을 피우리라.

천 길 낭떠러지 밑에 차가운 대서양 바다가 펼쳐지고

쪽빛 물결, 따뜻한 인도양 파도가 다가와 속삭인다.

우리 함께 한바다 이루자고.

이제 멀리 떠나야 할 이 몸.

잠시나마 희망봉에 올라 큰 숨

들이쉬고 바위에 기대어

수평선 너머 먼 추억을 되새긴다.

떠나온 뱃길, 다시 돌아갈 길이라

눈인사로 안녕하고,

다시 떠나야 할 여행길,

묵묵히 한 발 한 발 디뎌 보며 내려오니

인생사 오르고 내리고,

시작과 끝이 다 하나라.

희망의 돛을 달고 다시 시작하리라.

희망의 꽃을 피우기 위해 다시 시작하리라.

테이블 마운틴(Table Mountain)

그대는 누구를 위해 태어났는가?

천상의 테이블 위에 온갖 아름다운

이야기꽃 피워냈구나.

태고 바닷속에서 태어나 이 높은 곳까지

바다전설을 안고 왔는가.

멀리서는 평평한 듯, 가까이는 울퉁불퉁

각기 다 제멋대로 솟아오른 바위 덩어리.

그곳에도 꽃은 피고 키 작은 관목은 숨을 쉰다.

멀리 대서양을 바라보며 파도소리 귀를 기울여

아프리카 최남단의 고요함을 들어 보노라.

칠흑 같은 밤하늘에 별들은 바닷가 마을로

살포시 내려와 잠이 들었는지

케이프타운(Cape Town)은 까만 얼굴에

수많은 눈동자만 별빛처럼 깜박인다.

유리같이 맑고 청명한 파란 하늘,

쪽빛 물감 풀어놓은 푸른 바다,

별빛처럼 반짝이는 케이프타운!

그곳을 천 년 만 년 내려 보는 테이블 마운틴!

광활한 도시를 산맥과 바다로 둘러싸고

평생을 지켜 주니 고귀한 자태 영원하리라.

여정 **4**

인생의 의미를 깨닫던
순례길, 산티아고

2017년 4월 19일 수요일 산티아고 순례길 여행 준비를 99% 마쳤다. 1973년 고등학교 졸업 후 미국에 있는 고등학교 절친을 포함한 친구 4명이 처음으로 마드리드에서 뭉치기로 하였으니 많이 설렌다. 44년 만에 고향을 떠나 15일간 800km의 순례길을 걷기로 하였다.

걷는 자들의 도시, 산티아고 순례길

스페인 북서쪽 도시 산티아고 데 콤포스텔라로 향하는 약 800km에 이르는 산티아고 순례길은 1993년 유네스코 문화재로 지정된 이후 유럽과 전 세계에서 많은 순례객들이 찾아오고 있다.

산티아고 데 콤포스텔라는 예루살렘에서 순교한 사도 야곱의 유해가 발견된 곳으로, 산티아고 데 콤포스텔라 대성당이 있는 곳이다. 일찍이 예루살렘에서 순교한 사도 야곱의 유해를 한 기독교도가 몰래 수습하여 스페인까지 가져와서 발견되지 않도록 매장했는데, 7세기경 한 수도사가 별들의 무리에 이끌려 가보니 그곳에 야곱의 유해가 있었다고 한다. 그곳에 교회를 세웠고, 이곳이 중세의 성지, 산티아고 데 콤포스텔라가 되었다(다음 백과 참조).

절친 4인방과 산티아고 순례길에 나서며…

2017년 4월 19일 수요일 산티아고 순례길 여행 준비를 99% 마쳤다. 1973년 고등학교 졸업 후 미국에 있는 고등학교 절친을 포함한 친구 4명이 처음으로 마드리드에서 뭉치기로 하였으니 많이 설렌다. 44년 만에 고향을 떠나 15일간 800km의 순례길을 걷기로 하였다.

친구 2명과는 인천공항에서 19일 만나 헬싱키를 경유해 마드리드(Madrid)로 갔다. 그간 트래킹클럽에서 몸을 많이 단련하였기에 걷는 것은 좀 익숙해졌지만 배낭이 11~12kg이나 나가니 무척 무거워 힘들 듯하다. 회사일도 내가 없는 동안 주요한 행사가 네 가지나 있었기에 양해를 구하고 가는 마음이 개운치 않다.

그래도 44년 만에 처음으로 친구가 초대했고, 더 나이가 들면 무리한 코스는 어려우리라는 생각에 용기를 내었다. 그리고 언젠가 한번 꼭 가리라고 마음먹었던 버킷리스트 중 하나여서 망설임 없이 떠나기로 작정했다.

지난 2월 25일부터 3월 9일까지 12일간 아프리카를 다녀온 후 몸이 많이 아팠고, 3주간 무력감에 빠져 힘이 들었는데, 한 달 열흘 만에 다시 장기 여행에 나서려니 걱정은 많이 된다. 그래도 이번 여행은 많은 회원들을 리드하며 보살피고 봉사하는 일이 아니어서 몸은 힘들어도 마음은 가볍고 즐겁다. 본래 몸이 힘들면 정신은 맑아지는 법. 어릴 때 친구들과 함께 가는 여행이라 정신적 부담이 적어 아프리카 여행보다 일정은 길어도 괜찮으리라 은근히 기대한다.

밤낮으로 걷다 보면 무릎 관절, 발목 등 근육과 뼈에 많은 이상이 온다고 하니 신발이 무엇보다 중요하다고 한다. 가려서 잘 신어야 한다. 또 짐은 최대한 줄여야 하는데, 옷과 양말 등을 몇 개 챙기니 벌써 배낭이 꽉 찬다. 말린 김치도 가져가는데 이것을 국에 넣으면 김치 식감이 난다. 그걸 배낭에 넣으니 무게는 크게 늘지 않지만 부피를 많이 차지한다. 책이라도 한두 권 갖고 가고 싶은데 큰 배낭이 이미 꽉 차서 들어갈 자리가 없다. 여분의 운동화와 슬리퍼도 한 켤레씩 챙기니 그것도 부피를 많이 차지한다.

이제 월요일, 화요일 바삐 회사 일을 마치면 출발하는 일만 남았다. 이번에도 감사 여행일기를 쓰고 사진을 많이 찍고, 시상이 많이 떠오르기를 희망해 보다.

마드리드를 거닐다

1일, 출발과 도착, 그리고 내일을 그려본다
산티아고 여정은 비행기 안에서부터 시작되었다. 9시간 30분을 핀에어

항공으로 달려와 헬싱키에 도착하였다. 3시간 환승시간 속에서 사진도 찍고 면세점도 구경하고 다시 다른 핀에어로 4시간 반을 날아 마드리드(Madrid) 공항에 도착하였다. 우리보다 미국에서 먼저 와 10시간을 기다린 친구 삼식이를 만나 택시로 20여 분 달리니 솔 광장이다. 이곳은 젊음의 광장으로 젊은 남녀들이 모여 와자지껄하다.

기념사진을 찍은 후 민박집에 도착하여 배낭을 놓고 소개해 준 가야금식당을 물어물어 찾았다.

음식이 조금 짠 듯했지만 맛있게 먹고 나니 졸음이 밀려왔다. 비행기에서 우연히 옆 좌석에 앉은 여행사 전문 가이드와 이런저런 여행담을 나누다가 잠을 놓쳐 버렸기 때문이다. 늦은 시간 민박에 도착해 겨우 세수만 하고 잠을 청했다. 민박집 위치가 시내여서 젊은이들의 떠드는 소리가 끊임없이 들려왔다.

20일 오늘 일정을 어떻게 요리할까 의논해 봐야겠지만 마드리드 내에 있는 왕궁과 오페라하우스, 미술관을 보고 싶은데 협의해가며 시작하리라. 무거운 배낭이 버겁게 느껴지니 첫날부터 짐을 어떻게 줄일지 걱정이다.

2일, 순례길 예약하며 마드리드 중심가를 익히다

산티아고를 가기 위해 미리 왕복 열차표와 버스표를 예약하기로 하였다. 친구가 스페인어를 익혀서 소통이 수월하다. 아침에 느긋하게 길을 묻기도 하고 구글 지도를 보아가며 아또차(Atocha)역을 찾아갔다. 아또차역의 건물은 참으로 인상적이었다. 아주 크고 디자인이 훌륭하여 여러 부분을 돌아가면서 사진에 남겼다.

예매를 마치고 돌아오는 길에 프라다 미술관과 엔젤 공원을 지났다. 마로
니에 광장에서는 다양한 메뉴로 음식을 주문해서 먹었다. 날씨가 차고 바
람이 불어 추운 느낌이지만 마드리드 현지인들은 다들 그곳에서 이야기
를 나누며 식사를 한다.

잠시 1시간여 민박에서 휴식을 취하고 다시 오전과는 반대 방향으로 솔
광장을 지나 10여 분을 가니 오페라 하우스가 있고 또 조금 더 가니 바로
왕궁이 나온다. 엄청 큰 대지에 자리한 왕궁엔 한국 관광객도 많이 보인
다. 기마경찰대 2명의 말을 옆에 두고 사진도 찍어 보고 성당을 지나 조
그마한 산 미구엘(S. Miguel) 시장에 들어가 망고 주스와 홍합, 츄러스를
사먹어 본다. 이런 사소한 것도 여행의 재미다. 저녁식사는 민박집 앞에
있는 식당에서 다양한 메뉴로 주문해서 먹어 보는데 다 짜서 먹기가 힘이
든다.

내일 오전 7시 30분 열차를 타기 위해서 일찍 잠을 청해 본다.
이미 밤 11시 11분이다.

피렌체 산맥을 넘다

3일, 프랑스령 생장(Saint-Jean)을 향해 출발

마드리드 아토차(Atocha)역에서 6시 35분에 출발하여 팜플로나(Pam-
plona)역으로 출발했다. 기차는 끝없는 벌판과 올리브나무 밭을 지나 군
데군데 바위투성이 언덕 등성이를 옆에 두고 달린다. 10시 38분에 팜플
로나에 도착 예정이니 거기서 다시 버스로 갈아타고 프랑스령인 생장으

로 가야 한다. 아마 2시간을 더 가면 생장이 나오리라고 생각한다. 오랜만에 소꿉친구들이 기차 내 한 테이블을 마주 보고 앉아서 부족한 잠도 자면서 갔다. 중간중간 나무숲이 나오고 동네도 나온다.

팜플로나 역에 오니 버스시간이 맞지 않고 비용도 인당 22유로(Euro)인데 비해 택시는 100유로라고 한다. 택시가 더 유리한 듯하다. 택시로 생장에 도착하니 1시간 20여 분이 걸렸다. 구불구불 전속력으로 달리는데 멀미가 난다. 주변은 언덕과 산비탈로 자전거와 오토바이를 이용한다. 심한 비탈길임에도 자전거를 타고 오는 사람들이 애처롭고 안쓰럽게 보였다. 지팡이를 짚고 천천히 까미노(Camimo, 순례길)로 걸어오는 순례자들이 오히려 더 나아 보인다.

드디어 생장에 도착하여 순례자 등록을 마치고 산티아고 순례자의 패스포드를 발급받아 알베르게(Albergue, 숙박소)를 소개받았다. 소개받은 두 군데 중 강 건너 성벽 쪽 맞은편 레스토랑과 함께 있는 5번 주소의 알베르게에 도착했다. 찾는 길이 지도에 있지만 물어물어 찾아왔다.

여러 명이 함께 쓰는 곳은 이미 만석이라 2인용 침대가 놓인 방 2개를 잡았는데 깨끗하기는 했지만 80유로를 지불하고 조식비까지 내니 100유로가 든다. 첫날 지출이 만만치 않다. 짐을 풀어 놓고 나오는데 길에서 만난 여성 두 분이 43번 숙소에서 여장을 푼다더니 이곳이 깨끗하다는 이야기를 듣고 이곳으로 옮겨 왔다는 것을 들었다.

점심은 주변 레스토랑에 가서 간단하게 4인분을 시켜 먹었다. 배가 부르니 이곳이 한결 순례길의 시작점으로 좋은 느낌이 든다. 강도 흐르고 아늑하면서 조용한 시골의 정서가 흐른다. 남은 시간에는 내일 점심에 산에서 먹을 식량으로 빵과 과일, 물을 사서 분배했다. 그리고 2시간여 동안 오후의 낮잠을 자 두었다.

저녁을 먹으러 나가는데 우리가 묵는 알베르게로 숙박지를 옮긴 여성 두 분을 다시 만났다. 그들은 밖에서 스낵을 들고 있다가 우리와 함께 저녁 식사를 하게 되었다. 두 여성 중 한 명은 50여 일 일정으로 6개월 전 순례길을 다녀간 적이 있고, 다른 한 사람은 처음 순례길에 나섰는데, 당찬 두 여성은 서울에서 파리로 가서 버스를 타고 장시간 왔다고 한다. 그러나 긴 여정에도 피곤한 기색은 없었다. 저녁이 끝나 알베르게로 돌아와 통성명 없이 헤어졌으니 이것도 여행의 한 자락 아닐까 생각한다. 내일 6시에 일어나 식사를 간단히 한 후 출발키로 하고 잠을 청했다.

4일, 생장에서 론세스바예스 수도원까지의 고행길

생장 알베르게에서 아침을 빵, 커피, 요구르트로 간단히 때우고 오전 7시에 출발했다. 6시에 모닝콜을 해 두었지만 다들 5시 반부터 일어났다. 숙소에서 나와 우리가 잤던 알베르게 왼편을 돌아 위쪽으로 올라가니 이미 많은 순례자들이 걷기 시작한다.

끊임없이 경사가 높은 곳을 2~3시간 올라가니 대피소 겸 알베르게 레스토랑이 나온다. 많은 순례자가 커피와 가져온 음료수, 사탕을 나눠 먹는다. 젊은 한국인 여학생 그룹의 한 여성이 삶은 작은 밤을 나눠주어 먹는데 껍질째 먹어도 괜찮다. 여러 나라의 순례자들이 지나가며 "부엔 까미노(Buen Camino, 좋은 여행 되세요)" 하면 서로들 "좋은 순례길 되세요!"하며 화답한다.

비탈길 옆으로 길은 끊임없이 이어지고 양옆으로 별처럼 생긴 작은 꽃들이 수없이 꽃 융단을 펼쳐놓은 듯 피어나 있다. 노랑 민들레꽃, 애기똥풀, 그리고 이름 모를 꽃들이 별잔치에 꽃잔치다. 몽골 엉거츠산의 꽃보다 키가 더 작다. 키를 말하기보다 아예 땅에 붙어 있다고 해야 될 정도다. 해 뜨는 일출도 보았다. 갈 길이 멀어 간단히 사진으로 찍고 마음속에 감동을 담아 두고 걷는다. 돌무덤인지 모를 바위 위 성모마리아상 앞에서 돗자리를 펴고 친구 창이가 하모니카 몇 곡을 부르니 주변 카미노 순례객들이 박수를 친다. 거기서 10분 이상 휴식을 하고 12시쯤 점심으로 빵과 물을 먹어 배고픔을 어느 정도 풀었다. 다시 바쁜 걸음을 재촉해 십자가 돌무덤 근처에서 휴식을 한 번 취하고, 1,440m 정상을 디뎠다. 벌써 시간이 4시가 되었으니 9시간을 걸어온 것이다. 3만 보 이상을 걸은 듯하다.

이제는 내리막길이다. 주변 산은 민둥산인데 목초지대가 여인의 풍만한 몸매마냥 굴곡이 완만하게 펼쳐져 있다. 저 멀리 흰 눈이 덮인 모습과 푸른 초장에 소, 말, 양이 방목되는 목가적인 모습이 어우러져 환호성이 절로 나온다. 오래된 어릴 적 친구들과 함께 이야기하며 기운을 북돋아 주니 힘든 것이 반은 줄어든다.

내리막길로 4.4km만 더 가면 과거 성당으로 썼던 알베르게에 도착한다. 길에 작은 돌들이 깔려 있어 스틱을 짚어 가며 내려오니 시간이 예상외로 많이 걸린다. 가방의 무게가 인생의 무게만큼 무거워져 어깨와 무릎, 허리가 아프다. 내려오는 길은 완전 숲속 길이다. 4월의 숲은 연두색 잎사귀에서 점점 푸르름으로 변해가고 있다. 울창한 숲이 되리라.

알베르게에 도착하기 전 바로 앞에 맑고 깨끗한 시냇물이 흐르고 있었다. 생각 같아서는 발을 씻으면 피곤이 싹 사라질 것 같았다. 하지만 많은 순례객들이 벌써 알베르게의 방을 잡기 위해 긴 줄을 서고 있어서 우리도 마지막 줄에 섰다. 오랜 시간 동안 기다려야 할 듯했다. 다행히 친구가 택시를 타고 6km쯤 아래로 내려가면 다른 알베르게가 있다는 정보를 얻어와 콜택시를 불러 타고 내려왔다.

알베르게에 도착해 배낭을 내려놓고 10분 거리의 레스토랑으로 갔다. 간략하게 주문을 하려는데 바스크족이라 영어, 스페인어가 안 통해 애를 먹었다. 누룽지를 끓이지는 못하고 뜨거운 물에 풀어먹으니 요기는 된다. 옆에 있는 상점에 가서 내일 조식용으로 먹을 물과 빵, 사과잼, 빵에 넣어 먹을 얇은 고기와 요구르트를 조금씩 샀다. 상점에 갔다가 알베르게로 오니 온몸이 쑤신다. 간단히 샤워만 하고 오늘 하루를 마감하며 잠을 이룬다.

5일, 짧지만 힘든 코스를 잡아…

론세스바예스(Roncesvalles) 수도원 숙박 배정을 오래 기다려야 했기에 택시로 6km 떨어져 있는 아우리즈베리 에스피날(Aurizberry Espinal)로 와서 '헤이지아(Haizea)'라는 이름을 가진 알베르게로 왔다. 여기서 간단히 식빵을 구워 사과잼을 발라 먹고 사과 반쪽씩과 요구르트를 나눠 먹은 후 물은 수통에 배분하여 8시 30분에 출발했다. 제일 일찍 일어나 제일 늦게 순례길에 나섰다.

30도 정도의 가파른 경사 길을 1시간여 올라간다. 숲길을 걷고 찻길을 가로지르며, 냇물을 건너면서 마음껏 숨을 들이쉬어 본다. 그다음부터 5km는 천천히 내리막을 내려가고 린조아인(Lintzoain)부터는 다시 909m 오르막길이다. 오르막길을 지나면서 거기서부터는 상당한 내리막이다.

중간에 외국인 남녀 두 명이 자신들을 필그림(Pilgrim) 방송이라고 소개하며 인터뷰를 하자고 한다. 왜 산티아고 순례길을 걷는지에 대한 인터뷰였는데, 어느 지점이 될지 모르지만 이메일로 친구에게 질문서를 주면 어느 포인트에서 약속하여 다시 인터뷰하자고 한다. 오케이를 하고 나오는데 우리를 이미 카메라로 멀리서 잡아 찍고 있었다.

2시경엔 즈비리(Zubiri)에 내려와 맥주 한 잔으로 목을 축였다. 난 냇가에 가서 발을 씻었다. 물이 상당히 차갑다. 우리가 알베르게를 나섰을 때 온도는 영상 2도였으니 산골 동네의 물이 차가운 건 당연했다. 오는 도중 땀을 많이 흘려 수통의 물이 다 떨어졌는데 물을 구입하려고 레스토랑에 가니 순례객이 너무 많아 물을 구입하기가 쉽지 않다. 할 수 없이 수통 2개를 가져가 레스토랑에서 물을 받아오는데 영 눈치가 껄끄럽다. 그래도 어쩌랴. 물이 귀하니 안면몰수하고 끝까지 수통에 물을 담아왔다.

물이 엄청 시원하여 마시면 온몸까지 시원해지는 것 같다. 우리는 택시를 불러 팜플로나까지 와서 우리 네 명만 잘 수 있는 아파트 형태의 알베르게에서 여장을 풀었다.

시간은 어느덧 오후 5시가 되었다. 슈퍼마켓을 물어물어 찾아가서 쌀과 라면, 컵라면, 소시지, 오이, 감자를 샀다. 숙소로 돌아와 밥을 짓고 부대찌개를 끓여 먹었다. 너무 많이 쌀을 넣은 탓인지 밥이 설익어 중간에 쌀밥을 반 정도 퍼내고 다시 물을 부어야 했다. 그렇게 지은 밥이 너무 맛이 있어 그 많은 밥과 찌개를 다 비웠다. 설거지는 내 당번이라 깨끗하게 정리했다. 남은 밥은 창이가 누룽지를 만들어 내일 주먹밥으로 만들어 가기로 하였다.

수많은 순례길은 곧 인생의 길

6일, 온몸이 멍든 것처럼 아프다

연 이틀간 피레네 산맥을 넘다 보니 정신은 맑고 깨끗한데 몸은 모든 근육이 뭉친 듯 아프다. 특히 허리와 어깻죽지가 아프다. 아마 무거운 배낭 때문에 안 쓰던 근육을 써서 그런 모양이다. 평소 운동을 많이 해서 다른 이들보다 근육 면에서는 남달리 강한데도 배낭 무게가 무거우니 근육이 버텨내기 힘들었을 것이다. 다들 손도 거칠어지고 손톱도 일부 부러져 나갔다. 매번 열고 닫는 배낭의 버클부분에 손상된 듯하다.

친구들은 자신들도 모두 아플 텐데도 서로 슈퍼마켓을 다녀오고 음식도 만들고, 누룽지도 많은 시간을 들여 만들어 두었다. 오전 일찍 찌개와 어젯밤 남은 쌀밥, 누룽지로 끓인 죽을 맛나게 먹고 8시 30분쯤 팜플로나를 출발했다. 소몰이축제 골목을 거쳐 공원을 돌아 나왔다. 콤포스텔라(Compostela)로 가는 표지판과 노랑 화살표가 있었다. 이곳 여성들은 길거리에 다니면서도 대부분 담배를 피우면서 다닌다. 담배는 후진국 모형이다.

공원을 지나 대학 캠퍼스를 우회하여 시내를 건너니 유채꽃밭과 보리밭이 나타났다. 우리는 보리밭과 유채꽃밭이 펼쳐진 편안한 구릉지대를 배경으로 사진도 찍으며 천천히 오르막길로 접어들었다. 저 멀리 전기발전용 풍차가 많이 보이는 것을 보니 바람의 언덕으로 올라가는 길인 것 같았다. 길은 끊임없이 언덕 위로 곡예하듯 구부러지고 휘어지면서 끊어질 듯 끊어질 듯 다시 이어지는 길이다.

그런데 홀연히 자그마한 숲이 나오면서 찬바람이 숲에서 나온다. 바로 위에 저수지가 있어 물이 흘러내려 와서인지 아주 오아시스 같은 곳이다. 미루나무 밑에서 어제저녁 만들어 둔 누룽지를 꺼내 먹으면서 점심을 해결했다. 풍차까지 올라오니 '용서의 언덕'인데 이곳에는 12사도의 모형이 철판으로 만들어져 있다. 거기서 사진을 찍고 나니 한국의 순례객 여섯 분이 기념사진을 찍기 위해 점프를 했다.

점심을 먹은 후 물 두 병을 사서 마시고 12km를 4시간 이상 계속 내려왔다. 내려오는 길은 가파랗다. 가파른 곳을 지나면 왼쪽으로는 산맥이 이어지고 순례길에서 가까운 곳에는 보리밭, 밀밭, 유채밭이 계속 이어진다. 이번 순례길에서 길의 종류가 이렇게 많은지를 처음 알았다. 골목길, 보리밭길, 밀밭길, 유채밭길, 언덕길, 꼬부랑길, 비탈길, 내리막길, 대학로, 용서의 길, 솔밭길, 자갈길, 미끄럼길 등 수없는 길을 걸으며 이것이 모두 인생의 순례길에서 만나는 길이라고 생각했다. 특히 오늘 걷는 길은 내리막길에 자갈밭이라 걷는 데 고생이 많았다.

26km 종착지에 거의 다 왔다고 생각하고 숙박지를 찾아보니 아직 목적지 전의 동네다. 다시 2km를 더 걸어 내려오니 알베르게가 보인다. 거기에 짐을 풀어 놓고 보니 한국의 순례객이 두세 명에서 점점 늘어나 십여 명이 되어 있었다.

샤워를 하고 슈퍼마켓에 가서 물과 사과, 귤을 조금 샀다. 레스토랑에 와서 맥주를 몇 잔 마시며 갈증을 풀고 오랜만에 친구들과 어렸을 때 이야기를 했고, 최근 오해가 있었던 일들에 대해서도 모처럼 긴 대화를 통해 풀었다. 이곳 알베르게는 밤 10시 전 입실하고 문을 닫는다고 하여 정각 10시에 레스토랑에서 알베르게로 들어가 바로 잠자리에 들었다.

7일, 3일간의 고된 순례길에서 쉬어 가는 하루가 되다

오바노스(Obanos)에 있는 알베르게는 인당 8유로(Euro)다. 이곳은 한국인 전용 숙박지라고 해도 될 정도로 온통 한국 순례객들로 가득 찼다. 간단히 전자레인지에 물을 데워 어제 사 온 컵라면과 누룽지를 먹고 출발하였다.

알베르게를 떠나 2.5km 걸어오니 '쁘엔떼 라 레이나(Puente la Reina)' 지역이 나온다. 여기까지 오는 길도 산책로로서 아주 좋다. 담길을 지나

갈대밭 사이로 가면 유채밭길이 나오고 유채밭길을 지나니 포도밭길이 나온다. 포도나무 줄기에는 포도 잎사귀가 돋아나고 있고 계속 이어지는 밭고랑 사이로는 각종 꽃들이 아침을 맞는다. 비가 온다는 일기예보에 서둘러 배낭에서 우비를 꺼내 준비해 놓고 배낭도 우의로 감싸두었다.

오늘은 '쁘엔떼 라 레이나(Puente la Reina)'에서 10시 20분에 버스를 타고 리 자라/에스텔라(Li zarra/Estella), 로스 아르코스(Los Arcos) 등 2개 코스를 버스로 패스하고 다시 버스를 환승하여 로고로뇨(Logrono), 나이제라(Na'jera), 산토 도밍고(Santo Domingo), 벨로라도(Belorado), 산 주앙 드 오르테가(San Juan de Ortega) 지역의 5개 코스를 지나 바로 부르고스(Burgos)까지 가기로 하였다. 총 7개 코스를 버스로 지나게 되는 것이다.

어차피 15일 일정으로 34개 코스를 다 소화할 수 없으니 꼭 가봐야 하는 1번 코스 '생장(St-Jean)~론세스바예스(Roncezvalles)', 2번 코스 '랄라소아네이아(Larrasoan'a)', 4번 코스 '팜플로나(Pamplona)~쁘엔떼 라 레이나(Puente la Reina)' 코스를 걷고 8개 코스를 건너뛰기로 하였다.

버스를 2시간여 기다리며 와이파이가 연결되는 호텔에서 커피 한 잔씩을 하기로 하였다. 이곳에 오니 사람 사는 동네처럼 활기가 있다. 10시 20분에 버스가 온다고 해서 호텔에서 약 20분 정도 걸어 내려오니 버스 타는 곳이 있다. 다시 햇빛이 나오고 날이 밝아진다. 구름은 있지만 비는 오지 않을 듯하다. 버스를 타고 1시간 30분을 달리니 차창으로 보이는 풍광도 아주 좋다. 멀리 보이는 바위산과 구릉은 편안하게 펼쳐졌고 가깝게는 올리브나무가 듬성듬성 있는데, 땅은 척박해 보인다.

버스가 로그로뇨(Logron'o)에 도착하자 점심을 간단한 빵으로 때우고 다시 부르고스(Burgos)행 1시 출발 버스를 타서 3시 넘어 부르고스에 도착했다. 멋진 부르고스 성당을 지나 알베르게에 도착하니 한국인들이 엄청 많다. 그들 말로는 숙소가 많이 불편하다고 한다. 들어가 보지 않고 다른 고급 사설 알베르게를 겨우 찾아가니 거기도 취사가 안 되면서도 침대 2개가 들어간 방 하나가 80유로라고 하여 다시 나왔다.

까미노를 따라 더 가보니 이젠 집들이 없다. 근처 호텔에 들러 택시를 불러 달라고 하니 흔쾌히 불러 준다. 택시를 타고 아예 호르니릴오스 델 까미노(Hornillos del Camino) 지역으로 왔다. 오는 길에 보니 국도 옆으로 가끔 순례자들의 순례 행렬을 볼 수 있었다. 이전과는 다르게 사막화된 지역에 온 듯하다.

3명밖에 안 들어가는 방에 침대 하나를 더 들여 4명이 함께 쓰기로 하고 한국인이 한다는 식당을 찾았다. 한국인이 한다는 식당의 주인은 40세 젊은이였다. 그는 일곱 살 때 군인이었던 아버지를 따라 바르셀로나(Barcelona)에 와서 요리를 배워 많은 스페인 아이들에게 요리를 가르쳐 주고 요리사로 일을 했다고 한다. 이후 산티아고 순례길에 왔다가 이곳이 너무 좋아서 근무처로 돌아가지 않고 머물며 4년간 레스토랑 일을 하고 있다고 했다.

그는 조금 성격이 원만하지 못하여 자주 주변사람들과 부딪혔던 것 같다. 그러나 이곳의 느리지만 여유 있는 생활이 잘 맞아 자기만의 고집과 자부심으로 최고의 행복을 누리고 있었다. 그의 이름은 손선민으로 자부심이 대단했다. 아직 젊어서 패기가 넘치는 젊은이였다.

하지만 그도 나이가 들면 결혼도 하고 아이도 갖고 싶어 하는 보통의 사람이었다. 처음에는 불손하고 무심해 보였다. 어떻게 보면 한국인에게 오히려 더 불친절한 느낌도 들었는데, 식사를 하고 술을 한잔하면서 이야기해보니 나름대로 배울 점도 있고 정이 가는 친구였다. 앞으로 시간이 흐를수록 한국인 순례객들에게 더욱 친절한 성공한 사업가로, 순례객들에게 추억을 주는 한국 요리사로 남았으면 좋겠다.

이곳은 생각보다 춥다. 비가 오다가 다시 햇빛이 나오더니 맑아진다. 내일은 21km를 걸어 한국 여성이 한다는 알베르게와 레스토랑에서 숙박하기로 하였다.

8일, 끝없는 길, 겨울에 서다

오르닐리오스 델 까미노(Horillos del Camino)의 아침은 비가 올 듯 말듯하며 바람이 세차다. 새벽 기온이 영하로 내려갔다. 일어나 라면에 마지막 누룽지를 끓이고 말린 김치를 물에 풀어 끓여 먹으니 한국에서 먹는 맛이다. 냉장고와 식탁에 조식용으로 둔 식빵을 구워 버터를 발라 먹으니 아침 식사로 든든하다.

8시 30분에 출발하였으나 가도 가도 끝이 안 보인다. 차근차근 언덕을 올라가면 언덕 끝이 나오리라 생각하고 5, 6km를 올라가도 언덕의 정상이 안 나오는 것이었다. 찬바람은 귓불을 때렸고, 뒤에서 부는 바람에 몸이 앞으로 밀려 나간다. 그동안 쓰던 장갑을 찾지 못해 맨손으로 가니 손이 시렸다. 갖고 있던 수건으로 오른손을 싸고 친구의 수건을 빌려 왼손을 싸매니 손 시린 것이 좀 덜하다.

순례자들 중에는 한국인도 많지만 외국인들도 많다. 좁은 밭두렁길에 두세 명씩 걷고 있는데 뒤에서 자전거 순례자들이 따릉따릉거리니 어떨 때는 깜짝깜짝 놀란다. 우리가 묵을 지역을 2km 남겨두고 잠시 쉬면서 사과를 나누어 먹으려고 접이식 의자를 꺼냈다. 그때 접이식 의자 봉투에서 장갑이 툭 떨어졌다. 잃어버린 줄 알았던 장갑이 나오니 반갑다. 5시간여 만에 20.5km 이상 걸어오니 우리가 오늘 숙박할 까스뜨로예리쯔(Castrojeriz)에 도착한다.

어제 저녁 식사했던 한국 식당 주인 젊은이가 이야기해 준 한국인 여성이 한다는 알베르게를 찾았다. 어제 그 젊은이와는 달리 무척 싹싹하다. 숙박규칙을 설명하고 식사방법, 시간, 금액을 이야기하는데, 1년밖에 안 된 곳인데도 뭔가 딱 규정이 잡힌 듯하다.

일단 계란을 풀고 파를 송송 썰어 넣은 라면과 밥, 김치를 먹고 나니 기운이 솟는다. 콜라까지 끼워 인당 8유로라고 하니 만 원 식사다. 방에 침대를 하나 더 넣어 4개의 침대를 놓으니 우리 친구끼리만 잘 수 있게 되어 아주 만족스러웠다. 샤워를 하고 나니 졸음이 밀려온다. 모든 게 편안하다. 그간 땀으로 젖은 내의와 조끼는 세탁을 맡겼다. 이제 여행코스 절반을 밟았으니 3~4코스만 더 걸으면 이번 순례여행도 끝이 난다.

저녁시간이 되어 7시부터 모든 순례객이 모여 식사를 했다. 식사가 끝난 후 함부르크에서 온 나이 든 순례객이 기타를 치며 올드 송을 부르기 시작하자 모두들 따라 부른다. 창이가 하모니카로 분위기를 돋우고, 동영상과 단체사진도 찍으며 모두가 화합된 모습을 보여주었다. 돌아갈 코스를 연구하고 어느 코스를 걸을 건지 토의하다 보니 밤이 깊어 간다.

산티아고 데 콤포스텔라를 향해

9일, 부르고스(Burgos)에서 레온(Leon)으로, 레온에서
산티아고 데 콤포스텔라(Santiago de Compostela)로 가다

알베르게 '오리온(ORION)'은 1년 정도 되어서인지 아주 정결하고 식사도 정갈하다. 주인인 안상휘 씨는 인사성이 아주 좋고 자주 청소를 한단다. 한국인 순례자가 많이 오니 점차 이곳이 소문나서 붐빌 듯하다.

날은 차지만 다시 하늘이 맑아졌다. 바람도 없고 햇살이 좋아서 추위가 좀 덜 느껴진다. 새벽에는 영하권이고 아침은 영상 5~6도 정도 되는 듯하다. 8시 조금 넘어 출발한 버스는 2시간을 달려 다시 부르고스 터미널로 왔다. 레온(Leon)까지 가는 버스는 10시 30분에 있다고 한다. 티켓을 구입하여 1시간 정도 커피 한잔하면서 버스가 출발하기를 기다리는데, 이 버스는 20분 연발하여 출발한다.

여기서부터 100km를 가면 레온이 나온단다. 약 3시간 타고 가면 2시쯤 될 듯하다. 거기서 오늘의 최종 목적지를 가려면 또 200km 이상을 버스로 이동해야 할 듯하다. 그러면 대충 6시쯤 될 것 같은데, 중간에 버스가 바로 이어질지, 또 여러 차례 갈아타야 될지는 모르겠다. 초행길이니 물어물어 가 보는 것도 여행의 맛이 아닐까.

몸이 많이 부었다. 많이 피곤한 탓일 게다. 레온으로 가는 길에 차창을 통해 보는 풍경도 아름답다. 구름과 땅이 맞닿은 지평선. 큰 숲은 별로 없이 목초지대가 나타나고 시냇가 근처에는 우리 눈에 익은 미루나무가 여러 그루 서 있다.

도시를 지나면 다시 초원이 펼쳐져 그동안 보던 구릉지대와 산은 보이지 않는다. 국도로 가는 버스라 속도가 시원찮다. 레온으로 가는 길의 4분 3 지점 정도인 '사아군(Sahagun)' 지역에서 8명 정도의 순례객이 내리고, 한국 대학생으로 보이는 4명의 청년이 버스를 탄다. 레온까지 간단다. 청년들은 버스를 타자마자 피곤한지 꿈나라로 갔다.

어렵사리 3시간 만에 레온에 도착하여 알아보니 버스는 내일 편도까지 다 매진되었다고 한다.

산티아고까지 가는 버스가 하루에 딱 한 편씩만 있다고 한다. 할 수 없이 근처 레온 기차역으로 걸어가 열차시간을 알아보니 2시 43분 열차가 바로 있다. 표를 구입하고 간단히 빵을 8개 사서 나누어 먹으며 15분여를 기다렸다. 열차를 타고 6시간 정도 가야 한다. 부족한 순례길은 오늘 산티아고 알베르게에서 자면서 생각해 봐야겠다. 버스나 택시로 다시 되돌아 아르수아(Arzua)로 가서 걷는 방법도 있을 듯하다.

한국으로 가는 항공편을 5월 3일 것으로 구매해 두었기에 마드리드에서 순례길을 출발하기 전에 미리 '산티아고~마드리드'행 열차 티켓을 2일 오전 6시 것으로 사두었다. 귀국 항공시간에 맞추어야 하니 34개의 순례 구간을 중간중간 빼먹고 걸을 수밖에 없다. 계속 걸으면서 지친 몸은 버스나 기차에서 쉬면서 가는 것도 괜찮을 것 같다.

6시간 동안 긴 기차여행 끝에 산티아고에 도착했다. 우리는 택시를 40분간 타고 산티아고 데 콤포스텔라에서 반대방향으로 40km 떨어진 33번 코스인 아르수아(Arzua) 지역으로 갔다. 알베르게를 물어물어 찾아가 여장을 풀고 나서 쌀밥이 나온다는 레스토랑에 갔다. 그런데 쌀밥은 최악이었다. 짜서 먹을 수 없도록 요리를 해 놓았다. 그러나 닭튀김, 문어요리, 돼지귀때기살 고기는 아주 맛있었다.

10시 30분에 알베르게에 돌아와 샤워를 하고 나니 많이 걷지 않았는데도 걸은 것 이상으로 피곤하다. 아침 8시에 버스로 이동해서 기차와 택시를 갈아타고 저녁 9시에 알베르게에 도착했으니 총 13시간을 이동한 셈이다. 기차로 오는 동안 양쪽 차창으로 보니 점차 산세가 높아지고 지형도 험해진다. 나무도 많아지고 숲도 제법 우거져 있다. 호수도 나오고 18세기식 우중충한 집에서 벗어나 밝고 붉은 집들이 많아진다. 내일부터 다시 연 이틀 걸어서 산티아고까지 까미노를 걸을 생각을 하니 즐겁기도 하면서 몸에 무리가 오지 않을지 걱정도 된다.

10일, 산티아고 입성 하루 전, 피로가 중첩

6시부터 깨어났는데도 다른 외국인 순례객이 일어나지 않아 샤워장에 가서 다 정리를 하고 7시에 불을 켰다. 8시에 근처 레스토랑에 들러 간단히 커피와 오렌지 주스, 샌드위치를 시켜 먹고 8시 30분에 출발했다. 살짝 오르막을 1시간여 오르니 그동안의 까미노와 다르게 길옆에 키 큰 나무가 숲 터널을 이루고 있다. 좁은 길에 순례객이 엄청 많다. 각국에서 온 순례객이 모여 이야기를 나누고 있는 곳은 햇살이 따뜻한 곳이었다.

4시간 정도 걸으니 살세다(Salceda)라는 지역의 팻말이 나온다. 거기 근처 카페에는 많은 순례객이 있는데, 처음으로 중국 남성 순례객들을 만났다. 다섯 명의 중국 순례객들은 한국말로 친근하게 인사했다. 잠시 뒤엔 67세라는 건장한 체격의 한국인 중년 남성이 오더니 순례에 필요한 정보를 준다. 2번째 완주 중이라고 한다.

거의 6시간 만에 페드로자(Pedrosa)에 도착해 알베르게를 어렵게 찾아들었다. 알베르게는 아주 깨끗했지만 와이파이가 되지 않았다. 바로 옆 알베르게에 들러 와이파이를 잡아 보려고 했더니 야속하게도 자기네 숙소에서 숙박하지 않으면 패스워드를 알려주지 않겠다고 한다.

그간 피로가 쌓여서인지 매우 피곤했다. 친구들이 은행과 레스토랑, 슈퍼마켓을 간다고 나가자고 하는데 너무 힘들어서 나갈 수가 없다. 간단한 샤워 후에 친구들과 식당으로 와서 와이파이를 켜 그간 찍은 사진도 공유하고 저녁식사도 함께한다. 갖고 온 말린 김치도 뜨거운 물에 풀어서 먹으니 맛도 괜찮다. 밥과 함께 먹으면 더욱 맛이 있을 듯하다. 각종 음식을 시켜놓고 먹는데, 맛도 있었고 빨리 먹어서 배도 불렀다. 닭 날개, 스테이크, 문어, 돼지 귀, 샐러드 등 그 많은 요리를 4명이서 후딱 먹어치웠다. 거기다 쌀밥까지 시켜서 맥주와 먹으니 배가 상당히 불러 온다.

11일, 드디어 산티아고 데콤포스텔라(Santiagode Compostela)로

아침 6시 30분에 일어나니 온몸이 말을 듣지 않는다. 모든 근육이 아프다. 친구들도 발가락이 검게 되어 반창고를 붙였다. 서로 천천히 출발하자고 한다. 나도 천천히 출발했으면 했다. 그러나 알베르게가 깨끗하기는 하지만 추워서 견디기가 쉽지 않다. 걸으면 몸이 더워지려나 싶어 7시 30분에 출발했다.

근처에 레스토랑이 있는지 둘러보면서 가지만 근 1시간을 가도 레스토랑이 나오지 않았다. 숲 터널을 지나고 동네 집 담벼락 옆으로 걸어가니 레스토랑이 나온다. 일단 커피 한 잔에 간단하게 빵을 사서 먹고 일어서니 좀 든든해서 걷기가 좀 더 수월하다. 4시간 30분을 걷고 나니 산티아고가 가까워지는지 예쁜 정원이 있는 집들이 많이 보인다. 현대차도 많이 보이고 카페에도 엘지, 삼성 벽걸이 TV가 많이 보이니 우리 기업의 경쟁력이 느껴진다. 젊은 한국 학생들도 많이 보이는데, 밝고 명랑하다.

콤포스텔라(Compostela)에 가까워질수록 순례자들이 밀려들어 온다. 결국 오후 2시 반쯤 콤포스텔라에 도착하여 신발과 배낭을 벗고 누워 기념사진을 찍는다. 외국인 순례자가 친절하게 우리의 단체사진을 찍어 준다고 하더니 본인도 엉덩이를 바닥에 대고 누워서 사진을 찍어준다. 우리가 누워 있는 모양 그대로 흉내 내어 찍는다.

순례길을 완주하면 완주 증명서를 발급해준다. 우리는 오랜 기다림 끝에 완주 증명서를 발급받기 위해 거리 증명소에 왔지만 콤포스텔라 100km 전부터 연속해서 걸어야 완주 증명서를 발급한다고 했다. 우리가 생장에서 발급받은 확인서(크리덴셜) 용지에 도장만 여러 군데 찍어주며 다른 구간에서 채워오면 완주 증명서를 준다고 하였다.

배가 고프니 간단히 빵과 커피라도 먹고 기차역 근처에서 알베르게를 잡아야 했다. 기차역을 물어물어 찾아왔다. 2km 정도 떨어진 역까지 알베르게를 찾으면서 왔더니 3km 정도는 걸은 듯하다. 역에서 숙박지를 물어 6~7백 미터 떨어진 알베르게를 찾아 여장을 풀었다.

온몸이 얼어맞은 듯 아프다. 이곳에서 3일간 있어야 한다. 이곳에 도착하면 바닷가에 나가 회를 먹겠다고 했던 것이 수포로 돌아갈 듯하다. 이곳은 회를 먹지 않는 탓이다. 땅끝마을까지는 버스, 택시 등의 교통수단으로도 하루 일정이 된다고 하니 내일 가보든가 해야 할 듯하다. 내일은 일기예보상 비가 많이 온다고 한다.

생각보다 산티아고는 엄청 추웠다. 낮에도 햇빛이 없는 곳은 영상 3~7도 정도가 되는 듯하고 바람이 많이 불어 더욱 춥게 느껴진다. 외지의 순례객들은 다 두꺼운 옷을 입고 있는데 이곳 젊은 여성들 일부는 민소매 티셔츠를 입고 다니는 것을 보면 젊음이 좋아 보인다.

순례의 종착점, 피니스테라

<u>12일, 결국 스페인 땅끝마을(Finisterra)까지 가다</u>
그동안 약간씩 비가 흩뿌렸지만 비를 맞지는 않았다. 이 추위에 비까지 맞았다면 감기나 병이 들었을 듯하지만 용케 피해 갔다. 그러나 오늘 새벽에 비 오는 소리가 심하게 들렸고 일기예보에서도 비가 많이 올 것이라고 했다. 몸도 많이 붓고 손은 아예 꽉 쥐어지지가 않는다. 10일간 강행군한 것이 몸에 무리를 준 것 같았다. 일단 일어나서 어젯밤 사 온 컵라면과 사과로 아침을 때웠다.

기차역에 가서 택시를 타고 스페인 서쪽 땅끝마을(Finisterra)에 들렀다. 100km 정도 떨어진 곳을 1시간 10분여 걸려 가는데, 택시비가 120유로가 나온다. 대략 우리 돈 15만 원 정도 된다.

땅끝마을에 와서 보니 오길 잘했다는 생각이 들었다. 피곤해서 입술과

발, 손이 다 터졌지만 알베르게에서 그냥 누워만 있었다면 너무 아쉬웠을 것이다. 등대에 들러 사진을 찍고 등대 밑으로 내려가니 세찬 바람에 파도가 일렁이며 하얀 포말을 일으킨다.

바람이 세차서 모자가 날아갈 듯하다. 레스토랑에 들어와 커피 한 잔씩을 하면서 빵을 먹고 배들이 모여 있는 곳까지 30여 분 내려와 부둣가에서 식사를 했다. 먹은 빵이 소화가 안 된다. 그간 전혀 소화에 문제가 없더니 오늘은 걷지 않아서인지 소화가 잘 되지 않는다. 갈리시아 항구(Porte de Galisia) 옆까지 내려가서 보니 홍합 새끼들이 뭉쳐 있었는데 이걸 따다가 홍합국을 끓여먹으면 어떻겠냐는 이야기가 나왔다.

갑자기 하늘이 어두워지면서 비가 후두둑 떨어져서 카페로 들어와 버스를 기다린다. 산티아고행 버스가 4시 30분에 있다고 하니 2시간은 기다려야 할 판이다. 커피를 시켜놓고 보니 다시 햇살이 반짝 나온다.

4시 반이 되니 이층버스가 온다. 버스비는 인당 13.1유로라고 한다. 지난 금요일 아르수아(Arizua)에서 페드로자(Pedrosa)로 오는 32구간 순례길에서 만난 건장한 분과 학생을 다시 만나 함께 버스를 탔다. 그들은 아르수아(Arizua)에서 2코스 40km 이상 되는 거리를 내달려 저녁 8시경 산티아고에 들어왔다고 한다. 두 번씩이나 만난 것도 인연이라고 하여 우리가 머무는 알베르게 근처 일식당에서 함께 저녁을 하기로 하였다.

버스가 콤포스텔라에 가는 데 거의 3시간이 걸렸다. 올 때는 택시로 1시간 10분 정도 고속도로 같은 곳으로 달렸고, 이번에는 2층 버스를 탔는데 계속 해안선을 끼고 달린다. 나지막한 산이 편안하게 펼쳐지는데 오른편 대서양의 바닷가에는 길게 아름다운 집들이 늘어서 있어 제주도 서귀포에서 해비치 호텔 쪽의 길이 연상되었다. 서울에 가면 오늘의 느낌을 가슴속에 잘 담아 시를 써보리라. 검은 구름은 걷히고 하얀 뭉게구름과 파란 하늘이 보이니 비가 온다던 일기예보가 틀려서 다행이다.

돌아오는 길에는 아프리카 남아공 희망봉의 감동이 되살아났다. 이곳은 과거만 해도 지구의 끝이라고 했던 곳 아닌가? 그래서 지명도 피니스테라(Finisterre, 땅 끝)가 아닌가 생각한다.

산티아고 데 콤포스텔라 역에서 버스가 서기에 내리려고 했으나 두 번씩이나 만난 분들과 저녁을 함께하기로 하여 다음 터미널에서 내려 다시 역방향으로 걸어왔다. 20여 분 걸어오니 일식당 문이 열려 있어 들어갔지만 대화는 잘 통하지 않았다. 중국 사람이 경영하는 곳이라 중국어만 된다.

조금 식사를 시켜 먹고 다시 어젯밤 식사한 일식당으로 옮겨 푸짐하게 식사를 하고 헤어졌다. 정치 이야기를 했는데 대선에 대한 의견이 우리 정서와 맞았다. 하지만 정치적인 이야기는 서로 견해가 다를 수도 있고 여기까지 와서 재미없는 정치 이야기만 하기에는 아까운 듯하여 브라질에 대한 이야기로 대화를 이끌었다. 그분이 브라질에서 오신 분들이었기 때문이다.

산티아고에서 다시 마드리드로

13일, 산티아고 데 콤포스텔라를 샅샅이 살피다

내일 아침 6시면 기차로 산티아고를 떠나 마드리드로 가기로 되어 있다. 오늘 하루는 오롯이 산티아고 데 콤포스텔라를 돌아보기로 했다. 가능하면 성당 내부도 들어가 보고, 은행도 가보고, 시장도 돌아보기로 했다. 가져온 여행 자금도 다 소진되어 은행을 들러 얼마간의 달러를 유로화로 환전해야 할 듯했기 때문이다.

아침에 느긋하게 일어나기로 했는데도 새벽 5시에 깨어났다. 시간을 내어 기차역 위쪽에 있는 나선형 건물이 무슨 건물인지 보고 왔으면 좋겠다는 생각이 들었다. 이곳에 오니 스페인어를 조금이라도 익혀 두었으면 좋았을걸 하는 생각도 든다. 영어가 거의 통하지 않아 많이 불편하다.

느긋하게 일어나 컵라면과 물을 사왔다. 노동절이라 다들 휴일인지 쉰다. 겨우 주유소 옆 24시 슈퍼마켓을 물어 찾아갔다. 어제처럼 물을 데워 컵라면과 사과, 주스를 먹고 11시 반경 알베르게를 나왔다.

성당 방향으로 가면서 보니 경찰이 군데군데 지키고 있고, 어느 구역은 바리케이드를 쳐서 차량이 진입하지 못하도록 하고 있었다. 노동자들이 노동절날 연금개혁을 외치며 집회를 열고 거리를 일렬로 행진하고 있었는데 질서정연한 것이 선진국의 집회모습을 보여 주고 있었다.
성당을 다시 찾아가는 김에 수산시장을 물어물어 들러보니 문이 닫혔다. 시장 밖 처마 밑에 좌석 몇 개를 두고 먹을거리를 파는 곳이 있었는데 거기 서서 가리비, 꼬막, 거북손을 시켜 먹었으나 짜서 먹을 수가 없었다. 아침을 먹은 지 얼마 안 돼서 먹고 싶은 생각도 없다.
직원들을 위해 산티아고에서 파는 팔찌를 몇 개 샀다. 왔던 길을 다시 여러 차례 왔다 갔다 하다가 점심을 먹기 위해 성당 근처 레스토랑에 들어와 랍스터를 시켜 먹었다. 바로 옆자리에 나이 든 여성 가이드와 인솔자 같은 젊은 친구가 와서 식사를 하는데, 젊은 친구가 인사성이 없었다. 식사 후 알베르게로 돌아오는데, 공원을 통해 오다 보니 좀 더 지나쳐 알베르게를 찾지를 못했다. 할 수 없이 역을 찾아가다가 구글맵의 도움을 받았다.
이곳은 20년 만의 이상 기온이라고 하는데 너무 춥다. 알베르게에서 침낭 위에 얇은 이불을 덮어도 너무 추워서 아예 옷을 다 입고 잘 수밖에 없었다. 내일은 좀 풀린다고 하지만 우리는 내일 아침 6시에 출발하니 산티아고 날씨와는 관계가 없다. 마드리드 날씨라도 좀 따뜻했으면 좋겠다.

14일, 마드리드로 돌아가다

새벽 5시 모닝콜 소리에 일어나 바로 준비해서 기차역으로 나왔다. 역에서 걸어 5분 거리에 잡은 알베르게는 주위에 일식당도 많고 역이 가까워 많이 편리했다. 마드리드행 기차를 타고 5시간에 걸쳐 가는 길이니 다시 잠에 떨어져서 간다. 한 시간여 가다가 사과, 빵, 과자, 주스로 아침을 때웠다.

역무원이 지나가도 차표 검사를 하지 않는다. 개찰구에도 아무도 표를 검사하는 사람이 없었고 마드리드 공항에 내려 입국 시에도 여권 조사를 하지 않았다. 지난번 아프리카 여행 시에는 매번 짐을 엑스레이 검사대에 올려 검사를 받고 입국 시 지문을 찍었던 것에 비하면 보안이 참 허술한 편이다.

5시간 9분 만에 마드리드 역에 도착하였다. 차창으로는 계속 지평선이 펼쳐진다. 우리가 내린 역은 지난번 21일 탔던 아또챠 역이 아닌 샤마르틴(Madrid Chamrtin) 역이라서 솔 광장으로 가는 길을 알 수 없었다. 구글맵을 이용하니 택시로 18분 거리에 우리가 묵을 알베르게가 있다. 택시를 타고 '모히또' 알베르게에 여장을 풀고 나왔다.

오늘이 마드리드시(市) 축제날이어서 솔 광장엔 엄청 사람들이 많이 나와 있다. 군인, 경찰, 기마대들이 도로 내에서 행진을 하고 있다. 스페인 국왕이 이곳에서 연설을 했단다. 오늘은 마드리드 전체 휴일이라고 한다. 그동안 토요일, 일요일이어서 은행 문이 닫혀 있었는데 오늘은 노동절도 끝나고 근무 날일 것 같아 갔으나 마드리드만 쉰다는 것이다.

저녁을 먹으려고 가야금 식당에 들렀는데, 브라질에서 오신 박남근 회장이 친구분과 함께 식사 중이라 반갑게 인사를 나누었다. 조금 후 한국 여행객들이 수십 명 들이닥쳤는데 모두들 가볍게 식사를 마치고 나갔다. 우리는 오랜만에 근 20여만 원어치의 저녁식사를 한식으로 거하게 먹었다. 위에 부담이 많이 갈 정도로 먹어서 식후 밤 10시까지 여기저기 돌아다니는데, 다시 길가 카페에서 맥주를 들고 있던 브라질에서 온 박 회장과 브라질에 있는 진로에서 함께 일해서 내 친구 광섭이를 잘 안다고 하는 분을 만나 맥주 한잔을 하고 헤어졌다.

순례자들이여 "부엔 까미노!"

15일, 집으로 가는 날

길은 돌아돌아 종착역은 고향 땅, 식구들이 있는 집으로 간다.

아침 6시에 기상하여 7시에 '모히또' 알베르게에서 나왔다. 택시를 잡아타고 20여 분 오니 공항이다. 2번 터미널에서 식이가 먼저 택시비 30유로를 내고 내리고 우리는 4번 터미널로 왔다. 2번 게이트와 4번 게이트가 택시로도 엄청 멀다. 4분 정도 더 달린 듯하다. 출국 과정은 비교적 간단했다. 짐만 스크린으로 비춰보고 여권에 도장 찍는 번거로움 없이 바로 게이트로 왔다. 30분 정도 기다리면 우리가 탈 게이트 번호가 뜬다고 한다.

보름간의 일정이 후딱 지나갔다.

힘든 일정으로 몸무게가 2~3kg 빠졌을 듯하다.

이제 비행기에 탑승하면 잠만 잘 것 같다.

그동안 함께한 친구들이 고맙고 감사하다.

즐거운 여행이 되기 위해 다들 서로 염려해 주었다. 옛 추억을 이야기하며 밤 깊어가는 줄도 몰랐다. 특히 친구들에게 덕을 베푼 식에게 감사드린다. 전반적인 일정을 조율하고 비용을 많이 부담하고 안내까지 맡아 우리에게 좋은 본보기를 보여주었다.

친구를 미국편 비행기로 보내고 우리 셋은 헬싱키에서 환승하여 인천으로 간다. 환승 시간은 2시간인데도 게이트 찾고, 점심도 간단히 하니 시간이 별로 많지 않다. 인천에서 출발 전 5만 4천 원을 내고 15일간 로밍을 했는데 헬싱키에 도착하니 네트워크가 끊어진다. 이번에 적은 금액으로 로밍해 간 것이 크게 도움이 되었다. 동행자들이 로밍해오지 않아 내가 갖고 있는 용량으로 핫스팟을 끌어 써서 와이파이가 되지 않는 곳에서도 유용했다. 카톡으로 집의 식구들과도 연락하고 우리들끼리도 소통이 원활했다.
공항이나 알베르게, 카페, 식당에서는 와이파이 패스워드를 입력해서 계속 소통했고, 모르는 길은 구글앱으로, 모르는 말은 파파고로 소통했다. 그러나 파파고는 아직 보이스 인지 능력이 많이 떨어져서 활용에 제한이 많았다.

16일, 힘든 만큼 감사한 여행
어릴 때 친구들과 장기 해외여행을, 그것도 힘든 산티아고 순례길을 다녀오면서 나눈 우정은 뜻깊었다. 이러한 여행을 제안한 친구들에게 고맙게 생각한다. 어려운 여건 속에서 15일간의 여행일정을 낸다는 것은 힘든 결정이었다. 15일간 무리한 일정을 강행하게 되어 한편으로는 미안하고 또

한편으로는 다시없는 기회 같았다.

인천공항에서 짐을 찾아 서울역행 전철을 탔다. 이제 각자 자기의 본분으로, 직무로, 집으로 돌아간다. 앞으로 여행에서 받은 기운으로, 힘든 여정을 인내한 체력으로 새로운 업무에 도전하고 응전해야 한다. 몸은 피곤하지만 정신적으로는 아주 생동감이 넘친다.

힘든 피레네 산맥을 넘고 짧은 기간 내에 160km를 내 발로 걸었다. 순례길 800km에는 크게 못 미치지만 헬싱키, 생장, 스페인의 보르고, 레온, 마드리드, 산티아고 델 콤포스텔라를 걷고, 버스, 택시, 기차를 타고 15일간 안내자 없이 우리끼리 구글 맵을 이용하거나 물어물어 알베르게를 찾았다. 컵라면과 빵, 레스토랑에서 시켜서 끼니를 때우기도 하며 오랜만에 편한 생활에서 벗어나 불평 없이 불편함을 감수했다. 이 모든 것을 감사하게 생각한다. 모두 다 좋은 친구들을 둔 덕이고 회사와 집에서 여행에 동의해 준 덕이다. 새로운 곳에서 이방인이 되어 보는 것도 여행의 즐거움이다.

나의 버킷리스트 중 하나인 산티아고 순례길 여행을 마치며 "부엔 까미노!"를 외치던 순례자들의 순수한 마음과 표정을 다시 상기해 본다. 나도 '부엔 까미노!'라고 친구들과 나에게 외쳐 본다.

산티아고 순례길에서 만난 사람들

순례길에서 만난 한국 청년들

산티아고 순례길에서 수많은 한국 순례객을 만났다. 나이 든 부부도 종종 있었고 가족단위로 와서 알베르게(Albergue, 순례자를 위한 숙소)에서 빨래를 널고 있는 모습도 보았다. 그러나 내가 놀란 것은 생각보다 대학생으로 보이는 젊은 대한민국 청년들이 많아서였다.

때는 4월 중·하순, 학기 중이라 여행하기가 쉽지 않은 때였다. 휴학을 하고 온 것인지 물어보지는 않았으나 친구들과 또는 혼자서 이국 멀리 와서 순례길을 걷고 있는 모습이 인상적이었다. 힘든 일정이지만 호연지기(浩然之氣)를 기르고 친구들과 글로벌 체험도 하며 어려움을 극복해가는 모습에 부럽기도 하고 자랑스럽기도 하였다.

생장(Saint-Jean)을 떠나 피레네 산맥을 넘어 가는 초입 부분에 있는 첫 번째 휴게산장에 가쁜 숨을 쉬며 도착하니 발랄 유쾌한 대여섯 명의 한국 여대생들이 재잘거리고 있었다. 여대생들은 산장 밖에 놓인 의자에 앉은 내게 작은 군밤을 건네며 인사를 하는데 내 딸보다 어린 학생들의 상냥함과 귀여움에 저절로 흐뭇한 미소가 지어졌다. 자유롭고 당당한 한국의 여대생들이 800km의 순례길에 나섰다는 사실에 우리 조국의 앞날이 밝을 것이라는 희망을 갖게 되었다.

우리는 도보로 9시간 걸리는 론세스바예스(Roncesvalles) 수도원에 도착하기 위해 그들보다 먼저 일어났다. 30km를 힘들게 걸어 피레네 산맥 너머 론세스바예스에 도착했을 때가 오후 4시였다. 성처럼 생긴 수도원에 투숙하려고 1시간여 기다리는데, 저녁 늦게 도착하면 여분의 방이 없다는 말을 듣고 산장에서 만났던 젊은 여대생들이 걱정이 되었다. 젊은 여대생들은 그때까지 도착하지 않았기 때문이다.

또다시 만난 청년은 혼자 온 대학생이었다. 이 청년은 피레네 산맥을 혼자 오르면서 외국 청년이나 여성들 무리에 자연스럽게 어울리고 소통하면서 걸었다 청년을 아껴 주던 고모가 세상을 떠나면서 자신의 골분을 산티아고 순례길에 뿌려 달라고 부탁해서 왔다고 한다. 그는 고모의 골분을 생장(Saint-Jean)의 흐르는 냇물과 야산에 뿌리고 고모가 즐겨 걸었던 순례길을 고모를 그리며 걷는다고 하였다. 청년은 이 길을 걸으면서 아픈 마음을 달랜다고 한 것이다.

소몰이 축제로 유명한 팜플로나(Pamplona) 시내에 있는 알베르게에서 잔 다음 날, '용서의 언덕(Pardon Hill)'을 걸어 올라가기로 하고 아름다운 교외로 걸어 나올 때 팜플로나 대학을 보았다. 그 부근에서 만난 다섯 명의 대학생 일행은 팜플로나 대학 건물 쪽으로 걸어 들어갔었는데 대학에서 찍어주는 스탬프를 기념으로 받아가기 위해서였다. 대학생들이라 스페인에 있는 대학의 모습을 보고 가는 것도 좋은 추억이 될 것 같다는 생각이 들었다. 우리는 갈 길도 급하고 다리도 아프고 해서 바로 '용서의 언덕'으로 향했다.

언덕으로 향하는 길 양옆 구릉 지역에는 유채꽃밭과 보리밭이 연두색, 노란색의 물감으로 색칠해 놓은 듯해 눈이 호강을 하며 끝없는 언덕을 걷고 걸었다. 걸어온 길과 팜플로나 시내 전경이 보이는 높은 언덕에서 외국인 순례자 한 그룹과 쉬고 있는데, 배낭에 조그만 태극기 꽂은 세 명의 건장한 한국 대학생 청년이 검정 반바지, 반팔 티셔츠를 입고 바람같이 나타났다. 이들은 우리를 보자마자 큰소리로 "안녕하세요!"라고 인사를 건넸고 또 갈 때도 "먼저 가겠습니다"라고 씩씩하게 인사한 후 성큼성큼 걸어 내려갔다. 우리도 출발은 했지만 이들 청년의 그림자도 밟지 못했고, 영영 거리차를 좁히지 못했다.

팜플로나 코스에 '용서의 언덕'이 있다는 이야기를 책에서 보았다고 하는데 아무리 걸어도 나오지 않았다. 언덕을 향해 걷다가 지쳐 조그만 저수지 밑 플라타너스가 우거진 숲 아래에서 쉬어가게 되었다. 그곳은 저수지 물이 도랑 사이로 흘러 내려 마치 사막 한가운데 오아시스같이 시원한 느낌이 드는 곳이었다. 우리 다음으로 도착한 외국인 젊은 여성 두 명도 함께 쉬어 가게 되었는데 서로 이야기는 나누지 않았지만 순례자만의 느낌은 전해지는 듯했다. 힘이 드니 이곳에서 쉬면서 더 기운을 내어 걸어가자고.

많이 걸어서인지 지치기도 했다. 짧은 일정 속에서 빨리 콤포스텔라(Compostela)에 도착하기 위해 부르고스(Burgos)에서 레온(Leon)으로 버스를 6시간 이상을 타고 갔다. 그 사이에 중간지점인 사하군이라는 지역에서 여행객 몇 명을 탑승시켰는데, 한국의 젊은 대학생 6명이 피곤한 기색으로 버스를 탔다. 이들은 얼마나 피곤했는지 뒷자리에 앉자마자 잠에 곯아떨어졌다. 아마도 20여 일 이상 걸었고 잠도 많이 설쳤으리라. 안쓰러웠다.

집에서 편히 지내도 될 나이에 먼 이국땅에서 고생을 사서 하는 모습을 보면서 대견하다는 생각이 들었다. 고생이 추억이 되고, 앞으로 살아가는데 큰 힘이 되길 바라고 확신했다. 곧이어 우리도 잠에 떨어졌다.

마지막 코스로 갈수록 힘든 여정이었다. 모든 순례객들의 얼굴들에 지친 표정이 역력했다. 아무리 청년이라고 해도 지치고 힘들면 얼굴과 몸에서 기운이 빠져나간 것을 딱 봐도 알 수 있다. 젊은 시절에는 평생 건강할 것처럼 보이지만 나이 들면 대체로 기운이 빠지듯이 인생길이나 순례길도 마찬가지다. 다시 한 번 인생의 흐름과 굴곡을 느껴보게 된다. 그러니 산티아고 순례길에서는 잘 먹고 잘 자고 휴식을 잘 취해가면서 걸어야 되고, 인생길에서도 아프지 말고 몸과 마음을 잘 다스리며 나이에 맞게 지내야 되는 것이다.

바스크(Basque)족을 만나다

프랑스 남부의 생장(Saint-Jean)을 떠나 피렌체 산맥을 넘으니 산 정상 부근부터 스페인 북부지역의 경계선이 나오고 급경사를 3시간 정도 더 내려오니 수도원이 있었다. 지금은 수도원 소유로 일부 건물은 순례객의 여행 숙박지로 이용되는 곳이었다. 중세 시대의 고성 같기도 했다. 냇가를 건너 뒤편으로 접근하여 앞쪽으로 가니 최소 5~6층 높이의 수도원 건물이 여러 채 있는데 거기서 숙박절차를 밟으려니 많은 시간이 소요되었다. 모든 순례객들이 거기서 숙박을 하려 하니 줄이 길게 늘어서 시간이 걸릴 수밖에 없었다.

결국 우리는 30분여 줄을 서다가 너무 늦을 듯하여 다시 나왔다. 나오면서 보니 이미 숙박을 정한 순례객들은 레스토랑 밖에서 시원한 맥주를 마시고 있는데 너무 갈증이 난 나머지 나도 레스토랑으로 들어가고 싶었다. 하지만 알베르게를 찾는 것이 급선무라 택시를 타고 이동했다.

우리가 도착한 지역의 이름은 론세스바예스(Roncesvalles)였다. 수도원

에서 택시로 6km 이상 내려와 알베르게를 찾았는데, 그 지역 주민들이 바스크(Basque)족이라 거의 대화가 되지 않았다. 나중에 알았지만 그 지역은 불어도 스페인어도 아닌 특수한 바스크족 언어를 사용한다고 하였다. 대학생 또래의 바스크족 아이가 나와 영어로 통역해 주어야 음식도 주문할 수 있었다.

식당은 주인 여자 혼자 하는 곳이었는데, 열댓 명 들어갈 만한 협소한 곳이었고 손님은 없었다. 그런데 주문하려는 순간 주민 몇 명이 들어와 먼저 주문을 하는 바람에 의사소통이 늦은 우리는 주문이 뒤로 밀려 버렸다. 기다리는 동안 우리는 몹시 배가 고팠다.

레스토랑 밖에는 열 명 정도의 주민들이 모여 잔치 후 뒷이야기를 펼치며 간단한 음식을 놓고 이야기를 나누고 있었다. 원래 그 지역은 집들이 띄엄띄엄 있는데 레스토랑 주변으로 집들이 일곱 채 정도 붙어 있어 중심지

같은 느낌이 들었다. 아마도 이들은 순례객들이 오면 필요한 생필품을 팔거나 인근에서 과수나 곡식을 재배하며 생계를 유지하는 사람들 같았다. 바쁠 것도 없이 소소한 재미로 살아가는 평화로운 모습이었다. 우리나라에 비교하면 지리산 피아골이나 뱀사골 사이 민가 같은 곳으로 여행객들이나 둘레길 걷는 트레커들이 하루를 쉬어가는 곳, 아늑하고 조용한 심심산중의 동네인 것이다.

우리는 거기서 뜨거운 물을 달라고 하여 공수해 온 말린 김치를 넣고 거기서 주문한 쌀밥을 넣고 풀어서 먹었다. 식당 손님들은 김치 냄새 때문인지, 개밥 같은 느낌이 들어서인지 신기한 듯 한 번씩 쳐다보고 갔다.

와이파이는 말할 것도 없고 통신이 발달되지 않아 문명의 발달은 늦었지만 이 바스크 족은 베레모를 쓴 용감무쌍한 산악 민족이고 스페인 독립에 크게 기여한 민족이라고 하니 아마도 피레네 산맥의 정기 때문이 아닐까 생각된다.

바스크족의 혈액형은 Rh(-)형이 70% 이상인데 특히 프랑스에서 팜플로나 쪽으로 오면 점차 Rh(-)형이 더 많아진다고 한다. 그들은 대체로 체형과 골격이 크고 산악 민족이면서도 해양 민족의 특징도 있어 배를 잘 탄다. 염전에서 천일염을 잘 만들기 때문에 소금에 절여 말린 대구포 등을 갖고 장기간 배를 탄다고 한다. 콜럼버스가 배를 만들었을 때도 바스크족의 도움을 얻어 구축했고, 마젤란이 바닷길을 통해 세계일주를 하고 돌아올 때도 이들 바스크족의 선원들이 함께하며 바다 개척에 크게 기여했을 정도로 항해술과 조선술이 발전하였다고 한다.

인생의 길을 묵묵히 걷다

피레네 산맥
생장의 스러져가는 별빛 아래
아침이슬은 영롱하다.
붉은 태양은 미명을 밝히고
온 하늘을 붉게 물들여 순례자의 첫발은
경외감으로 가득 찼다.

한 발 한 발 딛는 걸음걸음은 숨을 가쁘게 만들지만
밤하늘 수많은 별빛은 새벽녘에 작은 이슬로 내려와
하늘과 맞닿은 이곳에 온갖 별빛 꽃으로 피어나
순례자를 반긴다.

좌우 완만한 굴곡의 언덕은 풍요와 평안을 주고
끊어질 듯 끊어질 듯 이어지는 오르막길은
인생의 무한한 꿈길, 인고의 길, 순례의 여행길을 열어준다.

앞서거니 뒤서거니 순례자는 말없이 인생의 길을 묵묵히 걷는다.
뜨거운 태양은 순례자의 머리 위로 쏟아져 눈을 뜨지 못한다.
들숨과 날숨이 거칠어지는 사이 어느덧 순례자는 피레네산맥의 최고봉에
다가선다.
세찬 바람은 정상에 선 순례자들을 희롱하여 오래 그 자리에서 있지 못하

게 한다.

등 뒤로 흐르는 땀도 잠시 쉬는 사이 찬바람에 날려 한기로 변한다.
다시 걷는 순례자의 발바닥은 뜨거워지기 시작하니 쉬어 가지 않을 수 없다.

순례길에 죽은 자는 십자가와 돌무덤에 이름을 남기고
산 자는 죽은 자 앞에서 성호를 긋는다.
산 자나 죽은 자나 걸음 한 발자국 차이.
걸으면 산 자. 못 걸으면 죽은 자,
악착같이 걸어서 산 자로 남는다.

피레네 산맥은 걷는 고통과 아름다운 풍광을 주지만
걷지 않는 자에게는 고통도 아름다움도 보여 주지 않는다.

느끼려면 걸어라.
끊임없는 길을 걷다 보면 풍광도, 내 내면의 모습도 보인다.

걸어온 길도 되돌아보고 지나 온 삶도 돌아보며
앞으로 걸어갈길, 인생길도 내 발에 달려 있음을 깨닫고
내일을 생각한다.

이렇게 피레네 산맥을 넘어오니 해는 지고

인생의 무게 때문인지 배낭의 무게 때문인지
온몸은 쉬어야만 하는 피곤한 몸이 되고 만다.

인생길도 순례자의 길도 쉬어가지 않으면 더 갈 수 없는 이치라
밤이 주는 휴식을 마다하지 않으리라.

산티아고 순례길-오르닐로스(hornillos)

폭탄 맞은 듯한 1400년대 잿빛 고대도시
사람 그림자 하나 보이지 않고
거리엔 소슬바람만 먼지를 날리고 가랑비도 뿌리기 시작한다.

세상 모두를 점령한 4월의 푸르름도 이곳에는 아직이다.
흩뿌리는 비바람 속에 대문은 삐걱거림조차 없다.

순례길 이방인에게 도시는 무덤처럼 삭막하다.

순례자에게 피해 갈 수 없는 까미노이건만
우리 모두는 혼자만의 고독을 미리 되씹어야 한다.

길가 나지막한 돌벽돌 모양의 와인창고는 중세 이후 수많은 순례자들의
최후의 장소.
아름다운 밀어를 속삭이는 연인들을 위해 준비된 달콤한 와인도,
세상 먼 외딴 곳에서 고독한 기다림 속에서 홀로 숙성되어 그들의 목을

축여 주는가.

욕망으로 타는 갈증을 해소하고
외로움을 달래주는 한 방울의 묘약은 땅속에서 숨 쉬고 있구나.

무섭도록 쓸쓸한 지하에서 숙성된 와인처럼
고통의 순례를 해 보지 않고서 어떻게 영광의 산티아고 데 콤포스텔라를
들어간단 말인가.
우리 순례자도 처절한 고독을 거치지 않고 어떻게 행복을 찾을 수 있을
까.

숨죽인 이곳 까미노 길에서 삶과 죽음을 측량하며, 하루를 재촉하며 순례
길을 거닐어 본다.

산티아고 델 콤포스텔라
최후의 길은 마지막 힘을 다해 몸부림치는 길
조용히 순간을 맞이하는 원숙한 사람은 많지 않다.

모든 순례자의 마지막 길은 야고보가 걸었던 수많은 길을 따라
산티아고 델 콤포스텔라 광장으로 통한다.

이 골목 저 골목 모든 방향에서 순례자들은 한 걸음 한 걸음 걸어
묵묵히 영광의 광장으로 쏟아져 나온다.

팔을 벌리고 감사의 영광을 하늘에 바치고 심신이 지친 순례자는
바닥에 누워 하늘을 향해 감사 기도 드린다.

얼마나 많은 걸음으로 순례길을 걸었던가.

산 넘고 계곡을 지나 벌판을 가로지르고 동네 동네 어귀를 돌아
수많은 돌부리에 부딪쳐가며 넘어지고 일어서기를 수없이 반복하며
걸었던가.

지나온 길이 앞으로 걸어야 할 길이라고 수없이 되새기며
낮은 자세로 짧은 걸음으로 조심조심 걷기로 다짐하며 걸었으니

이 광장에서 다시 시작하는 마음으로 경건하게 기도해 보자.

피니스테라
땅끝마을 높이 올라간 등대,
세찬 바람을 이기고 서서
수평선 넘어 오는 바람의 고향을 찾는다.
노란 꽃도 세찬 바람에 날아갈까 납작 엎드려 견디고 있다.
파도도 바람에 견디다 못해 바위에 부딪혀 산산조각 난다.
가파른 땅끝, 비탈 위에 우뚝 선 등대, 바로 밑은 낭떠러지
고향 떠난 바람은
갈매기 등을 타고 파도를 넘어 먼 땅끝까지 왔다.

이방인도 고향 떠나 바람 뚫고 파도 넘어 지친 다리 이끌고 여기까지
왔노라.

땅끝, 피니스테라.

순례의 종착점.

시작과 끝이 하나.

세찬 바람에 바쁜 영혼은 갈매기처럼 훨훨 날아가고

여유로운 영혼은 온화한 바람결에 날려 오라.

땅끝이자 출발점에 왔으니 인생도 끝이 아닌 새로운 시작이 되리라.

순례길에서 한줌 흙으로 돌아간 인생들처럼 나 또한 그러하리라.

바람결에 날려 흔적도 없어질 먼지이지만 새로운 생명들의 밑거름이라도
되리라.

생명이 있는 한 바닥에 찰싹 붙은 꽃처럼 어떤 혹한에도 이겨내어

새로운 하늘을 반기리라.

피니스테라에서 돌아오는 길

굽이굽이 굴곡진 해안선을 따라

2층 버스는 곡예하듯 헤엄친다.

푸른 바닷물이 넘실거리고 바닷가 집들은

정감 어린 붉고 파랗고 노란 색감으로 물들었다.

멀리 바다 건너 저편 언덕엔 무엇이 사는지 갈매기만 알까.

갈매기들은 오락가락 저편 언덕 위에서 바닷가 배편으로 날아든다.

아무도 없는 한가로운 바닷가

물새만 끼억끼억 울고 파도소리만 철썩거리는 외로운 길을

구불구불 인생의 길처럼 버스는 졸면서 간다.

모두들 꿈을 꾸며 산티아고로 간다.

지구의 서쪽 끝 피니스테라에서 거친 바닷가 바람에 밀려 산티아고로 밀려 나온다.

언제쯤 잠에서 깰까. 피곤은 언제쯤 밀려날까.

굽이굽이 돌아돌아 이방의 땅에서 고향으로 돌아가자.
우리들 온 가족이 있는 평안함 속으로 가자.

냉정과 열정 사이, 남미의 추억들

남미 여행의 진수는 페루(Peru) 잉카문명의 중심
지 쿠스코(Cuzco) 아닐까? 쿠스코에서도 단연
코 마추픽추(Machu Picchu)라고 할 것이다. 무
적함대 스페인 군대가 페루를 점령하여 본토 주
민 인디오를 쫓으니 이들이 도망간 곳이 공중도
시 마추픽추였다. 지금도 페루하면 마추픽추를
빼놓을 수 없는데 이곳에서 매우 힘들었던 기억
이 남아 있어 언제든지 여행의 추억을 이야기하
라고 하면 마추픽추 이야기를 하곤 한다.

최고위 21기생과 함께 떠나다

직장생활 속에서 많은 해외출장을 다녔다. 특히 대리, 과장 등 직장생활 초기에는 참 많이도 다녔던 것 같다. 맡은 업무가 경영자들 경영교육이다 보니 해외연수가 항상 있었는데 내 손으로 일정을 짜고 다양한 업체와 기관 방문을 준비하며 직접 경영자들을 모집해 15~20일씩 다녔다.

지금으로부터 27년 전인 90년 가을 남미를 방문했을 때의 일이다. 내가 과장 때였는데 일본, 대만, 홍콩, 미국 외에는 해외 경험이 없는 상태에서 남미 국가를 택해 최고위 21기생 30명과 함께 출장을 가야 했다. LA를 통해 멕시코, 페루, 칠레, 브라질을 거치고 뉴욕으로 나와 서울로 돌아오는 15박 16일 프로그램이었다.

출발 전에 각국의 비자를 받기 위해 전경련의 카운터 파트너인 각국 상공회의소로 방문 요청을 텔렉스로 보내 초청장을 받아야 했다. 그리고 각국 주한 대사관에 여권을 맡기고 비자를 찾는 데 엄청난 시간이 걸려 힘들었다.

겨우 출발일 전에 비자를 획득하여 LA에서 하루 자고 멕시코시티(Mex-ico City)로 왔다. 멕시코시티는 시내 공기가 매우 탁하고 교통이 불편했다. 버스로 2시간여 달려 해와 달이라는 이름을 가진 두 개의 피라미드가 있는 곳에 갔다. 피라미드가 이집트에만 있는 줄 알았는데 멕시코시티에도 있는 것을 보고 이집트와 무슨 연관관계가 있을까 궁금했다. 버스주차장에서 피라미드까지 많이 걸었기 때문에 연세 드신 분들이 많이 힘들어했다.

남미 여행의 진수는 페루(Peru) 잉카문명의 중심지 쿠스코(Cuzco) 아닐까? 쿠스코에서도 단연코 마추픽추(Machu Picchu)라고 할 것이다. 무적함대 스페인 군대가 페루를 점령하여 본토 주민 인디오를 쫓으니 이들이 도망간 곳이 공중도시 마추픽추였다. 지금도 페루하면 마추픽추를 빼놓을 수 없는데 이곳에서 매우 힘들었던 기억이 남아 있어 언제든지 여행의 추억을 이야기하라고 하면 마추픽추 이야기를 하곤 한다.

리마(Lima)에서 항공파업으로 생긴 일

리마(Lima)에서 쿠스코로 출발하기 전날 밤, 정부가 운영하는 항공사의 파업으로 우리가 예약한 항공기가 올 스톱되었다고 현지 가이드 여성으로부터 들었다. 청천벽력 같았다. 단장이었던 캉가루의 박경화 회장과 총동문회장이신 승한니트의 정환세 회장께 보고를 하고 작전을 세웠다.
일단 이른 새벽 5시에 기상해서 모든 일행들을 버스에 탑승케 한 후

공항주차장에서 잠을 주무시게 했다. 가이드와 나는 작은 국내공항으로 가서 교통편을 알아보기로 했는데 막상 가보니 우리보다 먼저 온 수많은 관광객들이 공항에서 줄을 지어 기다리고 있었다. 들어가는 것조차 쉽지 않았다. 이미 수많은 관광객들이 항공파업 소식을 듣고 우리보다 먼저 대기하고 있는 것이다. 파업이 끝나면 빠른 순서대로 비행기를 타려는 것일 게다.

이러다가는 쿠스코로 못 갈 게 뻔해 정부가 운영하지 않는 회사 소속의 항공사와 접촉하여 현장에서 항공료와 뒷돈을 좀 주고 다른 비행기를 어렵게 잡았다. 그런데 가이드가 자기는 리마에서만 우리를 담당하는 사람이라며 쿠스코에서는 다른 가이드가 나오니 항공 방송안내가 나오면 무조건 뛰어가 자리에 착석하라고 알려주었다. 당시 큰 짐은 모두 리마 호텔에 맡겨두고 손가방과 세면도구만 챙겨 쿠스코에서 1박만 하기로 되어 있었기에 짐이라고는 작은 손가방 외에는 없었다.

비행기를 타는데 좌석번호가 없이 탑승권만 있는 것이다. 40여 명 외에는 자리가 없는 비행기여서 탑승 방송이 있자마자 뛰어가야 했다. 그때는 항공편 안내 보드가 공항 내에 아예 없었다. 아마 지금도 그렇지 않을까 생각된다. 비행기 좌석도 안쪽으로 들어가려면 앞의 좌석을 세워야만 됐고 다시 밖으로 나오려면 앞쪽의 승객이 다 나와야만 나올 수 있는 아주 불편하고 작은 비행기였다.

비행기는 1시간을 날아가 우리를 내려주고 또 다른 곳으로 간다는데, 만약 가이드가 이야기를 해주지 않았다면 모르고 더 갈 뻔했다. 귀를 쫑긋 세우고 주의 깊게 들으니 이번에 내려야 쿠스코라고 한다. 그런데 우리 승객 중 한 분은 내리면 안 된다고 우겼다. 스튜어디스에게 물어봐도 쿠스코라고 하기에 나는 모든 책임을 내가 지겠다며 자신 있게 내리라고 이야기했다. 그때 만약 내리지 않았다면 어땠을까 생각하면 아찔하다. 새벽부터 고생고생해서 겨우 웃돈 주고 다른 항공사 비행기로 온 것이 무위로 돌아갔을 것이 아닌가.

공항에 내리니 잉카제국의 딸 같기도 한 본토 인디오 여성가이드가 우리를 기다리고 있었다. 그녀가 먼저 웰컴(Welcome) 했다.

해외여행에 많은 분들을 리드해서 오려면 영어가 필수적이고, 모르면 여기저기 여러 차례 물어봐서 확인하고 또 확인하여 틀리지 않아야 한다. 3,300m로 고도가 높은 쿠스코에서는 정신이 어찔어찔한데 그마저 다른 곳에 내렸더라면 어찌할 뻔했나를 생각하면 지금도 아찔하다.

쿠스코 공항에 두고 온 귀중품 분실사건

30여 분의 경영자단을 이끌고 마추픽추를 본 후 쿠스코 공항에서 리마로 돌아올 때의 기막힌 해프닝 하나를 소개한다.

쿠스코에서 리마로 돌아올 때도 많은 여행객이 비행기를 기다리고 있었다. 항공 좌석표는 있었지만 좌석 번호가 없는 것이라서 우리는 비행기 탑승 방송이 나오면 빨리 타는 수밖에 없었다. 탑승 줄이고 뭐고 없는 것이다. 탑승하라는 방송이 나오자마자 우리는 육상선수처럼 뛰어서 탔다. 비행기는 50여 명 정도만 타는 비행기였고 우리 일행 30명 외 20여 명은 다른 외국인들이었다.

일행이 모두 탄 것을 확인하고 비행기가 이륙했는데, 내셔널프라스틱의 최 전무가 갑자기 내게 와서 비행기를 회항시켜 다시 착륙해야 한다고 말했다. 이유를 물으니 중요한 손가방을 쿠스코 공항의 자기가 앉았던 좌석에 두고 왔다는 것이다.

하지만 스튜어디스에게 이야기해도 이미 뜬 비행기는 어쩔 수 없었다. 리마에 내려 일행들을 공항 2층 커피숍에서 기다리게 해놓고 최 전무와 나는 다음 비행기에서 내리는 손님들을 살폈다. 리마 공항에서 최 전무 근처에 앉았던 사람의 인상착의와 비슷한 사람을 찾기 위해서였다. 최 전무가 "저 사람 같다"라고 하면 나는 다짜고짜 그 사람에게 다가가 영어로 가방을 좀 열어 보자고 해서 확인했다. 두 사람을 그렇게 확인했는데 지금 생각하면 참 말도 안 되는 무례가 아닐 수 없다. 하지만 당시 최 전무의 작은 가방에는 여권과 5,500불, 사진기가 들어 있었기에 나는 필사적으로 찾으려고 했다. 눈에 보이는 것이 없었다.

그런데 그때 양복 입고 키 큰 신사 한 분이 우리에게 다가오더니 공항에서 공항원이 그 가방을 챙겨갔다고 영어로 이야기해 주는 것이 아닌가. 그러면서 자기가 증인이 되어 줄 수 있다며 명함을 주고 갔다. 그러한 사실을 현지 가이드인 50대 여성에게 이야기했더니 그녀는 절대 못 찾는다고 단언했다. 여권은 찾아도 돈과 카메라는 제아무리 공항원이 가져갔더라도 못 찾는다는 것이다.

나는 코인을 잔뜩 준비한 채 바로 우리가 갖고 있던 안내서에 적어놓은 리마 주재 코트라에 공중전화로 전화를 걸었다. 신호음이 떨어지고 외국인 남자가 전화를 받았다. 한국인 지사원이 있냐고 하니 본국으로 들어가 없다고 한다. 난감했으나 전화 받는 당신은 누구냐고 물으니 현지 코트라 직원이라고 했다. 사정 이야기를 하니 우리가 묵는 호텔과 방 번호, 내 이름을 묻고는 빨리 알아볼 테니 호텔방에서 기다리라고 했다.

근 1시간여 동안을 리마 공항에서 헤매다가 호텔로 돌아오니 전화메시지가 와 있다. 가방을 찾았다는 것이다. 우리는 환호성을 질렀다. 그런데 우리가 브라질로 출발한 다음에야 손가방을 받을 수 있다고 했다. 내일 쿠스코에서 리마로 오는 첫 비행기에 실어 보내지만 우리가 브라질로 떠난 다음 도착하게 되어 있다는 것이다.

할 수 없이 최 전무를 호텔에 두고 먼저 상파울루(Sao Paulo)로 출발했다. 최 전무에게는 코트라 현지 직원 및 가이드랑 만나 가방을 돌려받고 뒤 항공편으로 오시라고 했다. 최 전무는 오후 비행기로 현지 코트라 직원의 도움을 받아 상파울루로 와서 우리와 만났다. 최 전무 이야기로는 출국 수속을 도와주겠다던 현지 가이드 여성은 호텔로 오지도 않아서 기다리다가 할 수 없이 코트라 직원에게 도움을 청해 올 수 있었다고 말해 주었다.

큰 고비를 넘기고 온 최 전무는 정신이 멍해 있었다. 우리에게 미안하다는 말도 못 하고 한잔 사라는 말에도 서울 들어가서 사겠다고 했다. 그러나 그 약속은 끝내 지켜지지 못했다. 그 후 15년 정도 지난 뒤 그는 병을 얻어 세상을 떠나고 말았다.

여행에서 중요한 여권이나 현찰 등 귀중품은 잘 챙겨야 하고 너무 급하게 서두르지 말아야 한다. 현찰은 가능한 적은 액수를 소지하고 카드도 한두 개만 갖고 가야 한다. 지갑 등은 몸에 붙는 혁대 형태의 조그만 가방으로 준비해서 분실, 유실, 소매치기 등에 대비해야 한다.

마추픽추 굿바이 보이에 대한 애상

페루 리마를 거쳐 잉카제국의 발원지인 쿠스코를 지나 마추픽추에서
내려오던 때의 일이다.

공중도시 마추픽추에 올라오니 다시 어질어질했다. 이곳을 보면서도
침략자 스페인 군대가 쳐들어오기 힘들게 바위산에 밭을 일구고 우물을
만들어 피난했다는 것이 불가사의했고 그러한 곳을 내 눈으로 직접 본
것도 신기했다.
공중도시 마추픽추를 돌아보고 버스로 높은 산꼭대기에서 기반부까지
내려오기 위해서는 산허리를 빙빙 몇 바퀴를 돌아야만 내려올 수 있다.
냇가가 있는 산 밑 주차장과 마추픽추 산상 위까지는 최소 1천 m
이상은 되지 않을까. 산 밑 시냇가도 해발 1천 m는 족히 되리라. 그러니
산허리를 최소 6~7바퀴를 돌아야 밑에까지 올 수 있었던 셈이다.

한 바퀴를 돌아 어느 지점에 버스가 다다르는데, 버스 뒤에서 7~8세쯤
되어 보이는 소년이 '굿바이(사요나라)'를 죽어라 외치는 게 아닌가. 이게
뭔가 하고 애잔한 마음으로 우리도 손을 흔들었는데, 또 한 바퀴 돌아
내려오니 아까 그 소년이 발에 피가 맺힌 상태로 따라와 목청을 높여
우리 버스를 향해 '굿바이'를 외쳤다. 신발도 신지 않은 상태였다. 아마
우리 일행이 일본 관광객인 줄 알았던 모양이다.
회원 중에 몇 분들이 1불짜리 지폐를 창문을 열고 던져 주었다. 버스가
일으킨 먼지 속으로 뛰어 들어와 흩어진 1불짜리 지폐를 줍는 것을 뒤로

하고 버스는 길모퉁이를 돌았다. 소년은 1불을 받고 웃으며 '굿바이'라고 인사했다.

우리는 산 밑에 도착할 때까지 그 소년과 6~7번을 만났다. 바위와 자갈, 숲을 헤치고 길도 없는 곳으로 뛰어 내려오려니 발이 안 상할 리 없을 게 다. 그렇게 따라오면서 '굿바이'를 외친 대가로 10불 정도의 돈을 챙기게 되는 것이다. 안쓰러우면서도 깊은 인상을 남겼다.

27년이 지난 오늘날에도 굿바이 보이를 생각할 때마다 경제력이 약해 외국 관광객들로부터 우리 아이들이 그렇게 빌어먹는다면 어떻게 했을까 하는 쓸데없는 생각도 해보았다.

이과수폭포에서 만난 한국의 보따리상인

상파울루에서 이과수폭포를 보기 위해 한 시간 여 비행기를 타고 가는데 한국 비즈니스맨(보따리상인이라고 부른다) 몇몇 분이 함께 탔다. 젊은 비즈니스맨 일행들은 일곱 명 정도였다. 그들이 내게 우리 버스를 함께 타고 이과수까지 갈 수 없겠냐고 물어와 단원들과 상의 후 그러라고 허락했다. 그들과 함께 버스를 타고 이과수폭포 주변 우리가 묵을 호텔에 도착했다.

그들은 한국의 금성사 TV를 컨테이너를 통해 브라질로 갖고 들어와 이과수 부근에 보관시켜 놓고 한두 대씩 파라과이 바이어(buyer)들에게 파는 사람들이었다. TV 한두 대씩을 들고 파라과이 국경 다리를 넘는데 국경 다리를 넘을 때는 비자 피(비자신청수수료) 조로 한 사람당 1불씩

내야 했다. 그렇게 파라과이로 들어가서 바이어에게 물건을 넘겨주고 현장에서 수금을 한다고 한다.

참 대단한 한국의 비즈니스맨들이라고 감탄하며 이곳까지 와서 보따리 상인으로 사업을 한다는 이야기에 도와주고 싶었다. 당시 금성사의 컬러 텔레비전은 외국에서도 인기가 높았다.

버스에서 내리기 전, 그들은 파라과이 바이어들과 만날 약속을 해야 한다며 내 방에서 전화를 좀 써도 되겠느냐고 요청했다. 좀 걱정은 되었지만 흔쾌히 허락하고 그들을 내 방에 남겨둔 채 이과수폭포 구경을 위해 나왔다.

이과수폭포는 1km 전부터 폭포에서 나온 수증기가 온통 하늘을 덮어 뿌연 안개가 자욱하였다. 폭포에 도착해 보니 먼 곳의 폭포는 안개에 가려져 희미해서 보이지 않고 가까운 곳에서는 홍수가 범람한 듯 벌건 흙탕물이 탱크마냥 밀려들어 오는데, 주변이 다 흙탕물을 뒤집어쓴 듯했다. 사진도 찍기 어려울 정도로 뿌연 안개 속에서 오래 있기가 힘들었다. 호텔에 남기고 온 사람들도 처음 만난 사람들이기 때문에 순간순간 걱정도 되었다. 객실로 돌아오니 덕분에 바이어들과 연락이 잘 닿았다고 했다. 피곤해서 좀 쉬었다 간다며 감사 인사를 하고 파라과이로 가겠다고 한다.

그들을 떠나보내면서 우리 국가의 경제발전이 이러한 모험적이고 힘든 일을 하는 상인들의 노력에서 비롯된 것이 아닌가 하는 생각이 들었다. 그래서일까 이국땅에서 버스와 방을 빌려준 것이 덕을 베푼 느낌이 들어 흐뭇하였다.

칠레 보석상에서의 해프닝

여행 중 극심한 스트레스를 주었던 일들은 27년이 지난 지금에도 어제 일처럼 생생하다.

한번은 칠레에서 보석을 캐는 동굴로 안내되어 들어갔다가 입구에 있는 보석상에도 들른 적이 있었다. 우리는 생각보다 싼 보석 가격에도 불구하고 자식 결혼을 앞둔 한 분을 제외하고는 아무도 보석을 구입하지 않았다. 그리고 호텔로 돌아왔고 나를 뺀 모든 일행들은 외부로 나가 있었다. 그런데 오후에 갑자기 내 방으로 경찰관 두 명과 호텔 매니저, 보석상에서 본 듯한 한 여성이 함께 들이닥쳐 우리가 보석상을 나가고 나서 중요한 보석이 판매대에서 없어졌다고 말하는 것이다. 경찰은 내 허락을 받고 방마다 돌며 우리 회원들의 짐을 탐지기로 수색해 보겠다고 했다.

참 난감했다. 만약 보석이 나온다면 정말 어떻게 하나 걱정이 앞섰다. 견물생심(見物生心)이라고 좋은 보석을 보고 훔쳤다면 그 사람은 경찰에 넘겨질 테고 남은 우리는 어떻게 해야 할지 난감한 상황이었다. 하지만 안 된다고 하기도 어려운 입장이라 함께 방을 돌며 탐지하는 것을 지켜보고 간을 졸여야 했다.

다행히 한두 시간을 찾았지만 아무것도 나오지 않았다. 그러자 그들은 미안하다며 철수를 했고 나는 안도의 한숨을 내쉬었다. 저녁을 먹으면서 이 이야기를 할까 말까 하다가 도움 될 것이 없을 것 같아 아무 말도 하지 않고 여행을 마쳤다. 즉 이 이야기는 여기서 지금 처음으로 밝히는 것이다.

현재 그때 함께했던 분들은 대부분 작고하거나 헤어져 만나기 어려운 형편에 있다. 이 일을 겪으면서 함께 여행했던 경영자분들이 다 훌륭한 분들이었다는 것을 새삼 깨달았고, 그들과 함께해서 내게는 참 행운이었으며 여행도 행복했다.

지나간 남미 여행을 생각하며 다시 올 가을에 중남미 여행계획을 짜서 20여 분의 경영자들을 모집했는데, 27년이 지난 지금은 항공 사보타주(sabotage)가 없길 바란다. 그리고 여행 중 중요한 여권이나 지갑 등의 분실도 없길 바란다.

그렇게 고생했어도 지금 생각하면 행복했던 기억밖에 남지 않는 것은 참으로 이상하다.

여정 **6**

인생 절정의 순간 같은 여행지,
미국과 유럽

뉴욕을 떠나 워싱턴으로 장시간 버스로 이동했는데, 이번에는 40대 정도의 새로운 가이드가 우리를 안내했다. 이 가이드는 역사전문가인지 미국, 유럽사를 도란도란 재미있게 이야기해주는데 흡인력이 대단했다. 마치 거미 배에서 거미줄이 줄줄 나오듯 쉴 새 없이 이야기가 흘러나왔다. 영국에서 미국으로 넘어와 인디언과의 전투부터 미국 독립사, 남북전쟁, 워싱턴, 케네디, 미국과 관련한 한국전쟁 이야기를 해주니 지루한 버스 여행길이 너무나 즐거웠다. 워싱턴에 언제 도착한 줄도 몰랐다.

인생도 여행도 가이드가 중요하다

1987년 미국 맨해튼에서의 일이다.

한국 가이드 청년이 우리에게 호텔에서 나올 때는 꼭 1불씩을 객실 베개
밑에 넣어두고 나오라고 했다. 유난히 강조하여 좀 듣기 불편할 정도였
다. 한 객실당 1불씩만 두어도 되지만 각자 1불씩 두었으니 2인 1실인 것
을 감안하면 한 객실당 2불씩 두고 나온 형편이었다.

그렇게 팁을 두고 짐을 갖고 나와 버스에 탑승했다. 가이드가 객실에 두
고 나온 것이 없는지 확인하러 간 동안 우리들은 버스에서 가이드를 기다
렸다. 그런데 한참을 기다려도 가이드가 나오지 않아 내가 할 수 없이 키
를 다시 받아 묵었던 객실로 올라가보니 두었던 팁이 모두 없어졌다. 아
무래도 이 친구가 각 방마다 돌면서 멤버들이 두고 간 팁을 자기 주머니
에 챙긴 느낌이 들었다. 25개 객실이었으니 금액으로 보면 50불을 챙긴
셈이다.

이 친구는 뉴욕에서만 도움을 주는 가이드여서 헤어졌지만 이런 친구 때문에 정작 고생한 호텔메이드들에게는 한국관광객들에 대한 나쁜 인상만 심어주게 되었다. 어떻게 할까 생각하다가 그냥 참고 헤어졌지만 정말 다른 방도 다 뒤져가며 팁을 거두어갔다면 우리는 '팁도 주지 않는 무례한 관광객'이 되는 것이다. 이런 좀도둑 때문에 매너 나쁜 한국인으로 찍히지 않았을까 지금도 불쾌했던 기억은 지워지지 않는다.

뉴욕을 떠나 워싱턴으로 장시간 버스로 이동했는데, 이번에는 40대 정도의 새로운 가이드가 우리를 안내했다. 이 가이드는 역사전문가인지 미국, 유럽사를 도란도란 재미있게 이야기 해주는데 흡인력이 대단했다. 마치 거미 배에서 거미줄이 줄줄 나오듯 쉴 새 없이 이야기가 흘러나왔다. 영국에서 미국으로 넘어와 인디언과의 전투부터 미국 독립사, 남북전쟁, 워싱턴, 케네디, 미국과 관련한 한국전쟁 이야기를 해주니 지루한 버스 여행길이 너무나 즐거웠다. 워싱턴에 언제 도착한 줄도 몰랐다.

이후 샌프란시스코에서는 형편없는 중고 버스를 타고 이동해야 했는데 중간에 멈추기도 하고, 매연도 많이 나와서 고생이 많았다. 가이드는 버스를 교체해달라는 우리들의 부탁을 거절했다. 나는 서울에 연락해서 현지 가이드와 버스를 바꾸어달라고 했다. 그 다음 날 버스와 가이드가 바뀌었는데 70대 노인이 나왔다. 정식 가이드는 아니지만 오래 살았기 때문에 지리나 문화, 역사에 대해 자신 있다고 했다.
그런데 그는 자기 자랑만 하는 자랑꾼으로 자기 이민사 이야기를 하는데 들어둘 만한 것도 있었지만 우리 멤버들의 수준과 안 맞는 이야기라 들을 가치를 느끼지 못했다. 게다가 여행을 뒷받침할 기본적인 정보, 가령 호텔, 식당, 관광 코스별 안내가 서툴렀고 연세가 많아서 오히려 내가 도움을 드려야 할 판이었다. 이전 가이드보다 더 힘들었다.

사람이 십인십색이듯 가이드도 각양각색이라는 생각이 들며 여행도 결국 운수가 어떠냐에 따라 즐겁거나 기분이 나빠지는 것 아닌가 하는 생각이 들었다. 그다음부터는 함부로 가이드를 바꾸지 않는 지침을 갖게 되었다.

꿈꾸던 청춘, NYU 국제금융 연수를 가다

미국 뉴욕대 경영대학원에서 국제금융 연수를 받았던 때가 1987년 5~6월이었으니 만 30년이 되었다. 본 연수단은 NYU를 졸업한 당시 매경 장대환 전무(현 회장)가 전경련에서 금융전문가 육성 차원으로 회원사의 금

융담당자들을 모아 교육시켜 달라고 하여 모집하게 되었다.

이렇게 모집되어 한 달 이상 함께 공부했던 모임이 미국에 다녀온 후에도 일 년에 한두 번씩 만나고 있다. 이제는 당시 대기업 중역이었던 분들 중에는 작고한 분도 계시고 현역에서 물러나신 지 오래된 분들도 많다. 당시 나를 비롯해 막내그룹에 속했던 대리, 과장, 차장들은 거의 대기업 사장이나 부회장을 지내고 근년 퇴직했거나, 현직에 남아 있는 분이 한두 분 있는 정도다.

2017년 7월 24일 30주년 기념 점심을 하자고 해서 내가 선뜻 나서서 식사를 후원하게 되었다. 이분들과 한 달여 지낸 추억도 추억이지만 30년 전 전경련 IMI에서 내가 대리로 참가자를 모집하고 팀을 꾸려 미국까지 동행해 뒷바라지했기에, 30주년은 내가 밥을 사야 의미가 있겠다는 생각이 들었다. 그리고 이제 막내로 밥 살 날도 얼마 남지 않았다는 생각도 들었다. 30년 전으로 거슬러 올라가보자.

당시 연수가 끝날 무렵에 6.29선언이 있었다. 대통령 직선제가 발표되고, 한국기업의 노동자들이 업체 대표들을 드럼통에 넣고 굴리는 등 아주 고약한 노동운동이 정치민주화 바람을 타고 일어났다. 매일 뉴욕에서 보는 한국 언론 기사는 무법천지의 한국노동시장을 비춰주어 걱정이 많았다.

한 달 이상 뉴욕대학에서 국제금융을 공부하는 동안, 주중에는 전철을 타고 다니며 열심히 공부했다. 토·일요일에도 시간이 부족했지만 어떤 이는 나이아가라 폭포에도 가보고, 어떤 이는 미국기업으로부터 야구경기에 초대받아 갔으며 우리 몇몇은 오페라, 뮤지컬도 보는 등 문화 활동도 하였다.

나는 전경련에서 함께 일했던 현재 명지대학 교수인 친구도 만나고 결혼후 이민 온 여직원과 저녁을 하기도 하였다. 또 기차를 타고 필라델피아에 있는 고등학교 친구도 찾아가 친구 집에서 자기도 했다. 친구와 함께 애틀랜틱시티로 가서는 친구에게 빌려준 잔돈을 룰렛게임에서 잃어버린 경험도 있다. 모두 지난 이야기지만 젊었을 때 한국에서 해보기 힘든 경험을 이곳 미국에서 해보았다. 친구 따라 술집도 가보고 머드레슬링을 하는 유흥점도 따라다니다 뉴욕으로 돌아왔다. 그런 싱싱하고 팔팔했던 30대 중반 때가 있었으나 어느새 30년이 흘러 87년 당시 참가했던 연수 참가자 중의 최고 고령자보다 더 많은 나이가 되었으니 앞으로 30년 후에는 이 아름다운 세상에 남아 있을지나 모르겠다. 정말 아까운 세월, 시간을 아끼고 많이 활동하며 살아가야겠다고 다짐해 본다.

만남과 헤어짐, 그리고 기억의 파편들

대학생활의 재미와 추억은 '상우회'라는 동아리로 엮여 있었다. 동아리 선배 중 후배들로부터 인간적인 면에서 존경을 받았던 한 분이, 내가 버클리대로 장기 연수단을 이끌고 갔을 때 마침 새크라멘토에 대학 교환교수로 가 있었다.

그 선배는 주말이 시작되는 금요일 새크라멘토에서 버클리대로 나를 찾아오셨다. 미리 서로 연락해 약속은 했지만 막상 만나니 반갑기 그지없었다. 오래전 이야기라 선배가 어떻게 새크라멘토로 간 것인지는 기억이 나지 않지만 선배 댁에 들러 형수와 아이들과 인사를 나누고 1박을 한 후 골프장으로 향했던 기억이 난다. 골프장은 다운타운 근처 가까운 곳에 있었다. 야외 연습장에서 돈을 넣고 볼을 한 박스 갖고 와 연습한 후 선배랑 골프를 쳤다. 함께했던 일행이 더 있었던 것 같은데 기억이 가물가물하다.

즐겁고 순탄한 일들은 생각이 잘 나지 않고 고생한 일들만 기억이 잘 나니 여행은 참 이상하다. 당시 선배 덕에 미국에서 예정에 없던 골프복이 들어와 행운이라고 생각했던 것과, 선배의 고마웠던 초대는 생각나지만 골프 점수나 동행인 등 자잘한 내용은 기억나지 않는다. 스쳐간 사람도 특별한 경우를 빼고는 생각이 잘 나지 않는다. 오랫동안 영향을 미친 사람이나 특별한 이벤트만 추억으로 남는다는 사실은 앞으로 여행을 할 때 하나의 기준이 될 듯하다. 선배 가족이 아예 미국으로 이민 갈 때는 참 많이 아쉬웠다. 동아리 선배를 자주 볼 수 없다는 생각에서도 그랬지만 회사에서도 왜 믿고 따를 만하면 모두 떠나는지 참 섭섭했던 생각이 난다. 회자정리(會者定離)라 하지만 정들면 떠나버리니 정든다는 게 어떨 때는 싫고 밉기도 하였다.

또 다른 선배 한 분이 동부지역의 유수한 대학인 코네티컷 대학의 교환교수로 가 있을 때 나는 뉴욕대학에서 국제금융과정 연수단을 이끌고 있었다. 이 선배도 상우회 초대회장으로 특출한 입담과 학식이 있어 정치에 큰 뜻이 있었지만, 운이 따르지 않아 정치인으로는 성공을 이루지 못한 대신 많은 저서를 남긴 분이다. 어느 날 서로 연락이 되어 그 선배가 뉴욕

맨해튼의 호텔로 찾아왔다. 선배는 나를 자기 집으로 데리고 갔다. 선배를 따라 뉴욕 시외버스터미널에서 개 그림이 있는 그레이하운드 버스를 타고 3~4시간 이상을 갔다. 선배의 자택은 숲속 단독주택으로 미국 특유의 자연풍경 속 그림 같았다. 다람쥐와 큰 수목이 어우러진 녹색정원도 있었다.

선배 대학의 교수실도 가보았다. 하버드대학교까지 안내해 주어 대학의 여러 시설과 기념석을 보면서 이 대학에서 공부해 보고 싶다는 생각도 했다. 강변에서는 연인으로 보이는 대학생들이 끼리끼리 강변 풀밭에 누워 도란도란 밀어를 속삭이는 듯하였다. 대학가 중국집에 들러 점심을 먹는데, 아쉽게도 서울에서 먹던 짜장면 같은 메뉴는 없었다. "진짜 중국집에는 짜장면이 없다"고 했던 선배의 말이 맞는 말이었다.

선배는 후배들에게 엄한 선배였지만 많은 것을 가르쳐 주었고 힘이 되어 주었다. 나도 나름 후배들에게 잘하려고 노력은 많이 했지만 미국에서 만난 두 선배들에 비하면 덕을 베풀지 못한 것 같아 많이 아쉽다.

보너스 같은 하와이 골프 라운딩

경영자들을 이끌고 하와이에 서너 번 갔을 때가 기억난다.
1993년경 최고경영자들과 미국 전역을 돌고 마지막 일정으로 하와이에 들렀을 때다. 일본식 골프장에서 예정된 골프를 치고 다음 날은 아무 일정이 없어 해변가를 돌며 자유시간을 가지기로 하였다. 그런데 사람들은 자유시간보다 또 골프를 가길 원했다. 당시는 부탁할 가이드도 없어 그랜드호텔 프런트에서 알아보니 호텔과 조인이 된 골프장이 있으니 객실 내에 비치된 책자를 통해 연락할 수 있다고 말해 주었다. 나는 골프장으로 전화를 해서 예약을 하고 임대 채가 충분한지 확인한 후 택시 여러 대로 분승해서 출발했다.

골프장은 전날 갔던 골프장과 달리 샤워시설만 있고 로커 룸도 신통치 않았다. 전날 갔던 곳은 일본 사람이 경영하는 곳이라 목욕탕도 훌륭하고 아늑한 데 비해 이곳 터틀베이 골프장은 완전 미국식이라 부시도 많고 벙커도 큼직큼직했으며 어느 홀에서는 바다가 보이기도 했다. 나중에 TV를 통해 안 사실이지만 사실 그곳은 세계적인 PGA대회가 자주 열리는 곳이었다. 참가자들의 만족도도 높았다.

전날 구입한 골프공과 장갑을 한 번 더 활용할 수 있어서 다행스러웠고, 갑작스러운 예약을, 그것도 처음 온 곳에서 누구의 도움 없이 성사시키고 보니 나 스스로도 만족감이 컸다. 서울에서 주말에, 거기다 하루 전에 다섯 팀을 부킹한다는 것은 거의 불가능한 일이다. 때문에 더욱 많은 분들이 내게 혼자서 예약해 모두가 즐겁게 운동할 수 있었다며 대단하다고 추켜세워 주어 더 기분이 좋았다.

예약은 그렇게 했지만 골프장까지 왔다 갔다 왕복하는 것도 고민이었다. 마침 나가보니 호텔 밖에서 기다리고 있는 택시 한 대가 보였다. 가서 물어보니 마침 기사분이 나이 든 한국 분이었다. 그것도 큰 행운이었다. 택시기사에게 대략 골프가 끝나는 시간에 다시 오도록 부탁하여 돌아올 때도 편안하게 돌아올 수 있었다.

해외에서는 일단 호텔 측에 물어보거나 운전기사들에게 물어 정보를 입수한 후 용의주도하게 움직여야 한다. 그래야 우왕좌왕하지 않는다. 프로그램과 이동수단, 예약, 시간을 잘 파악한 다음 일행들에게 이야기해야 배가 산으로 가지 않는다.

하와이, 술, 요상한 인생

하와이는 세계적인 휴양지라 호텔도 많고 볼거리가 많다. 두 번째로 하와이에 들렀을 때는 많은 경영자들이 함께했다. 저녁 식사 후에는 매직쇼가 인원 수대로 예약이 되어 있었고 경비까지 다 지불된 상태였다. 대단한 매직쇼여서 큰 관람장에 좌석이 정해져 있었는데 미리 자리에 들어가 있지 않으면 자칫 관람을 할 수 없을 정도였다.

공연 시간은 다가오는데 저녁식사는 술판이 되어 일부에서는 일어날 생

각조차 하지 않았다. 대다수의 사람들은 매직쇼를 보러 가자고 재촉을 하고 현지 가이드도 시간이 없다고 다그치는데도 끝내 네 분은 서울에서도 보고 TV에서도 많이 보았다며 술자리를 고집했다. 할 수 없이 네 분을 두고 나왔다. 그분들은 오랜만에 이국땅에서 맛보는 한식과 소주를 즐기느라 결국 일어나지 않았다.

그들은 술꾼들이었다. 금융계 인사와 건설업계의 상무들인데 이들은 나중에 은행장, 사장까지 했으니 요상하긴 하지만 한국문화에서는 역시 술이 센 사람들이 높은 자리에도 올라가는가 보다. 문화생활과는 담을 쌓고 지내면서 지칠 줄 모르는 뚝심을 보여주었던 그들이었지만 결국 건강을 해쳐 나중에는 고생하는 것을 보았는데 이런 것을 보면 무엇이 더욱 영리하고 행복한 일인지는 모를 일이다. 술이 센 사람 중에는 저녁에 과음하고도 아침 일찍 일어나 건강을 자랑했던 사람도 있었지만 오랜 시간을 두고 보니 음주 후 적당한 휴식을 취한 사람이 더 건강하게 지내는 것 같았다.

또 한번은 2~300명이 탑승 가능한 호화 유람선 하와이 선셋크루즈를 탔다. 선상에서 주는 뷔페음식을 먹고 나니 음악이 흘러나오면서 서로 어울려 춤을 추었다. 그러나 우리 일행들 중에 그들과 어울려 춤을 추는 경영자는 거의 없었다. 한두 분이 나가서 춤을 추는 모습을 보니 마냥 부러웠다. 나중에 나도 해외 여행할 때 춤은 출 수 있어야겠다는 생각에 춤을 배우려고 했지만 지금까지도 배울 기회나 용기가 없었다.

분위기에 맞게 어울릴 줄 아는 경영자는 멋있어 보였지만 술판만 벌이고 목소리만 높이는 경영자는 눈살이 찌푸려졌는데 나 또한 지내고 보니 술을 많이 즐겼던 것 같아 씁쓸해진다.

힘겨웠던 북유럽 여행, 편백 향기로 남다

28~9년 전 북유럽을 세 번 다녀왔다. 2017년 산티아고 순례길을 가는 중에 헬싱키에서 환승을 해야 했다. 비행기 착륙 전 밖을 내다보니 바다와 호수, 섬들이 이전만큼 감동적이지는 않았다. 4월 19일, 봄인데도 호수 주변에는 아직 얼음이 듬성듬성 남아 있었다. 옛날 처음 헬싱키에 들어갈 때는 '실리아'라는 초유람선을 타고 헬싱키를 둘러싸고 있는 전나무가 우거진 섬과 섬을 돌아 몇 시간을 들어갔는데, 환상적이었다. 그야말로 초자연적 생태계의 표본처럼 깨끗한 자연을 갖고 있었다.

하지만 40명에 육박한 경영자들을 안내해서 해외여행을 간다는 것은 매우 힘든 일이었다. 참가자들의 젠틀맨십이 부족하여 자기 위주로 주장하고 불평해 더욱 힘들었다. 경영자들이 비서나 기사 없이 16일 이상을 지내려니 지치고 힘들어서 모든 짜증을 내게 돌렸다.

핀란드·한 경제협력위의 도움을 받아 경제단체를 방문했을 때도 마찬가지였다. 식사시간을 충분히 즐기도록 2~3시간의 오찬 시간이 제공되었지만 참가 경영자들은 계속 담배를 피우러 밖으로 나가기도 하고, 심지어 나에게 식사를 한 번에 모두 나오게 해서 빨리 먹고 나가자고 짜증을 부렸다. 선박회사의 조 회장이 단장이었는데 아주 점잖고 훌륭한 분이라 수습은 되었지만 단장에게 못 한 짜증을 내게 쏟아놓는 경영자들도 여러 명이었다. 그들은 돈만 많을 뿐 허세로 가득한 인사들이었다.

인원이 너무 많아 불편했고, 북유럽의 문화가 우리의 기대와는 많은 차이가 있었다. 또 현지 가이드 여성이 핀란드 기장과 결혼한 한국 스튜어디스였는데 초등학생 아들의 저녁 간담회와 가정상담이 있다며 호텔 근처 한식당 위치만 알려주고 가버렸다. 이국땅에 내팽개쳐진 우리들은 여름 백야로 긴 밤 시간을 어떻게 보내야 할지 난감했다. 마땅한 야간활동이 없어서 무료한 시간들이 더욱 나를 괴롭혔다. 나는 술집과 영화관, 호텔 내 나이트클럽을 소개받아 일행을 안내했지만 일행들은 더 짙은 밤놀이를 원했다. 그 여성 가이드에게 부탁했지만 자기는 그런 일은 하지 않는다고 바로 거절하니 나로서도 어쩔 수 없었다.

북유럽에서는 한여름에 객실 내에 검고 붉은 커튼을 2겹으로 해서 빛을 차단해야만 잠들 수 있었는데, 엎친 데 덮친 격으로 다운타운 내에 있는 호텔이라 젊은이들의 떠들고 노래하는 소리 때문에 더욱 잠들기 어려웠다.

노르웨이와 스웨덴에 들렀다가 핀란드 헬싱키로 가는 유람선 가장 꼭대기에는 실내 사우나와 옥외 수영장이 있어서 그곳에서 바다를 내다보며 수영했던 기억이 되살아난다. 유람선이 얼마나 큰지 1층에는 쇼핑센터, 무도회장, 갬블링장, 당구장 등 엄청 많은 것들이 들어서 있었고, 유람선 덩치가 커서인지 하나도 흔들림 없이 천천히 바다를 미끄러져 갔다. 이런 시설이 있는 곳에서는 아무 불평이 없었는데, 호텔에서의 저녁시간, 경제단체나 기업, 공장 방문 시에는 다들 언어의 제한으로 불편을 겪었다. 다음에는 통역이나 가이드를 남자로 해야 되겠다고 다짐했을 정도였다.

아직도 좋은 추억으로 남은 기억은 어느 호숫가에 있던 편백나무로 지은 핀란드식 사우나에서의 경험이다. 사우나에 우리만 있게 되어 발가벗은 채 호수로 뛰어들어 수영을 즐기다가 다시 사우나로 들어와 몸을 덥혔다. 잎사귀가 많은 자작나무채로 서로 몸을 두드려주기도 했는데 향긋한 나무향이 우리 몸과 사우나실에 배면서 건강해지는 느낌이었다. 오래도록 잊히지 않는 이색 체험이었다.

티틀리스 클럽 소고(小考)

27년 전 최고위 과정 교육생 분들과 대기업 중역들을 초청하여 유럽을 다녔다. 동부 유럽이 개방되는 시점에 프랑스, 독일, 헝가리, 스위스, 이탈리아를 주마간산(走馬看山)격으로 16일간 순회했던 여행이었다.

파리의 에펠탑, 개선문, 샹젤리제 거리, 루브르 박물관, 로댕 미술관, 베르사유 궁전, 몽마르트르 언덕을 감상하고 센강에서의 유람선 관광 후에 캉캉춤을 추는 극장만 돌아다녀도 시간이 부족할 정도였는데 심지어 그것들을 2박 3일에 보는 일정이어서 눈 뜨면 버스를 타거나 걸어야 해서 젊은 나도 매우 힘들었다. 물랑 루즈(Moulin Rouge) 극장에서는 늘씬한 무희들이 수없이 나와 캉캉춤을 추는데 너무 피곤한 나머지 깜깜한 틈을 이용해 잠을 실컷 자고 나니 무대의 막이 내려졌던 적도 있다.

독일에서는 라인(Rhine)강을 따라 인어상이 있다는 로렐라이 언덕에 올라가 보기도 하고, 배를 타고 돌아보기도 했다. 뮌헨에서 모차르트로 유명한 음악 도시 잘츠부르크(Salzburg)로 갔다가 돌아올 때 너무 피곤한 나머지 인원수 체크를 잘못하여 한 분을 빠뜨린 일도 있었다. 뮌헨으로 돌아온 다음 날 낙오됐던 그분이 어제 자기만 떨어뜨려 놓고 와서 힘들게 찾아왔다고 말해주어 그제야 나의 잘못을 알고 심심한 사과를 드렸던 기억도 있다.

스위스에서는 라인폭포(Rhein fall)에 갔는데 시원한 물줄기와 풍광이 너무 아름다워 나오기가 싫을 정도였다. 스위스는 아름답고 깨끗한 이미지의 산과 호수, 파크, 광장이 많아서 자연의 천국 같은 느낌이었다. 눈과 얼음으로 덮인 티틀리스(Titlis)봉을 케이블카로 오를 때는 갑자기 고도가 높아지자 어지럽기도 했고, 얼음동굴을 지날 때는 서늘하다 못해 춥기까지 하였다. 루체른(Luzern) 호수 주변에는 고급 제품 상점들이 성시를 이루고 있었는데 호수와 주변 풍경이 스위스의 제품을 더욱 명품으로 돋보이게 해 부럽기까지 하였다.

헝가리는 다뉴브(Danube)강을 끼고 북남으로 타운이 형성되어 있었다. 북쪽은 아주 깨끗하고 새로운 타운 느낌이 들어 그림처럼 아름다운 데 비해 구 시가지인 남쪽 타운은 자동차들이 소련에서 건너온 고물 중고차인지 매연으로 숨을 쉬기 힘들었다. 자동차 기름이 휘발유가 아닌 디젤 같았다. 매연에 주변 건물이 검게 그을려 고풍스럽던 도시가 낡고 후줄근한 이미지의 도시로 바뀌고 있어서 안타까웠다. 당시에는 대우자동차가 이미 헝가리 자동차공장에 투자하여 활발하게 운영되고 있었다. 헝가리에서 만난 상의 사람들은 뿌리가 같은 민족이라고 친근감 있게 대해 주는데 진심 어린 순수한 마음을 읽을 수 있었다.

이탈리아는 명성처럼 볼거리가 너무 많아서 순간순간 고대 역사의 숨결이 느껴지는 듯해 어느 것 하나 놓치기 아까운 현장이었다. 특히 폼페이(Pompeii) 화산으로 매몰됐던 도시가 발굴된 유적지는 당시 생활상을 그대로 보여주고 있었다. 바티칸(Vatican), 까따꼼베(Catacombe), 콜로세

움(Colosseum), 트레비 분수(Fontana di Trevi), 포로 로마노(Foro Ro-
mano) 등은 이탈리아 후손들이 지속적으로 관광수입을 올릴 수 있게 만
들어주는 선조들의 값진 유산이 아닌가?

27년 전 가을에 다녀왔던 유럽시찰단의 이름을 정하는데, 쌍용의 김 전
무께서 우리가 다녔던 곳 중 가장 높았던 티틀리스(Titlis)봉의 이름을 클
럽모임 이름으로 정하자고 제안하여 클럽의 이름이 티틀리스 클럽이 되
었다. 그 모임을 지금까지 간간이 이어오고 있다.
오랜 세월이 흐른 만큼 작고한 분도 여러 분 계시고 모두 퇴임을 하시어
모임에 나와도 5~6분 정도밖에 나오지 않는 모임이 되었으니 세월이 무
심하다. 아직 스위스 티틀리스봉의 위엄은 그대로인데 당시 건강하고, 위
엄 있고, 재산 많던 오너(Owner)들은 세상을 떠나거나 노쇠해져 가는 모
습을 볼 때 유한한 인간의 모습이 안타깝기만 하다.

암스테르담(Amsterdam)에서의 행운의 불시착

우리 국제금융연수단이 유럽연수를 마치고 대한한공을 타고 서울로 돌아
가던 중이었다. 비행기는 로마에서 많은 손님을 태우고 취리히(Zurich)
에서 우리를 픽업해서 서울로 가는데, 갑자기 이 비행기가 암스테르담
(Amsterdam)에서 불시착하게 되었다. 로마에서 취리히로 오는 도중 항
공기 기장석 앞부분 유리에 우박이 떨어져 금이 갔기 때문이었다. 잠시
수리한다더니 결국 이륙을 못 하고 암스테르담에서 1박을 하게 되었다.
덕분에 26명 대기업의 금융담당 부서장들은 작은 호텔로 가서 짐을 풀었

고, 다음 날은 간단한 여행을 즐기게 되었다. 모두 항공사 측에서 제공해 준 것이었다. 항공사 측에서는 많은 탑승객들을 국적별로 여러 호텔로 나누어 배정하고 관광코스는 모두 비슷한 장소로 안내했다. 운하가 발달한 곳이라 배로 여기저기 도심 사이, 시장 사이를 다니며 암스테르담을 관광할 수 있게 되니 슬며시 사고로 못 이륙한 비행기가 감사하기까지 하였다.

풍차의 도시라 버스로 풍차의 언덕도 돌아보고 튤립을 가득 쌓아놓고 파는 튤립시장도 다녔다. 일정대로 서울에 못 가게 되어 미안했던 생각은 사라지고 오히려 여행의 맛을 제대로 느끼게 된 것이다. 일행들도 모두 즐거워하니 안도의 한숨이 나왔다.

내 옆에 앉았던 미모의 여성은 취리히에서 10여 년 살았다며 오랜만에 서울에 인척을 만나러 간다고 했다. 옮긴 호텔에도 함께 투숙하고 여행을 할 때도 우리와 함께하여 말동무가 되기도 했는데 그녀는 우리 단체가 힘

이 된다고 하면서 서울까지 함께했다. 내가 마치 그녀의 오빠가 된 것처럼 든든한 보호자이자 가이드로 힘이 되어 줄 수 있어서 뿌듯하기도 하였다. 아무래도 여성 혼자 외지에 불시착하게 되니 마음이 많이 불안했을 것이다. 이러한 기억도 벌써 25~6년 전의 일이니 당시 그 여성도 환갑이 되어 이제는 무서울 게 없는 용감무쌍한 할머니 초입에 들어섰으리라.

핀란드에서 만났던 당찬 아가씨

1995년경 환경 연수차 북유럽 3국을 들렀을 때 일이다. 핀란드에 특별한 연고 없이 여러 곳을 방문하게 되었는데, 항공대학교 차근호 교수가 지도교수가 되어 스웨덴을 거쳐 핀란드에 왔기에 핀란드 주재 대사관의 협조를 받았다. 팀 멤버들이 대기업 환경 관련 임원 중역들이고 많이 배운 분들이어서인지 이번에는 크게 마음고생이 없었다.
대사관에서 나온 여직원이 주로 안내와 간단한 통역을 해 주었는데 20대

초·중반의 아리따운 한국 아가씨였다. 그녀는 자발적으로 핀란드에 와서 임시로 대사관의 부족한 일손을 돕고 있다고 하였다. 아마도 그때가 95년이었을 것이다. 우리는 다 함께 용감무쌍한 젊은 처녀의 용기에 감탄했다. 2박 3일 정도 우리와 함께 일정을 소화하는데 자연스럽게 리더 겸 안내역할을 하는 나와 많은 이야기를 나누었다. 그녀는 버스에서도 내 옆자리에 앉았다. 나는 부모님을 어떻게 설득했고 무슨 용기로 여기에 왔는지, 부끄럼 많고 어린 아가씨가 대학 졸업 후 친구도 없는 추운 나라에 왜 오게 되었는지 등을 물었다. 그녀는 한국의 젊은 여대생이 졸업 후 취업하기가 쉽지 않은 여건이었다며, 특히 지방대학의 경우 포기상황이라 코트라 등에서 연결해 주는 인턴십 일을 마치면 뭔가 돌파구가 있으리라 생각하고 왔다고 했다. 부모님께는 잠깐 다녀온다고 하고 허락을 받았단다. 한국 분들이 거의 없어 심심하던 차에 우리가 와서 더욱 신난다고도 했다.

그녀의 말을 들으니 내 딸도 크면 똑같은 상황이 벌어지지 않을까 하는 생각도 들었다. 여성 취업의 문이 오히려 외국에 더 많다면 나중에 이 여성들은 결국 현지화 과정 속에서 외국인과 결혼할 가능성이 높다는 생각에 아까운 느낌마저 들었다.

우리는 그녀와 헤어지면서 앞으로 갈 길을 잘 헤쳐가길 기원하고 서로 인사를 나누었다. 버스가 떠나려고 할 때 깜박 잊은 것이 떠올랐다. 잠깐 버스를 멈추고 감사의 표시로 사례금을 담은 봉투를 건네주었다. 아주 작지만 그녀가 귀중한 인재로 자라는 데 보탬이 되리라 생각하니 잘한 일이라는 생각이 들었다.

북아일랜드 회상

20~30년 전, 국제금융에 대한 공부를 하는 해외연수 과정을 만들어 수차례 미국과 유럽을 다니던 때가 있었다. 한번은 영국 북아일랜드에 있는 외국 교수와 접촉이 되어 그 교수가 영국 쪽 전체 프로그램을 짜주고 지도교수로도 동행하게 되었다. 이름은 잊어버렸지만 영국 내 기업과 경제사정을 잘 알고 컨설팅을 해주는 사람이었다. 그는 기업뿐만 아니라 금융기관과 네트워크도 좋아서 모두 연결해 방문할 수 있게 해주었고, 통역은 현지 영국에서 유학생을 붙여 주었다.

25~6년이 넘은 이야기여서 기억이 가물가물하지만 그때는 북아일랜드에서 대우전자 공장이 성공해 김우중 신화가 회자되고 그의 기업가 정신이 높게 평가되던 시기였다. 그때 대우공장에 다녀온 것이다. 또 영국 런던 금융가에 소재한 유수 금융기관 5~6군데와 증권거래소 등을 시찰했고 선진금융기법과 금융기관의 역사, 철학, 기업, 사회와의 관계설정 등을 배웠다.

북아일랜드를 방문했던 계절은 계절의 여왕이라고 불리는 장미의 계절, 5월이었다. 영국은 장미가 유명하다고 들었는데, 말처럼 장미 가든이 곳곳에 있어 우리의 마음을 들뜨게 했고 장미처럼 아름다운 마음이 솟아나게 만들었다. 모두들 공부하러 왔기에 아내와 함께 온 사람은 한 사람도 없었는데, 그들은 언젠가는 사랑하는 아내를 데리고 오고 싶다고 말해 애처가 집단처럼 보였다.

북아일랜드의 유명한 골프장을 투어했고 어둡지만 뾰쪽 솟은 바닷가 고성(古城)도 보았다. 위스키 제조 공장도 돌아보며 본토 스카치위스키의 맛도 음미했다. 공짜라서 그런지 다들 맛있다고 이야기했다. 바닷가 이름은 잊었지만 제주의 주상절리처럼 수많은 팔각형 기둥바위가 솟아 있는 바위절벽도 보고 '이런 곳도 있구나!'하며 놀랐다. 지구 끝자락이라 더 이상한 지질대가 형성되었나 하는 생각도 들었다.

산업시찰을 마치고 다운타운에 있는 호텔로 돌아오는 외곽 길에서 우리가 탄 버스 오른편 뒤쪽에서 달려오던 소형 자동차 한 대가 갑자기 거북이처럼 뒤집어지는 모습을 보았다. 아마도 도로경계석에 바퀴가 걸쳐지면서 일어난 사고 같았다. 우리는 우물쭈물하는데 보이지 않던 사람들이 어디서 나타났는지 우르르 몰려와 순식간에 차문을 열고 운전자를 끌어냈다. 다행히 차 안에는 운전자 한 사람뿐이었다.

운전자는 머리에 피를 흘리고는 있었지만 정신은 있어 보였다. 연세가 많아서 운전이 서툴렀던 모양이었다. 바로 응급차가 도착해 병원으로 이송되는 것을 보고 이곳은 참 도움의 손길이 빠르다고 생각했다. 인구가 적은 지역에서는 오히려 위기에 서로 도움이 되도록 먼저 솔선수범한다는 느낌이 들었고, 우리의 119처럼 조직도 잘 갖추어져 있다는 것을 알았다.

호텔에서 조찬만 하던 습관적인 여행에서 벗어나 우리 일행이 몇 팀으로 나뉘어 북아일랜드 여러 가정집 조찬에 초대된 적이 있었다. 가정집의 여유 있는 따뜻한 조식을 맛보며 영국식 가정음식문화와 정서를 느낄 수 있었다. 그리고 지금까지도 만면에 웃음 가득했던 서민적인 영국 아주머니의 마음이 지워지지 않는다.

여정 **7**

가깝고도 먼 나라,
중국과 일본의 단상들

버스와 기차를 타고 심천을 거쳐 광주, 상해, 항주, 소
주, 천진, 위해, 연태, 청도, 북경, 서안, 심양, 연길, 백두
산을 거쳐 다시 광주로 나오는 일정이었다. 현지에는 실
력 있는 공산당 공안원이 함께했는데 그들은 자국민이
타려는 자리를 빼앗아 우리를 먼저 탑승시켜 주기도 했
고, 천진 부둣가 보세창고도 마음대로 열라고 해서 보여
주기도 하였다. 공안원의 말이 어디서나 통하는 것을 보
고 그 힘을 알 수 있었다.

죽의 장막 중국 초행길

중국과 국교가 수립되어 '죽의 장막', '붉은 공산당의 나라' 등 중국을 수식하던 말들이 사라져버린 것을 보면 금석지감(今昔之感)이 든다.

1987~88년경이었다. 그때는 중국과 수교 전이라 중국에 간다는 생각조차 못 하던 때였다. 어느 날 모시던 전경련 정 전무가 하얏트 호텔에 투숙하고 있는 싱가포르 컨설팅 사장을 만나보고 중국 방문을 타진하고 오라고 해서 급히 찾아가 만났다. 나는 중국 방문 의사를 밝히며 20여 명 내외로 사절단을 구성해 보겠다고 하는 한편 비자 발급 초청장을 부탁하고 나왔다. 초청자는 천진에 소재한 싱가포르 중국계 기업인과 합작투자컨설팅그룹인 '천진과학기술자문공사'였다. 거기에는 조선족인 전 여사라고 하는 컨설턴트가 우리의 파트너로 일정과 가격, 초청장 안내까지 맡아 주었다. 당시는 바로 교신이 어려워 싱가포르를 경유해서 교신했고 우리는 모두 홍콩 주재 상사, 기업, 대리점 관계자 형태로 신분을 표시했다. 그

리고 참가자들의 사업설명서를 한글과 영문으로 작성하고 중국과의 관심 비즈니스 내용을 정리해서 보내고 기다렸다.

초청장을 정식으로 받고 홍콩에 미리 직원을 보내 홍콩 주재 중국영사관에 여권과 초청장을 접수했다. 여권이 나오면 다시 한국에 여권을 갖고 나온 후 홍콩으로 가서 호텔에 숙박하며 비자처에서 나온 단체비자종이로 버스와 기차를 타고 심천을 거쳐 광주, 상해, 항주, 소주, 천진, 위해, 연태, 청도, 북경, 서안, 심양, 연길, 백두산을 거쳐 다시 광주로 나오는 일정이었다. 현지에는 실력 있는 공산당 공안원이 함께했는데 그들은 자국민이 타려는 자리를 빼앗아 우리를 먼저 탑승시켜 주기도 했고, 천진 부둣가 보세창고도 마음대로 열라고 해서 보여주기도 하였다. 공안원의 말이 어디서나 통하는 것을 보고 그 힘을 알 수 있었다.

그때는 중국 여행은 상상도 못 할 때였다. 연세가 70에 가까운 벽산 회장 같은 분들이 서너 분 계셨는데 모두 아들을 대동하고 와서 비서처럼 자신들을 보살피게 하고 중국 견학도 시켰다. 일석이조의 여행을 한 것이다.

나이 드신 분들은 아침 일찍 일어나 운동을 하고 조찬은 소식으로 죽을 많이 찾으셨다. 이야기의 첫 마디는 건강과 장수에 대한 내용이었고, 우리 행동이 북한으로 들어갈지 모르니 조심히 행동하자고들 하셨다. 명함을 백여 장씩 가져왔는데도 어떤 분은 가는 곳마다 미팅이나 만찬, 오찬이 잡혀 수많은 중국 분들과 관리들이 명함공세를 하는 바람에 명함이 부족해서 카피하여 잘라 주어야 할 정도였다.

비행장은 거의 군인비행장이고, 비행기에는 에어컨이 없었으며 공항마다 더위로 힘들어했다. 에어컨이 있는 버스나 호텔은 천국이었다. 7월 말 중국이 얼마나 뜨거운지 북경 중심지의 아스팔트가 물렁거릴 지경이었다. 연태, 위해, 천진 등 개발구는 전체 공사 중이라 버스에서 내리면 질척거리는 공사장 땅바닥 때문에 구두가 진흙투성이가 되어 괴로웠다.

중국 전문가 양성 해외연수를 돌아보며…

중국수교 이전, 중국과 수교가 되면 빠른 대응태세를 갖추기 위해 대기업들이 중국담당부서를 준비하는 분위기였다. 나는 이러한 흐름을 보고 이전 우리를 초청해 준 천진과학기술 자문공사에 부탁하여 1개월간 중국통상관련 법률과정 프로그램을 짜달라고 요청하고 대기업 회원사에 공문을 보내 교육프로그램을 안내했다.

그렇게 시간이 부족한 가운데서도 24명의 연수단이 꾸려져 간신히 홍콩에서 단체비자를 받아 홍콩, 심천, 광주, 상해를 통해 천진으로 가서 수정궁호텔과 천진자순공사의 기숙시설에서 숙박을 하며 1달여를 지냈다. S그룹 S경제연구소에서 온 2명의 과장급은 어찌나 공부를 하던지 노트가 몇 권이나 되었다. 귀국 후 일행들은 그 친구들의 노트를 빌려 복사해 갔다고 들었다.

K그룹에서 온 부장급과 과장은 공부에는 전혀 뜻이 없고 술 마시고 노래하고 노는 데는 일가견이 있었다. 그런데 그런 K그룹의 부장은 한국의 문화 탓인지 승승장구해 사장까지 지냈고, 공부를 열심히 했던 친구들은 S그룹에서 부장이 되자 밀려났다는 이야기에 세상이 좀

이상하다고 느꼈던 적도 있었다.

천진 중심에 소재한 하얏트 호텔에 가끔 가서 커피나 맥주도 마셨는데, S그룹 경제연구소 과장은 호텔에서 데이트를 즐기기도 했다. 천진에 있는 유수대학교 여학생을 사귀게 된 것이다.

짧은 기간에도 불구하고 여대생 기숙사까지 들락날락했다고 하는데, 어느 날 밤 한 중국남성으로부터 전화가 와서 받아보니 영어로 "너 중국에서 죽어 나가고 싶냐"고 하더란다. S그룹 연구소 과장은 "까불지 말고 더 이상 여학생 근처에 얼씬거리지 말라" 하고 경고하고 끊었지만 무서웠다고 한다. 그 여학생은 교내 메이퀸으로 하얏트 호텔을 드나들 정도의 미인이었다고 한다. 그 과장은 잠시 여자에 빠졌다가 화들짝 놀라 관계를 끊고 조용히 귀국했다.

일행들과 북경 만리장성도 다녀왔는데, 북경에서 숙박한 장소는 우리 유스호스텔보다 못했다. 가격이 저렴한 곳으로 예약하고 우리를 중국 사람처럼 꾸며 인민폐를 주고 숙박시킨 느낌이 들었다. 당시에는 외국인은 외인폐, 현지 중국인은 인민폐로 나뉘어 화폐를 썼던 것으로 기억된다. 내 경우는 만리장성을 두 번째로 왔는데, 11월 말이어서인지 엄청 추워서 옷가게에서 스웨터를 사서 껴입었던 기억이 있다.

D항공사에서 온 과장과 통역으로 따라온 조선 여자는 눈이 맞아 여성의 방에서 같이 자고 나오는 일도 있었다. 나중에는 발각이 되어 안내 겸 통역을 하던 미인은 북경에서 갑자기 그만두고 추방(?) 조치된 적도 있었다.

한 달 이상의 중국 연수를 마치고 돌아왔지만 과장급 간부들의 처지가 회사에서 워낙 바쁘고 눈치 보는 자리여서 그런지 그 뒤로 모임이 두세 번 이루어지다가 5년 후부터는 아무도 연락이 되지 않는다. 그런 걸 보면 세상은 호락호락하게 쉽게 살기 어려운 모양이다. 20년이 지나 술로 연수기간을 보냈던 분만 계열사 대표가 됐다는 소식을 신문을 통해 접할 수 있었다. 역시 한국에서는 술이 인간관계의 중요한 한 부분이고 촉매제인 것은 분명하다.

중국 화산(華山) 감상기

2016년 11월, 3박 4일 일정으로 중국 화산(華山)을 다녀왔다. 화산은 중국 5대 절경 중 하나다. 빼어난 미모를 지닌 아름다운 화강암 절벽으로 다섯 봉우리가 동서남북 그리고 중봉까지 하늘을 향해 도전하듯 솟아 있었다.

입구에서 한참을 걸어 오르니 케이블카가 우리를 기다리고 있었다. 20~30도 경사로 움직여 가던 케이블카가 봉우리 끝 안착 지점에 다다를 즈음에는 60도 경사처럼 가팔라졌다. 눈앞에 펼쳐지는 봉우리의 화강암 벽이 햇빛에 반사되어 백옥같은 처녀의 등처럼 눈부셨다.

거기서부터 밟는 산은 흙이 아닌 바윗덩어리다. 바위에 그대로 계단을 파 놓았고 나무도 바위를 뚫고 나와 바위를 반쯤 갈라놓고 있다. 바윗덩어리 가 천장을 만들고 천장 밑에서 돌부처들이 여러 모양으로 몇천 년간 환생 을 기다리고 있다. 봉우리는 불타는 불꽃이 순간 바위로 얼어붙어 된 것 같았다. 바윗길 벼랑길을 오르는데 울긋불긋 깃발을 양옆으로 꽂아놓아 바람에 불꽃처럼 흔들린다. 미세먼지로 뿌옇던 시가지와는 다르게 이곳

산중 화산에는 먼지가 근접을 못 하는지 주변 단풍만이 붉게 눈이 아프도록 박힌다. 오르락내리락하며 서봉, 남봉, 동봉, 중봉을 거쳐 북봉에 이르기까지 바윗덩어리만 밟아서인지 무릎이 지끈거리며 아프기 시작한다. 스틱에 의지하지 않고 걸었다면 4~5시간 만에 무릎이 나갔으리라.

화산 최고봉에 이르니 2,437m의 고지를 표시하는 표지석에서 사진 찍기가 너무 힘들었다. 모두들 기념사진을 찍으려고 좁은 산꼭대기에서 기다리는데 피라미드 꼭대기처럼 좁은 공간에서 자칫 밀려 낭떠러지로 떨어지면 흔적조차 찾기 어려울 것 같았다. 산은 오르기도 힘들지만 내려올 때가 더 어렵다. 특히 무릎이 아픈 사람들은 더 힘들어 스틱에 의존하고 내려오는데 사고도 하산 길에서 거의 다 난다고 한다. 다시 케이블카로 돌아오는 산행 길이 6시간 이상 걸리니 오가는 시간을 포함하면 10시간이나 걸린다. 하루해가 다 가는 셈이다.

화산을 다녀온 지도 1년여가 되어 간다. 중국의 공기가 나빠서 싫고, 중국의 거만한 자세와 지저분함, 시끄러움에 질려 가고 싶은 생각이 없지만 화산의 빼어난 자연경관만큼은 다시 찾고 싶다.

백두산 일출, 경이롭던 개천(開天)의 역사여!

한민족의 영원한 영산 백두산은 애국가 첫머리에서부터 등장해 가보기 힘든 시절에는 꿈에 그리던 버킷리스트 중 하나였다. 88년 올림픽이 개최되기 전 24명의 경영자분들을 안내하여 심양에서 밤새 기차를 타고 연길로 갔다. 기차는 오래된 기차로 칙~칙~폭~폭~ 하며 느릿느릿 움직였다. 기차에서 내려 뛰어가는 것이 더 빠를 정도로 천천히 움직이는데 밤새 눈을 떴다 붙였다 하면서 가다 보니 마침내 아침이 왔다.

바로 조찬장소로 갔더니 연길의 조선족 부시장과 관리들이 나와 영접을 해주었다. 우리는 조선학교에 피아노나 풍금이라도 사 달라고 2천 불을 모아 드렸다. 이분들에게 여기저기 끌려 다니다시피 하면서 연길의 비즈니스맨들을 점심, 저녁까지 만나고 하룻밤을 지낸 후 백두산으로 향했다. 일본 지프차를 일곱 대로 분승해서 6시간 이상 뱀처럼 구불구불한 길을 달렸다. 우리 팀이 탄 지프차는 맨 마지막에 따라갔는데 숙박지 도착 1시간 정도를 앞두고 갑자기 차가 멈추었다. 할 수 없이 다른 차가 와서 바꾸어 타고 작은 여관 정도밖에 안 되는 숙박지에 도착해 짐을 풀었다. 밤이 되니 9월 2일의 백두산 산발치는 추워서 못 견딜 정도였다. 덮을 만한 게 아무것도 없으니 그냥 옷을 겹겹이 껴입고 잘 수밖에 없었다.

한숨을 못 자고 새벽에 일어나 라이트가 켜진 지프차를 타고 천지를 향해 20여 분 올라갔다. 운전사가 깜깜한 비탈길을 속도도 줄이지 않고 달리는 바람에 절벽으로 떨어질까 마음을 졸이며 두 손으로 지프차 손잡이를 꽉 잡고 눈을 감을 수밖에 없었다. 천지를 약 150m 앞두고 내린 우리는 어두운 가운데서도 안내자를 따라 보이지 않는 비탈을 올라가는데 바닥이 화산흙이라 그런지 부스러져 미끄러웠다. 정상에서 20여 분간 해가 뜨기를 기다리는데 새벽 추위는 더욱 얇게 입은 나를 더 떨게 만들었다. 그렇게 기다리자 왼편 동쪽에서 하늘이 열리는 개천(開天)의 역사가 눈에 보였다. 매일 아침이면 열리는 하늘이건만 처음 올라온 백두산 천지의 하늘은 놀라움, 경이 그 자체였다. 점점 어둠이 멀어져 가면서 맑고 청명한 파란 하늘이 열리고 어둡고 검은 천지의 물도 하늘빛 색으로 파랗게 빛났다. 태극기를 흔들지 말라는 사전 안내에 따라 우리는 준비해 간 태극기도 흔들지 못하고 애국가를 부르기 시작했다.

장백비룡폭포에 가서 보니 폭포의 기상이 역시 백두산의 폭포다웠다. 폭포수가 내가 되어 흐르는 곳을 거닐면서 온천이 있는 곳까지 내려왔다. 다들 옷을 벗고 온천욕을 즐겼는데, 온천물이 깨끗하여 밑바닥까지 다 보였다. 그곳은 사방이 개방되어 입장료가 없는 노천탕인데 누군가 온천욕하는 우리들을 찍어 해단식 때 공개한 적이 있었다. 참가자들이 모여 사진을 보는데 물속에서도 본인들의 국부가 훤히 보이는 사진들을 보면서 대외비로 하자며 마구 웃었다. 백두산을 오른 9월 3일은 연길시 시정부가 들어선 창립절이어서 다들 휴무라고 하였다.

백두산은 그 뒤로도 한 번 더 갈 기회가 있었지만 처음보다는 감동이 떨어졌다. 낮에 가는 것보다 새벽하늘이 열릴 때 가서 일출을 보고 천지의 물도 움켜쥐어 보아야만 멋이 있다. 백두산 등정기념이 될까 해서 이상하게 생긴 주먹만 한 가벼운 돌을 주워왔는데 집에 와서 자세히 보니 그 옛날 나무가 타서 돌처럼 화석화된 것에 불과하였다.

백두산 천지

첫 태양의 문이 서서히 열리고 희망찬 기쁨의 하늘이 활짝 웃는다.
검은 심연의 천지 물도 숨을 죽이고 서서히 하늘색으로 파랗게 변한다.
맑고 파란 천지 물은 반도 땅 굽이굽이 한반도 백두대간 산맥을 휘돌아
흘러흘러 한라까지 적시리라.

천지의 용솟음치는 물은 비룡폭포 밑으로 끝없이 떨어져
대대손손 한민족 영혼의 목을 축여 주리라.
자손만대 우리 민족 모두가 웅대한 백두의 정기를 품고
백두의 깃발을 올려
통일한국 세계만방의 우두머리가 되게 하리라.

홀로 여행길에 나선 대단한 젊은이

86년 일본 경단련 파견 연수 중이었다. 당시 잠시 총무부 인사팀에 있을 때 회사 중역이 경단련과 교환연수 프로그램을 만들라는 임무를 주어 일본어를 한참 공부하던 차에 경단련과 협의하여 1차로 윤 모 후배와 전 모 부장을 파견하게 되었고 이어서 내가 연수자로 선발되어 갔다.

일본어 책을 두 권을 뗀 상태로 어느 정도 소통이 될 것이라 생각하고 갔지만 막상 맞닥뜨리니 그들의 언어가 들리지 않고 입도 열리지 않았다. 그렇게 한두 달을 보내고 홍보실에 배속되어 일부러 시간을 내 신문을 스크랩해 읽고 대화를 시도하자 자연스럽게 귀가 뚫리고 공부했던 일본어를 조금씩 활용할 수 있게 되었다.

언어는 그들과 매일 저녁 술을 먹으면서 부끄러움을 무릅쓰고 용기 있게 해야 되는 것이었다. 술만 마시면 술술 대화가 잘 되었다. 말하다 막히면 영어로 하는 식으로 3~4개월을 지내니 웬만한 대화는 거의 할 수 있게 되었다. 그런데 술이 없는 자리에서 높은 어른들이나 중역들과 만나면 사용하는 용어도 조금씩 다른 데다 존대어가 쉽지 않아 대화가 쉽게 풀리지 않았다. 또한 TV 속 아나운서들의 이야기는 매번 잘 알아들어도 개그맨들 이야기는 무슨 말인지 알아듣기 어려웠다.

1차로 파견됐던 부장은 가족들과 함께 일본에 와서 2년 이상을 살았는데 연수비로 가족들이 생활하기가 빠듯했던지 내게 돈을 빌려가서는 몇 개월 동안 갚지를 못했다. 나도 연수를 마치고 돌아갈 시점에는 할 수 없이 일본으로 들어오는 매형을 통해 돈을 전달받아야 할 정도로 돈이 궁했다. 연수만 하고 일본 관광도 한 번 못 하고 갈 입장이 되었다.
나중에 돈을 돌려받아 나는 혼자 일본 여행길에 나섰다. 부장에게는 양해를 구한 뒤 연수를 마치고 고국으로 돌아가기 전 일주일 정도를 일본 전국을 돌아보기로 하였다. 여행사에 비치된 각종 여행 자료를 갖고 와서 일본 지도를 놓고 가고 싶은 곳을 찍어 보았다. 이미 다녀온 교토(京都)도 다시 넣어 가능한 가장 남쪽인 가고시마(鹿兒島)를 훑어보는 일정으로 잡았다. 혼자만의 여행이 조금 외롭기는 해도 가고 싶은 곳을 마음대로 갈 수 있다는 장점이 있어 좋았다. 단 너무 모르는 지역은 그 지역의 단체 여행에 끼어 숙박과 식사를 함께하였다. 거기서 만난 여행객들은 대부분 나이 지긋한 어르신들이었다. 당시 내가 30대 초반이었으니 연배 차가 30~40살은 났다. 그들은 나를 아주 대단한 젊은이로 대우해 주었다.

일본 경단련 전무이사 센다이(仙台) 여행 동반기

86년 일본 연수 중 경단련이 주관한 여행모임에 초대되어 센다이(仙台)에 갔던 기억이 떠오른다. 당시 경단련 산하에는 지방별로 경제단체가 많았고 각 경제단체와 협력관계를 맺고 있었다. 경단련 측에서 협력관계를 맺고 있는 각 경제단체 전무이사들과 배우자들을 초대하여 2박 3일간 연수 겸 센다이 지역 문화시찰을 주관해 내가 동반할 수 있는 행운을 갖게 되었다. 당시의 내 일본어 수준은 어느 정도 대화는 가능했지만 회의에 참가할 수준은 못 되어 그들 틈에서 눈치껏 들으며 이해해야 하는 정도로 만족해야 하는 입장이었다.

경제단체의 전무들은 대체로 실무 책임자로서 경제단체의 실제 살림을 이끌어야 하기 때문에 그 책임이 막중했다. 나잇대는 대체로 60대나 그 이상으로 보였다. 그들은 일본 특유의 장기근속 문화 속에서 안살림을 책임져 온 듯했다. 일본에서는 근면성실하게 장기근속하면서 유대관계를 잘 유지하는 것을 중시한다. 그렇기에 그 지역 기업인들과의 관계, 지방정부, 기관들과의 관계가 중요한 업무능력 중의 하나로 보였다.

센다이에서 본 마쯔시마(松島)는 우리의 남해안 지역 섬들처럼 푸른 소나무가 싱싱하게 살아 있는 곳으로 작은 섬들이 별처럼 총총히 박혀 있었다. 일본 3대 절경에 속하는 청정지역이었다. 함께 갔던 경제단체 전무이사 부인들은 마치 오랜 지인인 듯 서로 쾌활하게 웃으며 지역의 요소요소를 관광했고 온천도 즐겼다. 온천은 대부분 호텔 내에 있었고 호텔 외부에도 연못이나 작은 동산 같은 정원이 있어서 온천 후 정원을 산책하기 좋았다. 남자로는 유일하게 나만 25~6명의 부인들 뒤를 따라다녔다. 내 역할이 경단련에서 부인들 문화시찰 일정을 안내하는 것이었기 때문에 잘 알지는 못했지만 경단련 실무자로 함께 따라다닌 것이다.

온천욕을 한 후 부인들과 호텔 뒤편 동산 정원에 가니 큰 나무가 남녀 쌍으로 서 있는데, 자연스럽게 생긴 돌출된 부위와 구멍을 이용해 남녀 생식기를 연상하도록 만들어져 보기에 민망할 정도였다. 부인들이 그냥 지나칠 줄 알았는데 그들은 '하하호호' 웃으며 다들 남성 생식기 모양의 돌출부위를 만져보는 것이 아닌가. 내 나이 30대 초반이었으니 나는 남사스러워 얼굴이 빨개졌지만 부인들은 대부분 50~60대로 부끄러움이 없는 나이였다. 지금 생각해도 부인들 사이에 혼자 끼여 아주 난처했던 기억이 새롭다.

경단련 니가타(新潟)·아오모리(靑森) 여행

경단련 연수 중 연중 두 번의 단체여행에 끼여 니가타(新潟)와 아오모리(靑森) 여행을 함께했던 행운의 추억이 있다.

눈이 많이 왔던 한겨울이었다. 설국의 고향 니가타는 추위로 고생한 기억보다는 많은 눈 때문에 오히려 포근한 느낌으로 추억된다. 150명 이상의 단체여행이어서 부서별로 나누어 한 방에서 10명 이상씩 잠을 자야 했는데, 온돌이 없는 다다미방에서 어떻게 추위를 견딜까 걱정이었다. 그런데 아주 두툼한 요와 풀을 먹인 광목으로 만든 깨끗하고 묵직한 이불 덕분에 추위를 전혀 느끼지 못하고 푹 잘 수 있었다. 그리고 '유담뿌'라고 하는 뜨거운 물이 담긴 물통을 이불 속에 넣고 자니 더욱 따뜻했던 기억이 난다.

큰 무대를 마련한 방켓룸에서 이국인인 나에게 노래를 하라고 종용하여 일본어로 번역한 '돌아와요 부산항에'를 불렀다. 모두의 박수를 받으니 젊은 혈기에 기분이 하늘로 올라가는 느낌이었다. 젊고 외국인이라 그랬는지 경단련 젊은 신입직원들 중 여직원들이 유독 나를 많이 따라서 인기가 있는 줄 착각했던 것 같다.

잠을 자기 아까웠는지 나를 책임지고 있는 총무인사과 40대 후반의 대리가 나에게 젊은 신입 여직원들이 묵는 방에 전화를 걸어 여직원들에게 술을 하자고 권해 보라고 했다. 하도 졸라대어 그가 걸어준 전화 수화기를 넘겨받아 피곤함을 무릅쓰고 술을 하자고 권했더니 여직원들은 기다렸다는 듯 환호성을 터뜨렸다.

우리는 옷을 갈아입고 호텔 내 가라오케로 갔다. 그곳에는 미우라 전무를 포함한 몇 분이 이미 와 계셔서 합석하게 되자 분위기가 더 좋아졌다. 당연히 비용도 미우라 전무가 지불했고 미우라 전무의 18번 노래도 듣게 되었다. 그 이후 미우라 전무가 불렀던 노래를 테이프로 찾아서 배우고 그 노래를 내가 좋아하는 일본 노래 중 하나로 삼았던 추억이 되살아난다. 가라오케에서 술도 여러 잔 하고 노래도 부르고 돌아오니 금세 잠이 들어 세상모르게 잤다. 그곳에서는 항상 아침에 온천에 가서 몸을 씻고 땀을 빼는데 그렇게 하니 몸이 날아갈 듯이 가벼웠다.

단풍이 멋진 가을에는 아오모리 도와다고(十和田)라 불리는 호수로 경단련 식구들 150명 정도가 여행을 간 적이 있었다. 비행기를 타고 가서 현지에서는 버스를 탔고, 호수에서는 큰 보트를 타고 여행을 다녔다. 지금도 그때 본 호수 위 진홍빛 단풍 색깔은 아주 선명하게 남아 그보다 더 아름다운 단풍을 본 적이 없을 정도다.

그곳은 밤과 낮의 기온 차가 크게 났던 곳이었다. 북해도(北海道, Hokkai-do) 바로 밑에 위치한 데다 호수가 있어서 밤에는 아주 춥고 낮에는 따가운 가을햇살이 비치니 호수 위의 나뭇잎들은 불타듯 붉게 물들었으리라.
일본에서 지진이나 화산 폭발 등의 뉴스가 나오면 그 아름답던 아오모리의 호수와 온천이 사라지면 어떻게 하나 걱정스럽기까지 하다. 언젠가 다시 단풍이 물들 때쯤에 가보고 싶은 마음이다.

북해도에서 일본 백년경영의 지혜를 배우다

2017년에는 하계세미나를 북해도(北海道, 홋카이도)에서 개최하기로 하였다. 매년 제주도에서 개최했는데 제주도는 여름에 태풍이 오거나 비가 자주 와서 참 어려울 때가 많았다. 또한 여름이면 여러 기관에서 대형세미나들을 개최하는데, 작은 단체는 규모 경쟁에서 이기기 쉽지 않고, 화려한 강사진에 쏟아붓는 비용이 많아 모집 인원이 적정수준을 넘지 않으면 바로 적자로 이어지기 일쑤다. 일은 일대로 하고 손해는 커서 손익에 좋지 않은 영향을 주는 것이다. 따라서 올해는 적자도 면하고 좀 더 시원한 곳에서 하계세미나를 해보자며 북해도를 선택한 것이다.

애초 계획을 세우면서 인원은 많지 않을 것으로 생각했다. 60명만 모집하면 행사도 재미있게 진행할 수 있을 것이라고 생각했다. 큰 경제단체와 같은 지역에서 같은 기간에 경쟁적으로 세미나를 개최하면 힘만 든다. 가능한 한 대형단체와 겹치는 것을 피하기 위해 개최 장소와 개최 시기도 조정해야 한다. 또한 기존 회원들의 성격과 기호, 연령에 맞게 프로그램과 비용을 산정해야지 대형단체처럼 동일한 지역, 호텔, 가격을 정해서 한다면 대다수 회원이 오지 못하거나 다른 기관에게 고객을 뺏길 수도 있다. 해외 하계세미나는 비용이 더 많이 소요되어 회사 부담이 크기 때문에 쉽지 않다. 따라서 적은 비용으로 더운 여름을 피해가려면 교통비가 적게 드는 세미나 장소를 생각해 봐야 한다.

일반적으로 강원도는 여름에 시원하고 교통비가 적게 들며 도로가 아주 좋아져서 접근하기 좋은 지역이다. 좋은 시설의 호텔을 미리 예약해 오전에는 강연, 저녁에는 음악회를 준비하고, 낮에는 골프와 숲속 트레킹을 준비한다면 비용도 적절하고 많은 경영자 가족들을 만족시킬 수 있을 것이다. 내년 프로그램 구성 시에는 강원도의 이점을 감안해서 준비해야 되겠다.

삿포로 여행으로 산업시찰을 마치다

푸른 녹색이 한눈 가득히 들어오고 구름이 높은 산허리를 가로질러 정상이 안 보이는 흐린 날씨다. 스튜어디스가 하계포럼에 참석해 주신 경영자 여러분께 감사드린다고 안내 방송을 한다. 항공기 지연으로 결국 1시간 이상 도착이 늦어져서 신치토세공항(新千歲空港)에서 짐을 찾아 호텔로 가는 길도 늦어졌다.

일본의 도로는 아주 정갈하고 깨끗한 느낌이다. 날이 어둑해 주변은 어두운데 버스의 불빛만 앞길을 비추어 준다. 너무 늦은 시간이어서인지 오고 가는 차도 없고 우리 버스 두 대만 조용히 나아가고 있었다. 호텔 도착이 늦어져 8시 반이 되면 바로 호텔에 짐을 맡기고 저녁 만찬 장소로 이동해야 할 입장이었다.

첫날 골프는 캐디가 없이 각자 카트를 페어웨이 안까지 끌고 들어가야 했다. 캐디가 없으니 정신이 없었다. 직접 끌고 가서 내가 채를 빼서 치고 다시 잘 넣어두어야 잃어버리지 않고 경기를 마칠 수 있다. 결국 함께 한 조로 운동하던 한 분이 샌드 웨지와 어프로치웨지를 잃어버리고 나왔다. 중간에 다시 한 홀을 돌아가 찾아봤지만 없었다.

운동 후에는 온천에 들러 온몸의 피로를 풀었다. 온천욕장은 리조트 크기에 비해 작은 크기였다. 온천의 위치가 서관 쪽 끝에 위치하여 한번 찾아가려면 너무 멀어서 가기가 싫었지만 온천물은 아주 미끄럽고 피부에 좋은 느낌을 받았다.

일본도 양력 8월 15일이 추석에 해당하는 명절이라 연휴라고 한다. 저녁 식사를 하려고 1층에 있는 옥토버훼스트 식당에 가니 줄이 너무 길어 2층으로 갔다. 식사를 하는데 옆 테이블에 한국의 경상도 남성 관광객 8명이 앉아서 양주를 2병 이상 마시고 싸움이 난 듯 시끄럽게 떠들었다. 우리나라의 저급한 술 문화가 일본까지 와서 나라 창피를 주고 있었다.
식사 후 돌아오는 길에 창밖을 보니 폭죽이 터지고 있었다. 밖으로 나가 하늘로 치솟아 각종 모양으로 터지는 폭죽을 넋을 빼고 보다가 사진을 찍었다. 그런데 사진은 눈으로 보는 것만큼의 감동을 담아내지 못했다. 마음에 들지 않아 사진을 다 지워 버렸다.

하루는 골프를 하지 않고 관광을 선택하여 이곳저곳을 다녔다. 인위적으로 만들어 놓은 에도시대의 동경, 일본인들의 삶이 엿보이는 민속촌 빌리지도 갔다. 북해도 원주민이 살던 모습을 재현해 놓은 곳에서는 아이누족의 음악이 흘러나오며 춤을 통해 그들 삶의 애환을 이야기했는데, 사회를 보는 남성이 한국말을 중간 중간 섞어가며 우리들을 웃겼다.
일본 닌자(忍者)의 활동을 연극으로 재현한 곳에 가니 사람이 많아 서서 구경을 해야 했다. 매우 많은 관광객이 자리했는데, 우리가 늦게 도착했는지 자리가 부족했다. 연극은 닌자들과 무사 간의 칼싸움을 사실적으로 표현해 칼과 칼이 부딪치는 소리가 날카로웠다. 닌자들이 천장에서 날아 내려오기도 하고 줄을 잡고 천장으로 오르거나 마룻바닥 밑으로 들어가는 모습이 신출귀몰했다. 순식간에 나타났다가 사라지는 닌자들은 복면 속에 얼굴을 가리고 상대를 살해하는 자객의 모습을 재현해 보여주었다.

자리를 옮겨 이번에는 일본 기생문화의 단면을 연극을 통해 보여 주는 곳으로 갔다. 관광객 중 한국 청년 한 명이 선택되어 마사무네의 주인장 역할을 하게 되었는데, 청년과 무대를 쥐락펴락 하는 사회자의 입담에 웃음이 터졌다. 접는 부채에 마사무네가 이야기할 말을 적어놓고 읽게 하는데, 젊은 청년이 기죽지 않고 웃어 가며 연기를 잘했다.

끝으로 노보리베츠(登別)의 유황연기가 뭉게뭉게 피어오르는 곳으로 안내되어 갔다. 1~2km를 걸어가니 주변 산 풍경이 인상적이었다. 일부 산은 그랜드캐니언 같기도 했고, 어떤 산은 푸른 숲이 파란 하늘과 대조되어 아주 볼만했다.

북해도 산업시찰 마지막 날이다. 아침 일찍 뜬 해가 한낮 같은 느낌이 든다. 8시에 출발하여 기꼬만 간장회사를 방문하였다. 오랜 역사를 갖고 있는 기꼬만은 북해도 500만 인구를 소비대상으로 하는 공장으로 정직원 25명, 임시직 25명 정도가 연 매출 150억 원을 올린다. 일본과 해외 전체에서 올리는 기꼬만 간장회사의 수익은 연 3천억 원이라고 하니 엄청난 매출이다.

기꼬만 회사 방문 이후 삿포로 맥주 공장을 들르는 것으로 마지막 산업시찰을 마쳤다. 삿포로공장에서는 맥주의 원료인 대주와 호프 등을 투입하는 것부터 병이나 캔에 주입하는 공정, 제품을 하나하나 심사하는 과정을 거쳐 박스에 담아 창고에 넣는 과정까지를 보고, 삿포로 맥주의 시대별 광고 모양을 보고 나왔다. 마지막 시찰코스의 백미는 바로 공장에서 바로 나온 생맥주를 맛보는 것이었다. 두 종류의 생맥주를 잔에 담아 무료로 나눠 주는데 갈증을 시원하게 해소해 주었다. 커다란 맥주잔 모형 속에 들어가 사진도 찍었는데 내가 찍은 모습을 보고 다들 한 번씩 사진을 찍었다.

모두 무사히 연수와 여행을 마치고 돌아가는데 꼭 2박 3일 같은 3박 4일 느낌이었다. 항공시간에 맞추어 일찍 나가고 비행시간에서 많은 시간이 소모되다 보니 드는 생각일 것이다. 공항으로 오는 길에 다들 간단한 의약품과 기념품을 구입하니 현찰은 줄고 짐은 늘었으리라.

여정 **8**

창조로 나뉜 첨단과 오지의 운명
두바이, 몽골, 소련, 브루나이, 미얀마

두바이는 공항부터 엄청나게 커서 한 번 길을 잃으면

찾기 어려울 정도다. 당시 경영자 이십여 명과 함께

두바이 견학을 갔는데 다들 눈이 휘둥그레졌다. 우리

나라 두산중공업이 열대사막에서 담수화를 성공시켜

가로수의 가느다란 줄로 물방울이 지속적으로 나오게

했는데 이걸 통해 열대식물을 자라게 했고, 엄청 화

려한 고층건물들은 즐비한데 건물마다 디자인도 모두

달라 바닷가에서 보면 두바이는 마천루 그 자체였다.

첨단도시와 사막의 공존, 두바이

2007년경 두바이에서 최고 높은 건물 버즈 두바이(Burj Khalifa, 부르즈 할리파)를 완공해 갈 무렵 우리나라에서는 두바이를 '모래벌판에 세운 꿈의 도시', '창조의 현장'처럼 소개하고 묘사해 많은 경영자들이 견학을 다녀갔다.

두바이는 공항부터 엄청나게 커서 한 번 길을 잃으면 찾기 어려울 정도다. 당시 경영자 이십여 명과 함께 두바이 견학을 갔는데 다들 눈이 휘둥그레졌다. 우리나라 두산중공업이 열대사막에서 담수화를 성공시켜 가로수의 가느다란 줄로 물방울이 지속적으로 나오게 했는데 이걸 통해 열대 식물을 자라게 했고, 엄청 화려한 고층건물들은 즐비한데 건물마다 디자인도 모두 달라 바닷가에서 보면 두바이는 마천루 그 자체였다.

육지에서 멀리 떨어진 바다에 인공섬을 만들어 최고급 별장을 짓고 분양하고 있었다. 호텔에서는 라스베이거스처럼 각자 개성 있는 쇼를 벌였고, 어떤 호텔에서는 인공적인 수로와 큰 연못을 만들고 거기에 크고 멋진 해

적선을 띄워 운행하고 있었다.

버즈 알 아랍호텔(Burj Al Arab Hotel)은 입구부터 올라가는 계단 전체
가 형형색색의 야광불빛으로 불야성을 이루었다. 먼저 간 팀은 1박 숙박
비만 100만 원 이상 하는 곳에서 1박을 했다고 자랑했는데 우리가 포함
된 두 번째 팀은 스카이라운지에서 한국인 주방장의 점심만 맛보고 내려
와야 했다. 모래사장에 지은 쇼핑몰 내 실내 스키장은 에어컨을 빵빵하게
가동해 거기서 스키 타는 모습을 보며 점심을 먹는데 모두들 대단한 창의
적 발상이라고 혀를 내둘렀다.

다음 날은 사막 사파리를 체험하러 2~3시간 버스로 나가 지프차 7대로
분승해서 사막을 누비고 다녔다. 모래바람이 입속으로, 바지 안으로 들어
오고 모래에 지프차 바퀴가 빠져 걱정도 되었지만 운전자는 태연하게 이
리저리 앞뒤로 돌다 삽으로 모래를 파고 바퀴 밑에 무언가를 대더니 다시
거뜬하게 달리기 시작했다.

어스름이 내리고 저녁이 되어 사방 60~100m 정도의 천막으로 둘러싸인
그들의 근거지에 들어섰다. 그곳에선 그들 특유의 음악이 흘러나오고, 코
브라 뱀이 춤을 추고 밸리댄서 여러 명도 나와 요사스럽게 춤을 추었다.
물담배도 피워 보고 여성들은 한쪽에서 문신을 하는 등 신기한 이문화(異
文化)를 접해 보았다.

깜깜한 모래벌판에 하늘의 별들은 빛나고 천막 주변으로는 기름 먹은 횃
불이 계속 타오르며 주변을 밝혀 주었다. 이러한 모습이 머리에 두건을
쓰는 이들 종족의 문화라는 생각을 갖고 돌아왔는데 아직도 기억이 생생
하다. 식사, 화장실, 갈증, 흔들리는 지프차 등 불편함이 많았는데도 아

무도 힘들다, 불편하다는 말이 없었다. 아마도 생경한 문화가 큰 추억거리가 되었기 때문일 것이다.

최첨단 창조도시 두바이와 아직 구석기 시대 같은 사막이 대비되는 두바이 여행이었다. 또한 두바이 옆 모래사장을 아침마다 뛰어다니면서 조깅을 하고 따뜻한 걸프만의 바닷물에 몸을 적셨던 낭만적인 수영은 다시 해보기 어려운 추억으로 두고두고 남았다.

소련시대 항공 펑크 사태, 병원을 호텔 삼고…

러시아 이름을 되찾기 전 소련연방의 모스크바를 방문했으니 91년쯤 되었을 게다. 25명의 경영자들을 모집해 무모하게도 모스크바 방문에 도전하게 되었다. 소련뿐만 아니라 몽골의 울란바토르까지 다녀오기로 일정을 짰다. 그 당시는 공산권 국가를 가볼 기회가 없어 호기심이 많은 상태였고, 남보다 빨리 가봐야겠다는 생각이 많았기에 경영자들이 쉽게 모집이 되었다. 여행사는 드래곤 여행사로 선정되어 과장 한 명이 가이드가 되어 출발했다.

소련 내의 여행사는 국가가 경영한다는 인트루리스트 여행사가 맡았고 현지에서 소련 가이드가 영어를 사용하면서 우리를 안내했다. 모스크바와 상트 페테르부르크(Saint Petersburg, 구 레닌그라드)까지 기차와 버스로 구경을 잘했고, 경제연구소와 골프장도 잘 돌아보고는 모스크바 공항에서 울란바토르(Ulaanbaatar)로 가는 비행기를 기다렸다.

그런데 우리가 탈 비행기는 사인보드에는 있었지만 2~3시간을 기다려도 보딩 안내가 없었다. 아무런 설명도 없었고 현지 가이드도 모르겠다고 했다. 한국에서 함께 간 가이드도 이리저리 뛰어다니며 알아봐도 알 길이 없었다. 결국 5~6시간을 기다리다 우리가 이틀간 숙박했던 호텔로 다시 돌아왔다.

사정을 이야기했지만 객실이 부족한 것은 어쩔 수 없었다. 연세가 있는 스물다섯 분은 두세 분씩 방으로 겨우 들어가고 나와 비교적 젊은 경영자 두세 명은 로비 소파에서 잘 수밖에 없었다.

그 다음 날도 울란바토르행 항공이 없다고 하여 결국 일정에 없던 이르쿠츠크(Irkutsk)로 가기로 하였다. 거기서 울란바토르까지 비행기로 1~2시간만 가면 된다고 하여 가게 되었다. 원래 우리 일정에는 울란바토르에서 이르쿠츠크로 나오기로 되어 있었는데 이틀 전에 미리 이르쿠츠크로 간 것이다. 다행히 비행기와 이르쿠츠크에서의 숙박 장소는 구할 수 있었다. 우리는 하루 동안 이르쿠츠크에서 숙박하면서 두루두루 울란바토르로 가는 방법을 모색했다. 기차로는 2일 이상 걸린다고 하고 여객용 항공은 없으나 짐만 보내는 운반용 수송비행기는 가능하다고 하여 달러를 모아보니 만 불 이상이 되었다. 그 돈으로 일단 수송기를 알아보기로 했는데 연세 많은 두 분이 짐만 실어 보내는 수송기에 사람이 탈 수는 없지 않느냐며 본인들은 가지 않겠다고 버텼다. 그러는 와중에 수송기도 빌려줄 수 없다는 연락이 왔다. 별수 없이 시베리아 산중으로 고기와 술을 잔뜩 사 갖고 가서 산중 별장 같은 곳에서 고기도 구워 먹고 술도 마시며 재미있게 보내자며 스스로 위로하고 지냈다.

또 하루는 바이칼 호수(Lake Baikal)로 가서 바이칼 박물관도 보고, 바다같이 넓고 잔잔한 호숫가를 거닐며 차가운 물에 손도 넣어 보고, 물살에 닳아 동글해진 자갈을 주워 물수제비도 쳐 보았다. 9월 초인데도 시베리아 산속은 벌써 눈이 내려 쌀쌀했고, 벌목을 했는지 나무들도 많이 잘려 있었다. 결국 술만 축내며 불만이 가득한 가운데 이르쿠츠크에서 4~5일을 보내고 나서 흑룡강과 가까운 하바롭스크(Khabarovsk)로 비행기를 타고 넘어왔다.

그런데 문제는 또 있었다. 예약된 호텔에 오니 우리와 연락이 두절되어 우리가 사용할 객실이 모두 일본 단체관광객에게 넘어갔다는 것이다. 항의를 해도 어쩔 수가 없었다. 아무르강(흑룡강)에서 배를 타고 놀다 오면 객실을 해결해 놓겠다고 하여 우리는 일단 흑룡강에서 뱃놀이를 했다. 그리고 저녁을 먹으면서 모두 술을 많이 마시고 깜깜한 밤이 되어야 호텔로 향했다.

객실 문제가 해결된 것으로 생각하고 호텔에 다다랐는데 도착한 건물 위쪽 간판에는 눈 모양이 그려져 있었다. 호텔 객실과는 다른 느낌이었지만 그나마 깨끗해서 술에 취한 채 잠이 들었다. 아침에 일어나 보니 객실은 전화기도 없고 마치 병실 같은 느낌을 주는 곳이었다. 복도로 나와 보니 안과 병동이었다. 복도에 다니는 현지 사람은 대부분 환자복 차림에 한쪽 눈에는 안대를 하고 있었다.

괘씸했지만 이미 어쩔 수 없는 상황이라 우리는 1박만 하고 다음 코스인 블라디보스토크(Vladivostok)로 나왔다. 여기서부터는 집으로 가는 길인데, 다운타운으로 가서 일본식 라면을 시켜먹으면서 한바탕 웃고 말았다.

몽골의 잠 못 드는 밤

1995년 최고위 멤버들과 처음으로 몽골여행을 갔다. 울란바토르 시내 호텔에서 1박을 하고 1시간 이상 걸리는 홉스골로 비행기를 타고 30여 명의 경영자들이 갔는데, 비행기가 호숫가 활주로가 아닌 벌판에 내렸다. 짐을 갖고 내려 보니 바닥이 그냥 자갈이 박혀 단단해진 길바닥이다. 비행기 활주로로 사용된 지 오래되었는지 맨들맨들하다. 그래도 40여 명을 태울 수 있는 비행기가 사뿐히 내린다.

짐을 가지고 두세 대의 보트로 옮겨 타 근 한 시간을 호수 위를 달리니 시원하기도 했지만 우리가 내릴 곳이 어떤 곳인지도 궁금했다. 주변은 작은 산 구릉이 호수를 둘러싸고 있지만 워낙 큰 호수라 사방이 거의 물이다. 우리는 게르 천막이 열댓 개 있고 관리동으로 보이는 집 한 채가 있는 곳에 내렸다.

그곳에서 우리는 목에서 피를 빼어 살아 있는 말을 도살하는 모습도 보았다. 말고기를 구워 주는데 맛도 없고 엄청 질겨서 먹을 수가 없었다. 양고

기도 나오는데 노린내가 너무 심해 먹기가 힘들었지만 맛은 말고기보다 나았다.

밤이 되니 천지가 깜깜하고 하늘의 별들이 머리 바로 위에 떠 있는데 아주 밝고 크다. 유성도 자주 밤하늘에 줄을 긋고 떨어지며 산화해 버린다. 우리는 잔뜩 쌓아놓은 장작을 그냥 가져와 모닥불을 피워놓고 밤새 노래와 춤을 추며 술을 마셨다. 모닥불에 추위를 피해가며 취기가 올라 몸을 못 가눌 정도까지 밖에서 지냈다. 결국 새벽 두세 시에 장작이 사그라지면서 마무리되고 게르(ger)로 들어왔다.

게르 안에는 네다섯 명이 자도록 침대가 둥그렇게 안쪽을 둘러가며 있고 가운데는 연통이 달려 장작을 넣는 난로가 있었다. 요령을 잘 모르는 우리는 오래오래 탈 수 있도록 장작을 마구 겹쳐 놓고 잤는데, 나중에 불길이 너무 세서 뜨거워 잠자기가 어려웠다. 많이 넣은 장작도 한두 시간이 지나면 다 타버려서 게르 안이 추워 견딜 수가 없었다. 할 수 없이 일어나 다시 남은 불씨에 장작을 여러 개 넣으니 마른 장작이라 순식간에 다시 활활 타오른다.

다시 잠을 청해 보지만 금방 타서 식어버리니 한두 시간마다 장작 넣기를 반복해야 해 잠을 설칠 수밖에 없었다. 장작 넣는 것도 요령이 있었는데 너무 많이 넣으면 빨리 타고 적게 걸치듯 듬성듬성 넣어야 한다는 걸 아침에서야 알았다. 그래도 게르에서의 추억은 빛나는 별빛과 장작 때문에 잊을 수가 없다.

1박만을 하고 다시 비행기 탑승을 위해 허허벌판 호숫가로 나왔는데 전도사라고 하는 젊은 부부가 열이 펄펄 나는 갓난아기를 업고 와서 발을 동동거리며 비행기 예약은 못 했지만 꼭 울란바토르 병원으로 가야 된다고 울먹거린다. 우리는 남는 좌석이 있을 것이라고 위안을 해주며 비행기가 도착하자 함께 타고 울란바토르로 왔다. 종교의 힘이 얼마나 큰지 사람도 별로 없을 듯한 흡스골까지 와서 젊은 부부 전도사가 목회를 한다는 사실에 놀라움을 금치 못했다.

몽골 테를지(Terelj) 풍경
국립공원 테를지(Terelj)는 여름 끝 짙은 녹음 아래 놓여 있다.
구릉 너머 먼 산은 희미하게 흰색으로 빛나고
하늘은 환한 파란색으로 수채화를 그려 놓았다.

몽골의 게르는 풍광 좋은 곳으로 꽃 따라 바람 따라 이동하는가.

어린 티를 벗지 못한 거무틱틱한 피부의 소년소녀의 말 타는 기합소리,
채찍소리는 날카롭다.
가여운 조랑말은 힘에 겨워 애처롭게 히힝거린다.

묵묵히 걸으며 온몸을 어린 아이에게 내어주고 있다.

아름다운 꽃들은 지천에 피어나 아름다움을 자랑하고
젊음을 자랑하는 순수 소녀들의 재잘거림도 봄꽃의 속삭임처럼
상냥스러운 풍경으로 다가왔다.

흡스골 별빛

하늘 천장이 땅으로 내려와 별빛 더욱 선명하다.
머리 위 별들의 잔치
까만 장막의 온밤 별무리 점점이 박혀
밤무대를 밝힌다.
밤새 떨어지는 유성들 세며세며 잠들기 힘들어라.
유성처럼 아스라이 사라져간 친구들
다시 별이 되어 소근거리며 정담을 밤새 나눌거나.
물 맑고 산소 그득한 흡스골 하늘에서도 그대들은 나를 따라와
오늘도 까만 눈동자 깜박이며 나를 지킨다.

축제의 밤 게르의 추억

호숫가 모닥불 사그러지고 별빛도 새벽 미명에 사라져 갈 때
뜨겁던 게르의 난로도 식어 추운 새벽을 맞이한다.

뜨겁던 여름 더위도 물러나고 찬 바람 안고 온 가을이 게르 안으로
파고든다.

흡스골 여름이 물러가고 게르 밖 정겹던 모닥불도 꺼져가고
이슬 피해 들어온 게르에도 난로불 사그러들면,
잠 못 이룬 밤 눈꺼풀은 무거워지고
추운 새벽 모포를 잡아당겨 잠을 청한다.

짧은 꿈, 짧은 인생,
축제의 밤 게르의 추억도 잊지 못하리.

몽골 체첸궁산의 꽃별
가도 가도 나무 하나 없는 초원의 벌판
깊은 골 높은 언덕바지 울창한 산림이 맞이하네.
비탈길 없는 체첸궁산
온통 벌판에 키 작은 들꽃을 뿌려 놓았다.
1년 365일을 기다려 우후죽순 피어나 온 산을 뒤덮어 놓은 야생화
6월의 기적을 이루었구나.
하늘의 수많은 별들이 낮에는 꽃으로 피어났는가!
노랑 빨강 하양 분홍 각자 제 자랑에 여념이 없다.
끝없이 펼쳐지는 6월의 들꽃축제는 짧은 순간이어라
짧은 욕망을 채우려 온갖 위선을 벗어던지고
사랑한다 처절하게 외친다.

브루나이(Brunei Darussalam) 여행기

2017년 10월 19일 목요일 브루나이 항공 로열브루나이(Royal Brunei)에 탑승했다. 시간은 밤 11시를 가리킨다. 5시간여를 날아가면 브루나이(Brunei) 왕국에 도착할 것이다. 현지시간으로 3시에 도착하여 호텔에 오니 4시가 되었다.

호텔이 7성급이라고 하더니 대단하지는 않다. 방은 널찍하고 호텔 벽면에 금박을 해 놓았지만 느낌은 리조트 느낌이 든다. 본관을 지나 밖으로 나와 5동을 찾으니 거기도 호텔 형태의 별도의 동이 나온다. 한밤을 자고 본관에 와서 조식을 해 보니 다양한 음식은 없지만 깔끔하게 되어 있다.

제주의 2배 반 크기의 브루나이는 보르네오 섬 옆에 붙어 있는 섬으로 태풍의 발원지라고 한다. 코타키나발루(Kota Kinabalu) 바로 옆에 위치되어 있다고 한다. 정오 정도에는 날이 맑아지더니 2시에 나오니 다시 구름이 잔뜩 끼어 있고 태풍이 오는 듯 바람이 세어진다. 석유 매장량이 세계 4위라고 하고 현재 GNP가 3만 8천 불이라고 하니 부자나라다.

식사 후 호텔 주변을 투어해 보니 탁구장, 당구장, 볼링장, 수영장, 테니스코트, 웨이트 트레이닝장, 사우나장 등 다양한 시설이 갖추어져 있다. 밖으로 나가니 골프장이 나오는데 아침에 내린 비로 잔디밭이 쑥쑥 들어간다. 간밤에 태풍이 지나갔는지 나무들이 쓰러져 있어 일꾼들이 쓰러진 나무를 베고 옮기는 데 바쁘다.

날씨는 점차 해가 떠서 동남아 특유의 습한 더위가 시작되고 있었다. 바닷물은 생각보다 아주 탁해 공항에서 내려 첫 번째 탔던 버스처럼 색감이 엉망이다. 호텔의 부지는 해변에 자리 잡아 아주 넓고 남국의 꽃나무와 수목이 멋졌다. 그 넓은 곳을 카트를 타고 여기 저기 다니다 바다방향으로 나오는 정자로 걸어가면서 많은 사진을 남겼다. 사진작가의 배려와 봉사로 많은 풍광과 자연 속에서 나와 함께 간 원우들의 모습을 찰나의 행복으로 기념하는 사진을 남겨 보았다.

10명이 타는 배를 타고 수상가옥으로 들어가 보니 방 안은 물 위에 있다는 느낌이 들지 않을 정도로 잘 안정되어 있다. 수상가옥이 즐비하게 늘어선 곳에는 초등학교, 병원, 파출소, 소방서 등이 다 갖추어져 있다.

야시장에 와 보니 생각보다 깨끗하게 되어 있고 이름 모를 과일이 너무 많다. 과일 중의 과일이라는 두리안을 먹었지만 글쎄 난 두리안의 참맛을 모르겠다. 매번 남국에 올 때마다 먹어 보지만 냄새도 별로 좋지 않아서 먹기가 부담스럽다. 오히려 망고가 가장 맛있는 것 같다. 하루를 마감하는 자리를 김 회장 방에 마련하고 인천공항 면세점에서 사온 21년산 위스키를 마시며 하루 동안의 여행에 대해 이야기했다.

다음 날은 브루나이의 또 다른 섬인 템블롱(Temburong)으로 말레이시아를 거쳐 들어간다. 바닷물은 어제보다 깨끗하고 수심도 낮아졌다. 태풍의 영향권에서 벗어났나 보다. 템블롱으로 향해 가는 쾌속정의 속도가 대단했다. 물살을 가르며 강기슭을 올라가는데 양옆의 숲이 울창한 밀림이다. 근 40분을 지나 중간에서 작은 일렬종대로 5~6명이 탈 수 있는 조정용 보트 같은 카누를 타고 엔진을 높이면 속도감이 대단하다. 강기슭에 마련된 마지막 기착지에 내려 신고를 각자 하고 천 계단 정도의 산길을 오르니 캐노피로 만든 전망대가 아주 색달랐다.

한 칸 한 칸 조립형 철제계단을 70m나 오르는데 아래를 보면 아찔하다. 철제 탑이 조금씩 흔들리니 한 구획당 한 사람만 오르라고 한다. 전망대에서 수초 동안 사진만 찍고 네 블럭의 계단을 내려오니 저쪽 철탑과 구름다리가 연결되어 다시 오른다. 그러한 철탑이 4개로 이루어져 전망대가 4군데 있으며 첫 번째 철탑이 가장 높은 느낌이 든다. 실제로는 마지막 철탑이 가장 높다지만 이미 첫 탑을 올라온 상태에서 다시 다른 철탑으로 이동해 올라온 것이라 느낌은 첫 탑이 가장 높은 듯하다.

다시 산을 내려와 보트를 타고 2km를 내려왔다. 구명조끼를 입고 튜브를 타고 물살을 따라 내려오니 넓은 강물에 떠내려가는 뗏목처럼 유유히 흐른다. 그러다 큰 물살과 파도에 몸을 맡겨 둥실둥실 떠다니기도 하고 양손으로 노를 저어 내가 가고 싶은 방향으로도 간다. 그렇게 2km를 내려가니 하늘과 양옆 밀림의 풍광이 좋다. 하늘에는 구름이 유유히 떠가고 내 몸도 강물 따라 유유히 떠간다. 옷이 다 젖었지만 다시 보트와 버스를 타고 돌아오는 동안 옷이 말라간다. 호텔에 도착하여 목욕을 하고 옷은 다시 햇볕에 말려 놓았다.

저녁을 호텔 6층에서 양식으로 했는데, 깊은 맛은 없었지만 호텔의 분위기와, 함께한 원우들 간의 대화가 분위기를 더 좋게 만들었다. 다시 호텔 방에 돌아와 남은 위스키를 마셔 가며 여행 무용담을 풀어 놓으니 다들 인생살이 중에서 여행이 가장 좋은 추억으로 남는가 보다.
마지막 날 골프하는 분들은 6시 반에 간단한 조식을 하고 골프장에서 7

시에 골프를 하기로 했다. 나는 모처럼 골프를 하지 않고 8시 식사 후 돌아보지 못한 실외 수영장 중심으로 호텔 이곳저곳을 걸어 다니며 풍경을 사진으로 남겼다. 날씨가 너무 좋아서 바닷물이 더욱 파랗게 보인다.

호텔 주변이 바닷가와 접해 있어 북쪽 끝에서 남쪽 끝까지 걷기에는 부담이 될 정도다. 약 2~3km 되는 거리를 거의 카트로 이동하는데 각 동의 호텔, 골프장에 카트가 대기하고 있다가 데려다주어 편리하다.

골프장까지 카트를 타고 가서 갤러리 투어가 가능하냐고 물어 보니 곤란하다고 한다. 마침 9홀로 끝난 우리 멤버들이 전동카를 타고 나와서 사진도 한 컷 찍었다. 다들 너무 더워서 힘들어한다. 9홀만 끝나고 그만할까 하시더니 그냥 하겠다며 후반 홀로 나가는 걸 보고 나왔다.

벌써 10시가 다 되었다. 11시 50분쯤 되니 골프 멤버들이 돌아왔다. 가이드와 함께 현지식 레스토랑에서 먹은 음식은 입맛에 맞는다. 대부분 현지음식은 입맛에 안 맞는 경우가 많은데 이번에는 의외로 우리 입맛에 맞아 다들 즐겁게 식사를 한다.

공항도 국토가 작은 탓인지 15분여 만에 공항에 도착하여 가이드와 작별 인사를 하는데, 단장께서 봉투에 얼마간 수고료를 넣어 감사표시를 한다. 작은 배려에도 덕이 있어 보여 좋다. 여행에서는 함께하는 동행자가 중요한데 참 훌륭한 분과 함께해서 감사할 뿐이다.

삼이라는 가이드도 명함을 한 장씩 돌리고 각자 과자 한 봉씩 비행기에서 드시라고 선물을 준다. 젊은 가이드가 열심히 하기도 하고 배려를 많이 하니 떠나는 여행자의 마음에 좋은 추억을 남겨 준다. 이제 5시간의 비행을 하면 서울로 가리라. 돌아가는 비행기 차창 가에서 보는 서편의 황금 빛으로 빛나는 저녁놀은 마지막 여행의 선물이다. 여행을 오기 전 감기로 계속 고생했었는데, 남국 브루나이에 와서 감기가 나아서 가니 약값 이상으로 여행이 도움이 되었다.

우리나라 공항의 수속은 참 빠르다. 전자여권을 만들어 처음으로 지문 인식을 통해 출국 수속을 마치니 인터넷이나 전자시대에 앞선 우리나라가 자랑스럽다. 배낭 하나 메고 간 여행이라 짐도 찾을 필요 없이 바로 나와 공항버스를 타려고 나갔는데 5분 차이로 버스를 놓치고 11시 10분 버스를 40분여 기다려 탔다. 여행객들이 각자의 방향으로 가는 공항버스를 타기 위해 30여 군데의 버스 출발장소로 움직이니 공항버스 제도도 우리나라만큼 잘 되어 있는 곳도 없는 것 같다.

아! 우리나라 좋은 나라! 선진적인 시스템으로 더욱 편리하게 되어 있어 집으로 가는 길이 너무 편하다. 이제 내일부터 일을 시작해야지, 연말 진행해야 할 일들이 잔뜩 내 맘을 짓누른다.

신년의 미얀마 여행

연말, 연초 사이의 미얀마 첫 방문

현지시간으로 밤 11시 넘어 지연 도착된 대한항공 비행기에서 내려 출국 수속을 밟는 데 거의 2시간이 걸렸다. 외국인용 게이트에 배정된 줄은 딱 2줄, 미얀마인용 게이트에 배정된 줄은 5줄, 외국인들이 서서 기다리는 줄이 미얀마 쪽 줄에 비해 거의 5배 이상 길게 늘어서 있는데도 다른 조치가 없다. 외국인에 대한 차별적 홀대정책이다. 비자도 받아야 하는 나라니 뭔가 발전하는 나라와는 딴판이다. 자기 국민들의 수속이 거의 다 끝나니 그제야 긴 외국인 줄을 자기네 입국수속 게이트로 안내했다.

택시는 두 명이니 호텔까지 10불을 달라고 한다. 20여 분 달려 베스트웨스턴차이나타운 호텔에 도착했다. 오는 길 왼편엔 쉐다곤 파고다 탑이 불을 밝힌 채 엄청 큰 키로 위용을 자랑하고 있었다. 탑은 호텔에서 걸어서 30분 걸린다고 한다. 한국시간으로 거의 4시에 잠을 자려니 오히려 잠이 안 와 많이 뒤척이며 잠을 청했다. 비행기에서도 한잠을 못 잤는데도 감기기운으로 머리만 아프고 잠이 오지 않았다.

겨우 몇 시간을 자고 일어나니 호텔 밖에서 차의 경적소리와 닭 우는 소리가 동시에 난다. 닭은 마치 나보고 빨리 일어나라고 하는 듯하다. 결국 이곳 현지시간으로 새벽에 호텔에 와서 짐 풀고 5시간여 자고 나니 오전 6시 30분이 되었다. 머리가 몹시 띵한 게 영 개운치 않다. 다행히도 날은 아주 맑고 좋은 날씨가 펼쳐지니 양곤에서의 하루가 기대되었다.

양곤에서의 첫날

양곤에서의 첫날이 밝았다. 묵은 호텔은 3스타급으로 별로 좋은 호텔은 아니었다. 밖에서는 밤새 노랫소리가 크게 흘러나오고 택시 경적 소리까지 더해져 도저히 잠을 못 이루게 하는 곳이었지만 아침 식사메뉴는 괜찮았다. 식사를 마치고 나서 은행을 찾아야지 생각은 했건만 몸은 쉐다곤 파고다를 향해 걷고 있었다.

은행에서 먼저 환전을 해야 현지 화폐로 입장료도 내고, 식사도 가능하지만 은행이 보이지 않는다. 쉐다곤 파고다로 가다 보면 은행이 있겠지 생각하고 그 방향으로 걸어갔다. 그런데 가면 갈수록 숲만 나오지 뭔가 은행이 나올 만한 느낌의 거리가 아니었다.

20여 분을 걷다가 건물들이 있는 오른쪽 방향으로 틀어 나갔지만 은행은 보이지 않는다. 지나가는 행인에게 물어보니 다운타운 쪽으로 가야 은행이 나온다는 말을 듣고 20여 분을 걸어 호텔 방향으로 다시 돌아가다 보니 그제야 은행이 보인다. 은행으로 들어가려니 은행 문이 닫혀 있다. 그때서야 오늘이 토요일이고 내일은 일요일, 그리고 이곳도 정초 1월 1일은 휴무일이라는 걸 알게 되었다. 해외에 나오니 요일, 휴무일 감각을 잃어버리고 은행을 찾아 헤매었던 것이다.

별수 없이 이곳에 있는 동안 은행 환전은 틀려 버렸다. 은행 ATM기에서 신용카드를 넣어 돈을 현지 화폐로 꺼낼 수밖에 없었다. 일단 105,000짯을 찾았으니 우리나라 돈으로 10만 5천 원 정도를 찾은 것이다.

일단 돈을 찾은 후 너무 더워 걷기가 힘들어서 택시를 잡아타고 쉐다곤 파고다로 왔다. 쉐다곤 파고다 입장료가 인당 1만 짯이라니 상당히 비싼 입장료인 셈이다. 신발을 벗고 들어가려니 양말까지 벗으라고 한다. 엄청 많은 관광객이 입장을 하는데, 상당한 높이의 계단을 실내를 통해 올라가니 멀리서 보았던 금빛 파고다가 나타난다.

대형 파고다 주변으로 수없는 작은 파고다가 나란히 도열하여 그 안에 부처를 모셔두고 있다. 누워 있는 와불은 가슴을 살짝 드러내어 상당히 요염한 자세이다. 부처 주변엔 형형색색 전구가 깜박거리면서 후광을 빛나게 만들어 놓았다.

너무 더워 쉴 곳을 찾으니 이미 많은 관광객이나 기도하는 사람들이 그늘에서 많이 자리를 차지하고 있다. 그곳에서 20여 분을 쉬니 바람도 땀을 식혀 주어 일어서기가 싫다. 무슨 죄를 많이 지어 이렇게 많은 불상을 만들어 염불을 하며 죄를 뉘우치는 건지, 아니면 얼마나 행복한 삶을 기원하기에 이렇게 큰 파고다 절을 지어 많은 사람들에게 기도하게 하는지 궁금하다.

대강 한 바퀴 도는 데 2시간여 시간이 흐른 듯하다. 그곳을 나와 깐도지 호수공원을 향해 걸었다. 택시를 탈까 하다가 지도상에서 보니 그리 먼 느낌이 들지 않아 무작정 걸었다. 한 20여 분을 걸으니 숲이 많이 나오고 호수가 보였다. 그곳을 들어가려고 하는데 입구 근처에 'Garden'이라는 팻말을 내건 멋진 1층짜리 레스토랑이 보였다. 사진을 찍다가 아예 들어가서 커피 한잔하면서 쉬기로 하였다.

무더위가 한참 기승을 부릴 오후 12시 반이 되었다. 커피 2잔을 시켜 호수를 내다보며 사진을 담아 보기도 하고 시간을 보냈다. 점심 생각은 없었는데 안사람이 이곳 식사가 괜찮은 듯하니 먹어보자고 부추긴다. 사실 아침을 늦게 먹고 잠이 부족해서인지 밥은 먹고 싶지 않았으나 체력을 위해 간단히 먹었다. 커피는 인당 2천 5백 짯(2천 5백 원), 점심은 8천 짯이었다.

오후 2시까지 느긋하게 식사를 마치고 다시 호수에 놓인 브릿지를 걸었다. 바닥을 긴 나무토막으로 가지런히 놓아 만들었는데 잘못하면 그 사이로 빠지지 않을까 걱정이 들 정도였다. 이곳의 젊은 연인들이 휴일을 맞아 많이 나와서 쌍쌍이 걷고 사진을 찍는데 여성들은 거의 다 베트남에서 본 아오자이 옷을 입고 남국의 느낌처럼 형형색색 옷 색깔이 아름답다. 뚱뚱한 처녀는 한 명도 안 보이는 거 보면 DNA 자체가 그런 거 아닌가 생각이 든다.

호수 중간에는 노란 애드벌룬이 떠 있는데 열기구인 모양이었다. 멀리서 볼 때는 높이 올라가 있더니 가까이 가자 내려와 있다. 오른편에는 동물원이 있다. 호수를 끼고 수목이 울창하여 아베크족들이 많이 거니는 것을 보니 이곳이 양곤 사람들의 휴식공간인 게 확실하다. 큰 나무들로 둘러싸인 큰 숲이 형성되어 있는데 주변 차량에서 뿜어대는 매연을 이곳에서 정화시키고 있는 듯하다.

많이 걸었더니 피곤하기도 하고 좀 잠이 부족해서 호텔로 들어와 쉬고 싶어져 택시를 타고 돌아오는데 인도·차이나타운 거리가 엄청 차로 붐벼서 좀처럼 차가 빠져나가지를 못한다. 기사가 호텔 근처까지 왔지만 찾지를 못해 호텔 키에 적인 주소를 준 후 100여 미터 더 가서 호텔을 보고 내렸다. 택시비도 3,000짯 정도밖에 안 나온다. 택시가 아주 형편없는 대신 택시비는 싼 느낌이 든다.

오늘 쉐다곤 파고다와 깐도지 호수 관광은 그런대로 양곤에서 최고의 여행지가 아닐까 생각된다. 일단 양곤시내에서 가장 가까운 곳이라서 더욱 많은 사람들이 드나들기 쉽고 시민들의 휴식처로는 안성맞춤인 듯하다.

17년의 종착역 12월 31일을 미얀마에서

31일 아침은 어제보다는 컨디션이 더 나은 것 같았다. 오전 7시부터 1시간여 동안 술레 파고다를 가니 그곳은 번화가로 다운타운이다. 아웅산 수지 여사의 선거 포스터가 많이 놓여 있었다. 마하반둘라 공원 옆에는 영국식 시청이 자리하고 있다. 많은 시민들이 나와서 새벽 체조를 하고 있었다. 이곳에서 체조를 하는 사람들은 다들 뚱뚱한 편인 거로 보아 인도계 시민들이 많아 보인다.

이곳 여성 주민들은 얼굴에 뭔가 회칠을 해서 피부 보호를 하는 모양인데, 알고 보니 타나카라는 화장품을 발랐다고 한다. 글쎄, 내 생각에는 오히려 얼굴에 바른 게 더 아름답지 않은 느낌이다. 차도에는 신호등은 있는데, 길을 건너는 시민들을 위한 신호등은 아니다. 다 차가 우선이고 사람들은 눈치껏 차를 피해서 건너야 한다.

시장은 아침부터 인산인해다. 잉어를 토막 내서 팔고 각종 채소와 육류를 파는 현장이 보인다. 남자나 여자나 뭔가 시장에서 산 걸 한 봉지씩 들고 다닌다. 시장 옆길로 돌아오는 길에 황금색 가운의 옷을 입은 탁발스님 무리가 2열을 지어 돌아다니는데, 20세 정도의 젊은 아이들로 이루어져 있다. 오늘은 인야 호수를 중심으로 돌아다니고 와불이 있다는 곳을 다녀올 생각이다. 오전엔 시청에 다녀오고 나니 힘들어서 늦게까지 방에서 휴식을 취하고 나가기로 했다.

호텔을 나가면서 호텔 객실 사용시간을 내일 오후 6시까지로 연장했다. 내일 밤 11시 30분발 항공이라 아무래도 천천히 나와야 될 입장이다. 택시를 타고 인야레이크 호텔까지 가자고 했다. 내린 지점이 호텔 근처인 줄 알고 호수 근처를 걷는데, 멀리 롯데호텔이 높게 서 있다.

호수의 제방 길을 걷는데 햇살이 뜨거웠다. 양산을 펴서 제방 끝까지 걸으니 더 이상 나갈 길이 없다. 다시 제방 밑의 야자수 길을 걸어가는데 연인들이 10미터 정도 떨어져 그늘에서 양산으로 몸을 가린 채 부둥켜안고 밀어를 나누고 있다. 제방을 한 바퀴 돌아 나오는데 근 3킬로는 걸은 것 같다.

인야레이크 호텔에 내려 달라고 했는데, 와 보니 양곤대학교 근처에 내려주었던 것이다. 그 주변은 양곤 요트·보트 클럽이 있어 멋스러운 경관이었지만 시민이 즐기기는 어렵게 되어 있었다. 2시간 이상 걸어 나오면서 물어보니 세도나 호텔은 걸어서 30분 걸리고 인야레이크 호텔은 걸어갈수 없는 거리라고 한다. 기사가 우리를 인야레이크의 연인들이 많이 걸어다니는 곳에 안내한다고 그곳에 내려주고 갔던 것이다.

세도나 호텔까지 걸어오는 동안 후지커피하우스에 들러 냉커피 두 잔을 시켜 놓고 땀을 식혔다. 1시간여 있으니 어느 정도 젖은 옷이 말라 간다. 이곳 커피샵은 바로 왼쪽이 미국 대사관인 것으로 보아 미얀마의 부유층들이 많이 오는 곳인 듯하다. 점심시간이라 부유층 손님도 많이 차 있었다.

다시 그곳을 나와 걸어가니 미 대사관 건너 50미터 지점에 한국 대사관이 있다. 초인종이 고장 났는지 현지 사람들이 5여 명 나와서 공사를 하고 있다. 반가운 김에 사진을 찍어 두었지만 무엇에 쓰려나. 그 지점에서 30여 분 걸으니 호수 옆으로 큰 건물 두 동이 보이는데, 미얀마 프라자와 세도나 호텔이었다.

덥기도 하고 피곤도 하여 세도나 호텔로 들어가니 볼룸 쪽에서는 엄청 큰 결혼식이 벌어지고 있다. 잠시 들여다보니 우리와 비슷한 호텔 결혼식 분위기로 보인다. 로비 라운지에 앉아 캔맥주, 아이스크림, 조각케이크를 먹었는데 23불밖에 안 나온 거 보면 그리 가격이 비싸지 않은 것 같았다. 밖의 수영장 주변에는 한참 오늘 저녁에 할 만찬 행사 테이블을 정리 중에 있고 음악밴드가 리허설 중인 듯했다. 새해맞이 이브 밤 행사라고 쓰여 있는 것을 보니 오늘 한 해를 보내며 새해를 그곳에서 맞이하는 만찬 행사를 할 모양이다. 테이블을 아주 아름답게 꾸며 놓고 행사장 위쪽에서는 여러 색깔의 풍선이 전깃줄에 매달린 열맷 개의 그물박스 안에서 날아갈 준비를 하며 벅찬 새해 하늘로 비상코자 부푼 꿈을 안고 설레고 있다. 내일 다시 오라고 할인 티켓을 주는데, 내일 다시 올 가능성이 있을까?

호텔로 돌아오는 길에 택시를 잡아타고 와불이 있다는 차욱탓치 파고다에 왔다. 차가 엄청 막혀 30여 분 걸린 듯한데 3,000짯을 달라고 한다. 우리나라 택시 기본요금이다. 이곳 택시는 거의 미터기가 안 보인다. 양말까지 벗고 안으로 들어가니 아마 6~7미터 정도로 여겨지는 요염한 붓다가 화장을 한 채로 비스듬히 누워 살짝 미소를 보이고 있다. 바로 앞에서는 붓다에게 소원을 비는 신도와 탁발승이 있었는데 곧이어 일어서서 나온다. 탁발승들은 짙은 감색 천을 두르고 있다. 다들 젊은 아이들 같다.

그곳을 나와 길거리에서 택시를 잡아탔는데 운전수가 호텔 위치를 잘 몰라 헤매는 듯하여 호텔에서 준 지도를 보여주니 제대로 찾아왔다. 꽤 먼 거리를 왔는데 4,000짯을 달라고 한다. 오늘도 많이 걷고 더워서 많은 물을 마신 탓에 배도 부르고 쉬고 싶은 생각뿐이다.

티브이를 트니 한국의 KBS방송이 나온다. 영어 자막이 밑에 나오니 이국만리에서도 우리 방송을 보느라 마눌님은 심심해하지 않는 장점이 있구나.

1월 1일을 미얀마 양곤에서 맞다

쉐다곤 파고다에서 폭죽을 터트린다고 해서 호텔 커튼을 조금 열어놓고 소리 나기를 기다렸다. 티브이를 트니 서울 KBS에서 연예인대상 시상식을 하면서 12시를 넘겨 새해를 맞는다. 2시간 뒤에야 이곳은 새해의 폭죽이 터지는데 피곤해서 기다리기가 어렵다.

휴대폰에 11시 55분으로 알람을 맞추어 놓고 잠을 청했다. 금방 알람이 울린다. 밖에서 폭죽 터지는 소리가 여러 방 나는데, 밖을 보니 쉐다곤 파고다를 둘러싸고 이곳저곳에서 나지막한 높이로 폭죽이 터진다. 우리가 자주 여의도 상공에서 본 폭죽과는 많은 차이가 있다. 그래도 사방 여러 군데서 폭죽이 터지니 이곳에서도 많은 시민들이 새해를 거리에서 반기며 즐거운 모양이다.

오늘 아침에는 중앙역까지 걸어가 왕복순환열차를 타기로 하였다. 지도에서 보니 여기서 걸어 한 20여 분 정도 걸릴 듯하다. 역은 쉽게 찾았다. 역의 모양이 허술하다. 우리처럼 지붕이 있는 역사는 안 보인다. 그냥 기찻길 위에 비나 햇빛만 가리게 양철 지붕이 길게 되어 있다. 표를 끊으니 바로 8시 35분 차를 타도록 안내한다.

기차는 3시간 정도 동안 거의 30여 개 정도의 역을 거쳐 다시 양곤역으로 돌아오는데 장사하는 사람들이 너무 많이 오가고 짐을 싣고 타고 내리는 주민이 많았다. 자리를 잡았지만 나이든 사람과 어린아이들이 탈 때마다 일어서야 하는 게 아닐까 생각도 들었다. 하지만 너무 붐벼서 일어서기가 불편하다.

기찻길 옆은 넓은 쓰레기들이 많고 구정물 속에서 뭔가 채소를 기르기도 한다. 산은 하나도 안 보이고 벌판에 개발의 조짐조차 보이지 아니했다. 가끔 베트남이나 중국에서 보았던 느낌의 시골풍경이 나오기도 하지만 뭔가 목가적인 느낌보다는 지저분한 느낌이 더 많이 든다. 이곳 삶이 쉽지 않다는 생각이 든다. 너무 불쌍한 생활 모습을 보게 되어 안쓰러운 마음에 괜히 많은 시간을 순환열차 관광에 쓴 게 아닌가 생각이 들기도 하였다.

탑승한 지 3시간이 되니 우리가 타기 전 눈에 익었던 빌딩 모습이 나오는 거 보니 양군중앙역이 나오는 것 같다. 어제보다 한층 더 더워졌는지 가만히 있어도 진땀이 나서 온몸이 끈적끈적한다. 더 이상 밖에 다니는 건 무리인 듯하다. 이제 호텔에 들어가 씻고 휴식을 갖는 게 더 좋을 듯했다. 더위를 피하기 위해 국립박물관이나 국립민속촌에 다녀올까 했는데, 연휴라 다 휴무로 문을 닫았다고 한다. 오히려 연휴에는 이런 곳을 열어야 관광객이나 이곳 시민들이 볼 수 있을 텐데 말이다. 지나오는 길의 영화관 옆에는 영화를 보려고 기다리는 사람들이 많다. 놀이가 이곳에도 부족한 게 아닐까 생각이 든다.

저녁 6시에 체크아웃을 하고 장혜리 씨와 약속한 롯데호텔 14층의 도림이라는 중국식당을 찾아왔다. 어제 와서 본 인야 호수 근처의 높은 호텔이라 금방 알 수 있었다. 작년 9월에 오픈했다고 하는 호텔이라 아주 깨끗하고 로비도 아주 넓고 잘 정돈이 되어 있다.
식사를 1시간여 마치고 공항으로 왔다. 시간이 거의 3시간 이상 남은 상태라 의자에 누워 긴 잠을 청했다. 오랜 시간을 타고 가야 하는 입장이라 비행기 탑승 후에도 바로 잠을 청해 오는 길에는 잠이 부족하지 않아서 머리 아픈 일은 없었다.

여정 **9**

마음 속 시 하나, 노래 하나, 여행길 꽃처럼 피어나다

삶의 여정 속에서 오랫동안 몸을 담아온 직장은 씨를 뿌려 나만의 나무로 자라고 '나'라는 꽃을 피우는 데 큰 밑거름이 되었다. 33년이란 긴 세월을 한곳에서 뿌리 내렸다. 첫 직장이 내 뿌리이자 본업이라 생각하며 한자리를 굳건하게 지켰다. 뜻하지 않게 33년간 지켜온 자리를 물려주고 나오긴 했지만 청·장년기를 지나 은퇴할 나이인 예순에 나와서 보니 힘들었던 시간과 시기가 다 축복이었다는 생각이다.

별빛

한여름 밤 별빛은 강마을
바닷가 산 고을 곳곳마다
연인의 눈빛처럼 내려오고
가을 깊은 밤엔 푸른 별빛이
배, 대추, 사과에 떨어지며
계절을 익힌다.

한겨울 추위 속에서 떠는 별들은
창틀로 기어 들어와
화롯가 어머니 품속으로 와서
사랑의 노래가 된다.

꽃피는 봄날엔 별빛으로
지상에 총총히 내려와
봄꽃이 되어 만발한다.

인생도 별빛처럼
언제나 환하게 외로움을 떨치고
하늘의 노래를 땅 위에서
부르게 하면 좋으리라

한강

혹독한 겨울 얼음장 밑으로 말없이
흐르며 봄을 기다리고.
두꺼운 얼음도 따사로운 봄 햇살에 살얼음이 되는 이른 봄

잔잔한 물결 위로 겨울 오리 떼들이 옹기종기
모여 이야기 나누며
따스한 봄이 시작된다.

연두빛 물푸레 잎사귀, 진달래, 개나리꽃이 피어나면
한강은 노랑 빨강 분홍 빛깔로 물들고 봄의 교향곡이 시작된다.

왁자지껄한 한낮 여름 한강은
하얀 연인들의 낭만으로 밤을 지새우며 흘러가고.
우레 소리 요란한 우기의 한강은 무섭게 황톳물을 토해 내며
산더미 같은 태풍을 끌어안고 강바닥에 집어 넣는다.
모든 세상의 더러움을 안고 한강은 다시 가을로 부활한다.
시원한 바람이 불고 창밖에서 둥근 달이 뜨는 가을밤
푸른 물빛 속에 밝은 달을 담고 그리운 님을 기다린다.
한강은 사시사철 주야로 흐르며 주변의 변화에 순응하면서도
끊임없이 맥을 이어 간다.

한강은 청춘의 꿈이 태어나고 태풍 속에 외로움이 여물어지고
뜨거운 태양 속에서 인내심이 익고
찬 바람에 생에 대한 각오가 단단해져
혹한의 겨울을 이겨 낼 수 있었던
터전이었으리라.

여름

무더위 기승을 부리는 여름

내 마음의 백지에 푸른 숲, 파란 바다를 그린다.

숲속 향기 가득 품고 날아온 시원한 바람이

짙은 녹색의 푸르름을 그려 놓고

파란 바닷물 출렁이는 물결이

하얀 포말을 일으켜 파란색 위에 하얀 그림을 그린다.

아! 언젠가는 지나갈 여름이지만

낭만과 청춘도 함께 사라지지 않을까

/ 세상의 문을 두드려라 !

음악이 있는 삶

자유로운 영혼을
여유로운 마음을
선물하는 그대.

슬픔도 아픔도 꽃으로 피어낸다.

향기로운 선율을
마음 보석함에 담아
기쁠 때도 열어보고
슬플 때도 열어 보자.

마음의 꽃밭에 아름다운 선율의 씨를 뿌리고
꽃을 피워 사계절 노래하자

언제나 그대와 함께라면 축제의 날 기쁨의 시간.
종달새 하늘을 날며 자유롭게 노래하고,
별빛 영롱하게 반짝이며 노래한다.

봄꽃이 지면 여름꽃 피어나고
여름꽃 지면 가을꽃 하늘거리며 피어나듯
마음의 노래도 봄 여름 가을 겨울
잊히지 않고 피어나리라.

처마 밑에서

호랑이 장가간다더니 날벼락 치듯 비바람 후려친다.
허둥지둥 처마 밑으로 소낙비를 피해도
금세 옷 구두 온몸이 다 젖는다.

비 맞은 생쥐마냥 머리칼도 엉망이다.
지나가는 비 개겠거니 해도 그칠 줄 모른다.
인생 살다 궂은일은 있는 법,
기다려 보자.

온통 먹구름 속 하늘에서는
다이너마이트 터지듯 쿵쾅거리고
번쩍 은빛 칼날을 치켜든다.

지나가는 사람들 온몸을 우산 속에 숨겨
바삐 인생길을 재촉하고,
저 멀리 커피숍에 앉아
비바람에 아랑곳없이 행복과 도란거린다.

아! 처마 밑에서라도 비바람 치는 이 거리,
이 세상을 피할 수 있음에 감사하여라.

엄마

뒤돌아 뒤돌아보다 눈물이 앞을 가린다.
이렇게 만나고 헤어짐이 어색하다.

세월 앞에 묵묵히 따를 수밖에.
모시지 못하고 돌아오는 발걸음은 천근만근.

만나도 할 말은 없다만 헤어짐이 괴롭다.

"다시 또 올게요."
이 말밖에 더 할 변명이 없으니 참 어렵다.

그래도 손을 잡으면 따뜻한 온기가 내 핏줄을 타고
심장에 다가와 엄마를 느낀다.

엄마! 맘속으로 불러 본다.
너무 죄송해요.

이런 내가 나도 싫다.
살아생전에 잘 모셔야 된다고 하면서도
마음대로 되질 않는다.

갈 때마다 갖고 가는 다과류.
이런 것으로 엄마의 마음을 다독일 수 있을까.

내 마음의 양심을 팔고 있는 나
언제까지 이렇게 살아갈건가.
헤어져 지내면서 생각도 안 하다가
불현듯 그리워 달려가 안은 나의 어머니.

정말 미안하고 죄송해요.
살다 보니 그렇게 되었어요.

변명 아닌 변명하는 제가 밉습니다.
어머니! …엄마!

어머니를 보내드리며…

복사꽃은 사라지고 세월 속에 늙은 호박껍질마냥 두텁다.
세월이란 빗물이 내려 바위도 뚫어버렸다.
못 이룬 것 없는 인생이건만 세월만큼은 이기지 못하고
땅에 떨어진 꽃잎이 빗물에 흩어져 생명을 잃었다.
새로운 생명을 잉태하고 모든 일을 다 이루고
떠날 차비만 서두른다.

눈물이 눈물이 흐른다.
세월이 세월이 무심하다.

다시 돌아갈 수 없는 청춘,
헛세월 속에 다 버리고 자식 하나 달랑 두고 떠나시는가.
노심초사 달려온 고지에 와보니 신기루 역사.
그 많은 사랑 부여잡고 걸었던 길,
돌아보니 가야 할 길이 아니었더라.
허허로운 인생길에 이제는 정신이 헛돌아
돌아갈 길 막차로 간신히 부여잡고 가시네.
자식도 누구도 잡아드리지 못하니

인생길 스스로 홀로 가는 길,
외롭고 쓸쓸해도 홀로 이겨내야 하는 길.

허물어져 가는 몸이라도
부디 마음이라도 강건하소서.

엄마 손

쭈글쭈글한 검버섯 박힌 손이지만
엄마의 심장이 흘러
따스한 체온이
전해 온다.

구불거리는 푸른 심장이
손등을 타고 내려와
내게 말한다.

너 하나 살려 키우느라
세상살이 어려움을
다 이겨냈노라고.

세월은 못 비켜 나가
거칠은 개펄처럼
엄마의 인생 굴곡은
엄마 손에서 읽힌다.

아! 그 핏줄을 통해
내 생명을 이어 주었으리.

어여쁜 손이
세상풍파와
싸워내느라 투박해졌으리.

가을에 떠난 그대

붉은 단풍
온 산을 물들일 때
내 마음도
붉게 타네.

비바람 천둥 번개
훑고 간 산아

아픔과 슬픔이
알알이 박힌 내 마음

이제는 고백하리

참고 참아가며
묻어둔 내 마음

붉은 산에 묻어두고
소리 높여 외치리.

말 한마디 못 하고
보내버린 그대

그대 멀리 사라지고
붉게 물든 옷 벗을 때
눈물로 후회하네.

돌아가기 어려운 시절
낙엽 튕구는 이제사

지난가을을 기억하면
무엇하리.

첫눈

그리웁던 그대,
흰 옷 갈아입고
천사처럼 내려와

나뭇가지 위로
내려와
창밖에서
서성이며
기다리다
기다리다
돌아섰네.

만나자 만나자
첫눈에는 만나자
약속했건만
까만 밤길을 잃고
쓰러져 잠들어
그대를 만나지 못했네.

포근하게 나를 안아주고
반겨 줄 그대
보지도 못하고 눈물로
이별이네.

다시 긴 밤을 보내고
그대 다시 올 때는
밤새워 기다려
그대를 보고보고
껴안고 놓치지 않으리.

민들레

가장 낮은 곳으로
내려와

가장 먼 곳으로
날리운다

땅에 뿌리를 박고
봄바람에도

날리우게
가볍게 살아간다.

민초라
밟혀도 죽지 않고
다시 살아난다.

일으켜 주지 않아도
스스로 일어나

어떤 바람에도
꼿꼿하게 버틴다.

노랑저고리 입고
면사포 쓰고

바람 따라 저 멀리
흰 구름 속으로
날아올라 갈 제

또 다른 세상을
기약한다.

초동(初冬)의 자연과 인간

쌀쌀한 초겨울 바람
든든한 옷으로 갈아입고
따스한 차 한 잔 그립다.
북풍 몰아서기 전
성벽에 기대어
귀 기울여 보노라.

어디쯤 그 바람 오고 있는가.

북벽을 타고 넘어 오는 바람소리
내 귓전을 타고 내 마음에
겨울이 들어오네.

전나무 단풍나무
마음을 비우고
바람에 옷 벗고
겨울을 맞는다.

한 세상 풍미하고
곱게 숙명만을
기다리는데,

인간은 열심히
걷고 달린다.

수없는 돌계단, 나무 둥걸 밟고
숨차고 힘들어도 끝없이 걷는다.

자연은 말없이 세상을
받아들이고

인간은 끝없이 세상과
맞서며 선다.

그래서 자연은 위대하다 하고

그래서 인간은 더 위대한 모양이다.

풀꽃문학관 나태주 시인

나이 들어도 어린아이 얼굴.

천진난만한 웃음이
우리 마음을 맑게 한다.

첫 만남에
마주 보며 행복의 시를
나눠주고

첫 만남에
함께 보며 행복의 노래를
부르며

첫 만남에
서로 기대어 행복의 기쁨을
합창한다.

"자세히 보아야 예쁘다.
오래 보아야 아름답다.
너도 그렇다."

서로 칭찬하고
덕담을 나누며
기쁨의 노래를 하니
다들 이쁘고 아름답다.
고생만 하고
멀리 가신 부모님 생각에
눈물 흘리고
철없는 자식 잘되기만
기도하는 오늘날의 우리들.

풍금소리에 맞추어
합창하니 옛날이 그리워진다.

풀잎에 영롱하게 빛나는 이슬처럼

영혼을 맑게 만들어 주는 새벽의
시인처럼

저녁 해 질 무렵 붉게 물든 저녁놀처럼

고향을 찾아가는
황혼의
시인처럼

햇살에 사라질 이슬이고 쓰러져 갈 황혼이지만,
아름다운 마음으로 시를 짓는 그대가 있음에
우리 모두 시인이 되고 싶어라.

가을의 시와 함께

헤르만 헤세의 시가 흐른다.
옥구슬 굴러가듯 낭랑한 낭송이 이어지고
기타 반주에 시 음악이 물결친다.
잔잔한 호숫가에 백조가 유유히 노닐고
노을 지는 황금빛 석양으로 기러기 날아간다.
호수면을 박차고 날아오른 물새처럼 급한 선율이 피치를 오르며 산 너머로
사라지니
음악의 여운은 머릿속에 남아 떠나지 않는다.

윤동주의 '별을 헤는 밤' 시 낭송이 이어지니
우리의 영원한 시인은 다시 우리 곁으로 살아 돌아왔다.

가을이라 그런가.
다들 시인이 되어
마음속에 시 하나 노래 하나
품고 돌아간다.

무를 유로
죽은 것을 살아나게 하고

창조의 주인인 상상력을 통해
우리 모두 이 가을에 시인이 되어 보자.

시인의 마음을 쓰는 작사가.
시를 노래로 만드는 작곡가.
시인의 마음으로 노래하는 성악가.
아름다운 선율에 취한 관객.
다 하나 되어 노래하고
박수로 브라보! 브라바! 브라뷔!

우리 인생의 희로애락이 함께한 시를 작곡하여
우리 함께 영원히 불러 보자.

하루 이틀
한 달 두 달
한 해 두 해
인생 끝날 때까지

아름답게 작사하고
멋지게 작곡해
인생 폼 나게 살아보자.

안흥 나그네

가을 하늘은 파아란 하늘빛 바다.
솜사탕, 조개, 새털구름이 가을 하늘을 수놓고
그 속에 내 마음 가는 대로
그림을 그려 볼까.
노란 벌판, 징검다리 냇가를 가로질러
가을의 한 모퉁이를 돌아 걸어온 길
뒤를 돌아보니 산길, 들길, 밭길, 들판길이
벌써 저만치 멀리 사라져 간다.

콩타작을 하는 도리깨질은 가을의 소리
이미 안흥 벌판 속에도 우리 가슴속에도
가을은 들어섰다.

저 멀리 들리는 읍내 장마당의 흥겨운 풍악소리는
어린애처럼 마음을 들뜨게 한다.

뻥튀기 소리와 연기에 놀라고
붉은 대추, 하얀 찐빵, 구운 노란 알밤을 먹어가며
작은 시장 마당을 돌아보니
가을을 한입에 털어 넣은 듯 배가 부르다.

안흥 맛은 인심의 맛
자연은 깨끗하고 풍성하다.
거기서 담근 인생 또한 자연을 닮았다.

모두 자연을 노래하고 자연을 닮으려고
오늘 하루를 모두 자연에 바쳤다.
자연도 우리의 정성에 감동하여
파란 하늘 하얀 구름 푸른 가을을
선물하지 않았을까.

돌아오는 길목 하늘 서편엔
태양을 향해 줄지어 조개구름 장관의 그림을 펼친다.
오늘 하루 하늘에서 펼치는 구름의 군무는
이번 가을의 대표작품으로
잊지 못하리

가을 노래

가을을 노래한다.
갈잎, 낙엽, 기러기 흩어지고 날아간다.

클라리넷 음색도 가을엔
가을바람 소리로

피아노 음률도 갈색으로 변해
시월의 어느 멋진 날이 되었다.

아름다운 하모니는 아름다운 사람을 만든다.
아름다운 노래가 아름다운 하모니로.
다들 긴장하면서도 조용하고 부드럽게
흐르다 한껏 높은음자리에서 멋드러지게
뽐을 낸다.

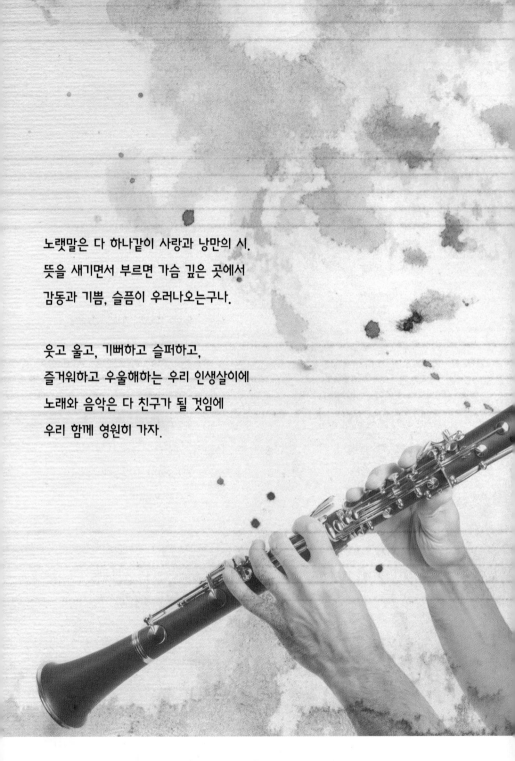

노랫말은 다 하나같이 사랑과 낭만의 시.
뜻을 새기면서 부르면 가슴 깊은 곳에서
감동과 기쁨, 슬픔이 우러나오는구나.

웃고 울고, 기뻐하고 슬퍼하고,
즐거워하고 우울해하는 우리 인생살이에
노래와 음악은 다 친구가 될 것임에
우리 함께 영원히 가자.

바람

부드러운 꽃향기 안고
먼 고향 남녘으로부터
날려오고
나 그대 꽃바람 속에
오리라 기다리네.

산바람 산들 산들
산을 넘어와 땀방울 닦아주고
그대와 손잡고 거닐던 그 산길
푸르른 희망의 속삭임처럼
상큼한 초록의 바람이
온몸을 감싸네.

갈대바람 옷깃을
스치며 바닷가 저편으로
가을 바람에 날려가고
떠나간 그대 그리며 한숨짓네.

하늘구름 눈송이 펄럭이며
온 산을 휘감고 소복이
우리 곁으로 쌓여 오네.

겨울밤 푸른 밤
삭풍이 생생거릴 때
엄마의 따뜻한 품속 같은
그대를 그리노라.

그대 봄처럼 기다렸건만
바람처럼 왔다가
바람처럼 사라지고

폭풍우 비바람 치던
그 진한 시절도 사라지고
낙엽조차 바람에 날려
보이지 않지만

그대를 기다리는 마음은
언제나 봄을 기다리는
마음으로 있을 겁니다.

하루 5분나를 바꾸는 긍정훈련

행복에너지

'긍정훈련' 당신의 삶을 행복으로 인도할 최고의, 최후의 '멘토'

'행복에너지
권선복 대표이사'가 전하는
행복과 긍정의 에너지,
그 삶의 이야기!

인터파크
자기계발 분야 주간
베스트 1위

권선복 지음 | 15,000원

권선복

도서출판 행복에너지 대표
영상고등학교 운영위원장
대통령직속 지역발전위원회
문화복지 전문위원
새마을문고 서울시 강서구 회장
전) 팔팔컴퓨터 전산학원장
전) 강서구의회(도시건설위원장)
아주대학교 공공정책대학원 졸업
충남 논산 출생

책『하루 5분, 나를 바꾸는 긍정훈련 - 행복에너지』는 '긍정훈련' 과정을 통해 삶을 업그레이드하고 행복을 찾아 나설 것을 독자에게 독려한다.

긍정훈련 과정은 [예행연습] [워밍업] [실전] [강화] [숨고르기] [마무리] 등 총 6단계로 나뉘어 각 단계별 사례를 바탕으로 독자 스스로가 느끼고 배운 것을 직접 실천할 수 있게 하는 데 그 목적을 두고 있다.

그동안 우리가 숱하게 '긍정하는 방법'에 대해 배워왔으면서도 정작 삶에 적용시키지 못했던 것은, 머리로만 이해하고 실천으로는 옮기지 않았기 때문이다. 이제 삶을 행복하고 아름답게 가꿀 긍정과의 여정, 그 시작을 책과 함께해 보자.

『하루 5분, 나를 바꾸는 긍정훈련 - 행복에너지』

책 한 권을 내는 일은 거미가 배 속의 실을 몽땅 풀어내어 거미줄을 치듯 많은 시간과 정성이 들어가는 일이다. 근년 들어 드문드문 여행을 다니면서 매일 일기처럼 쓰기도 하고 여행을 다녀온 후 시상을 떠올려 써 보기도 하였다.

그러나 2~30년 전에는 여행을 다녀도 여행기를 써 놓은 적이 없었고, 써 봐야겠다고 생각한 적도 없었기에 그 옛날 추억을 써 보고자 해도 특별한 사건이나 고생이 없었던 여행은 쓰기가 힘드니 기록이 중요하다는 것을 깨달았을 때는 이미 늦었다. 단 기억에 남는 것은 아주 고생이 많았던 여행으로 그 고생 가득한 여행이 오히려 지금에서는 행복한 기억으로 남아 쓰기 쉬웠다.

똑같은 국가나 지역을 두 번째, 세 번째 간 곳은 처음보다 어려움이 없어서 그러한지 기억이 떠오르지 않는다. 주로 경영자분들이나 금융계 인사들과 함께 안내 겸 책임자로 간 여행이라 동일 지역을 여러 차례 가게 되고 동행하는 경영자들만 바뀌어 가게 되었다.

그중에서도 격려와 칭찬을 아끼지 않는 훌륭한 인격의 소유자를 만나는 건 나의 인생 여정에 아주 소중한 자산이 되었다. 그뿐만 아니라 나를 힘들게 하고 또 어려움을 주었던 분들도 뒤돌아보면 인내의 쓴 약을 주어 내공을 기르는 좋은 기회가 되었다. 특히 직장생활 40년 속에서 여행에 동행하면서 나를 지켜보고 나의 발전에 자극을 주신 몇 분들을 평생 멘토로 삼고 그러한 훌륭한 경영자분들 및 친구들에게 추천사를 부탁하여 받을 수 있어서 더욱 행복하다.

책 한 권 내는 일이 언 땅을 뚫고 나오는 꽃나무처럼, 비바람에도 가뭄에도

지지 않을 꽃처럼 힘든 일인 줄 몰랐다. 노안으로 눈이 어두운 가운데 출판사에서 수없이 교정을 봐 주고 디자인 작업을 마치니 원고지 묶음의 자료에서 책이 만들어진다. 마치 막 엉클어진 각종 자재와 부품을 하나하나 조립하니 멋진 자동차가 제조되어 나오듯 책 또한 그렇게 나온 듯하다.

전문가 수준에서 보면 부끄러울 수준이지만 나름대로 진심의 마음을 담아 솔직담백하게 정리했고 주어진 삶에 감사와 긍정의 마음으로 겸허하게 살려고 노력하였기에 의미를 부여하고 싶다. 그간 여행한 국가나 지역이 많이 빠지고 중복된 여행지의 여행담을 담지 못한 아쉬움이 있지만, 기억력이 아둔하고 쓸 수 있는 여유가 넉넉하지 못했다는 핑계를 댈 수밖에 없다.

지난 17년 12월 한빛문학지 시 부문에서 신인상을 수상한 계기로 더욱 수필과 시를 써야겠다는 의지를 갖게 되었고, 인간개발연구원 산하 책·글쓰기 학교에서 회원들이 책을 한 권, 두 권씩 출판하는 모습에 나도 이제 책을 내 보고자 생각을 다지게 되었다.

이후에도 수필과 시를 끊임없이 쓰고자 한다. 허나 시는 풍부한 상상력과 시간적인 여유가 절대적으로 필요하고 어떤 사물에 대해 가슴 깊은 연민과 사랑의 감정이 이입되어야 하는데, 그러한 감정을 잡을 여유와 깊이가 없어 힘들다. 아프리카 여행이나 산티아고 순례길을 걸으면서 풍성한 소재와 여유로운 시간으로 풍부한 시적 감성을 자극하여 몇 개의 단상을 적어 보았으나 현업으로 돌아온 현장은 그러한 감성을 자극할 여유가 없어 힘들다.

이제는 과거 말채찍을 휘감고 내리치며 말 달리듯 한 역동적인 시대를 마감하고 주말이라도 여유를 만들어 아름다운 금수강산을 주유하며 호숫가 벤치에 앉아 감성의 글을 써 보리라.

권 선 복

도서출판 행복에너지 대표이사
한국 정책학회 운영이사

사람마다 여행에서 중요하게 생각하는 것이 있습니다. 추억을 만드는 데에 중점을 두는 사람이 있으면 또 명소를 많이 찾아 '인증샷'을 공유하는 데 중점을 두는 사람이 있습니다. 좋은 잠자리를 최고로 치며 쉬는 데에 경비를 대부분 투자하기도 하지요. 한 시간만 걸어도 지치는 사람, 식사는 꼭 좋은 곳에서 하는 사람, 이름 있는 곳은 다 가봐야 하는 사람, 짜 놓은 계획대로 가 모토인 사람 등 여행에 관한 한 각양각색의 편차가 있습니다.

저자는 40여 년 동안 세계 방방곡곡을 누볐습니다. 79년 전국경제인연합회에 입사한 후 재계의 유수한 인사들이 참가하는 크고 작은 해외연수를 맡아왔지요. 여행에 관한 한 베테랑인 것입니다. 『세상의 문을 두드려라!』는 이런 저자의 여행기입니다. 25명의 기업가들과 함께 몰타 회담 이후인 91년의 소련을 방문했던 이야기, 최고위과정 21기생 30명과 LA, 멕시코 등에서 15박 16일간 연수한 이야기, 중국통상관련 법률과정 연수생들과 한 달을 중국에 체류한 이야기 등이 담겼습니다. 그 외에도 남미에서부터 아시아, 서유럽, 동유럽, 아프리카 등 대륙과 문화를 막론한 여행기가 담겨 있습니다.

세계 각지로 나아간 40년 이야기!
피로와 걱정, 훨훨 날아가 버리고
행복과 긍정의 에너지 팡팡팡
샘솟으시기를 기원드립니다!

또한 저자는 가슴속에 품어 왔던 문학적 열망까지도 2017년 한빛문학 등단이라는 열매로 결실을 맺어 자신의 생각과 상념을 시로써 여과 없이 표현하고 있습니다. 책 곳곳에서 느낄 수 있는 저자만의 감성이 여행기와 잘 어우러져 마음을 따뜻하고 포근하게 만들어 줍니다.

이 책 『세상의 문을 두드려라!』는 개인적인 여행기가 아니라는 데에 강점이 있습니다. 이국땅에서 수십 명의 사람들과 부대끼며 일어나는 에피소드는 신선하고 유익한 것입니다. 또한 저자의 40년 세월이 자연스럽게 묻어나는 이야기는 읽는 사람을 부드럽게 감화시키는 힘이 있었습니다. 저자의 이 책이 독자 여러분들을 또 다른 세계로 인도할 것입니다. 모든 독자 여러분들의 삶에 행복과 긍정의 에너지가 팡팡팡 샘솟으시기를 기원드립니다.

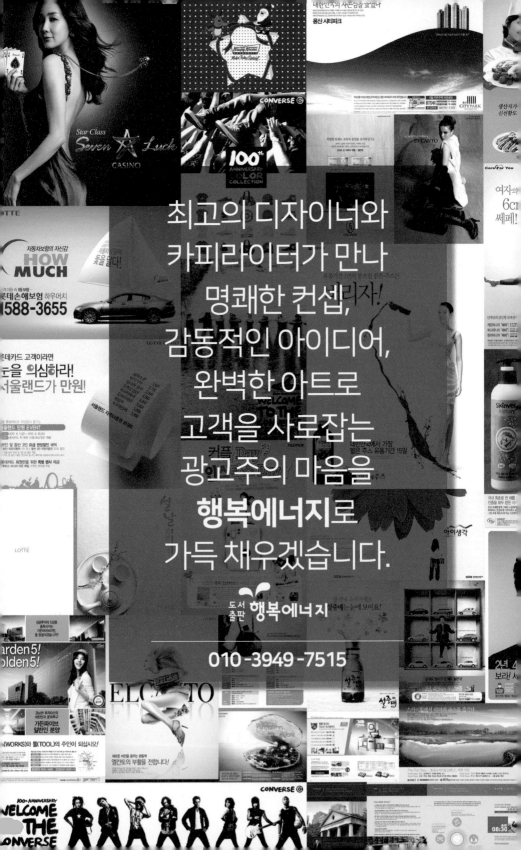

최고의 디자이너와
카피라이터가 만나
명쾌한 컨셉,
감동적인 아이디어,
완벽한 아트로
고객을 사로잡는
광고주의 마음을
행복에너지로
가득 채우겠습니다.

도서
출판 **행복에너지**

010-3949-7515